主编 凌翔

明末四公子

赵京龙 著

北京燕山出版社

图书在版编目（CIP）数据

明末四公子 / 赵京龙著 . —— 北京：北京燕山出版社, 2023.1

ISBN 978-7-5402-6470-3

Ⅰ.①明… Ⅱ.①赵… Ⅲ.①历史人物—传记—中国—明代 Ⅳ.① K820.48

中国版本图书馆 CIP 数据核字（2022）第 051694 号

明末四公子

MINGMO SI GONGZI

著　　者：赵京龙

责任编辑：杨春光

装帧设计：张　颖

出版发行：北京燕山出版社有限公司

社　　址：北京市丰台区东铁匠营苇子坑 138 号嘉城商务中心 C 座

邮　　编：100079

电话传真：86-10-65240430（总编室）

印　　刷：涿州军迪印刷有限公司

开　　本：710 × 1000　　1/16

字　　数：210 千字

印　　张：16

版　　次：2023 年 1 月第 1 版

印　　次：2023 年 1 月第 1 次印刷

ISBN 978-7-5402-6470-3

定　　价：78.00 元

自序

历史学界有种说法，明朝是个"极辉煌"与"最黑暗"并存的朝代，我非常赞同。暂且不提"无汉唐之和亲，无两宋之岁币，天子御国门，君主死社稷"这些政治军事上的骨气，单单是产生了中国历史上四大名著中的三本——《西游记》《水浒传》《三国演义》——这一点就可以傲视历史；此外，李时珍《本草纲目》、宋应星《天工开物》、徐光启《农政全书》等科学著作也是中国历史文化长河上璀璨的明珠；天坛、明长城等都是这个时代修筑的；郑和下西洋是在这个时代推动的；《永乐大典》是在这个时代编纂的……说这段历史"极辉煌"，实至名归。

但要说这段历史"最黑暗"，也是名副其实的。明朝设立了以往朝代没有的锦衣卫，让东厂、西厂等特务机构由太监把持；多个皇帝长期不上朝，荒废朝政；崇尚八股文遏制了文化发展；等等。这些对社会毒害之深、影响之大，让世人闻之骇然。

正因为是"极辉煌"与"最黑暗"的矛盾统一体，这段历史才尤其有研究价值。更为特殊的一点，它还是中国历史上最后一个由汉族建立的大一统封建王朝。本书中的四公子——陈贞慧、冒辟疆、方以智、侯方域就是生活在这个朝代末年。他们都曾想利用复社等团体或政治力量力挽狂澜，救大明于水火，但并没能阻挡住历史前进的车轮，最终或退隐乡间，以明心志；或寄情山水，拒不仕清；或皈依佛门，暗中抗清；或悔失名节，英年早逝。其中，侯方域是中国四大古典戏剧之一《桃花扇》的主人公原型，冒辟疆则先后与陈圆圆、董小宛等有着千丝万缕的情感纠葛。如果只是想浮光掠影地读读故事，单单这些男女爱情、恩怨情仇就足以让读者酣畅淋漓。

这本书摒弃了历史类书籍常见的时间叙事法，而是按照四公子的成长历程、家庭环境、爱情故事等人生轨迹为主线分别阐述，历史背景、政治风云等反而成了四公子故事的一个大背景。这样写的好处是，读者不仅能对四公子中的每个人有个非常立体和直观的感受，还能对那段时期的历史、政治、军事等有全面的了解和掌握。所以，它既保存了历史的真实性和深刻性，又不失趣味；既保留了人物的鲜活性和丰富性，又不失严肃。更令我惊喜的是，为了更全面地体现四公子的心路历程，本书还穿插了很多他们的诗文创作，"诗为心声""歌以咏志"，让我们得以窥见四公子最真实的心声。

是为序。

2022 年春

前言

纵观中国历史，最惨烈的时期莫过于朝代更替，几百万乃至几千万的生命无辜葬送于战争之中，成了新旧统治者的牺牲品。除了社会生产停滞带来的经济损失，文化发展的损失更是无法估量，这给后代带来的影响是巨大的，也是无法弥补的。更有甚者，改朝换代造成的疼痛会渗入文化，融化成一种记忆，代代相传。尤其是当一个生产力落后的民族征服先进的民族时，发生的惨变更为强烈。牟宗三先生曾经说过："中国文化亡于明亡之时。"一语道出了明清交替时的剧烈变化。同时，这句话也道出了所有明朝遗民的心声。

明末，西方先进技术传入中国，西学东渐思想盛行，资本主义萌芽普遍发展，为古老的中国注入了新鲜血液。此外，党社运动日益活跃，这一切都为死气沉沉的明王朝带来了生机。尽管彼时封建集权仍然高度集中，但是决定上层建筑的经济基础已经昭示着改革的时代终将来临。这是历史趋势，是任何个人行为都不能阻挡的。然而，在民变与外寇的交互打击下，这个时代推迟了几百年。满族人入主中原，建立清王朝。清王朝闭关自守、禁结社、大兴文字狱，虽有康乾盛世，但是实际上中国已远远落后于世界的发展主流，江河日下。

当今很多学者认为，明亡并不是不可避免的。南明王朝的统治者在京都沦陷、国破家亡这样生死攸关的时刻，不思振作，居然还一心沉溺于选秀女、挑伶人，一味贪图享乐。大臣之间更是钩心斗角，对上力尽阿谀逢迎之能事，对下为一己私利排除异己，上无仁君、下无忠臣，整个朝政一团混乱。民间的仁人志士们，报国无门，只能醉心于秦淮，茫然彷徨，毫无作为。史称"复社四公子"的陈贞慧、冒辟疆、方以智和侯方域就是在这时代巨变之时，居住在南京的几个出身贵族的文人，他们为了挽救时局奔走呼喊，以自己的实际行动力图挽救大明王朝，因其身上具有极其可贵的民族气节和不屈的意志，被后世尊称为"明末四公子"。

"明末四公子"的经历虽然不尽相同，但他们大都保持了民族气节，以及一身浩然正气。即使侯方域曾经参加清朝科考，试图为清政府出谋划策、投怀相送，但由于种种原因而终止于悬崖边缘，最终保持了他明朝遗民的气节。

当代人对冒辟疆、侯方域这两个名字可能更为熟悉，因为这两位士人的人生际遇中有容易被老百姓口口相传的所谓"香艳故事"。清初的大文人、戏曲家孔尚任更是将侯方域与李香君之间美丽凄婉的爱情故事搬上舞台，他以侯方域与李香君的故事为原型写成的《桃花扇》传唱至今，让侯方域这个名字家喻户晓。而冒辟疆因为曾得到过陈圆圆的垂青而为普通百姓所熟知，后又与董小宛两心相许，结为夫妻，其仙侣爱情故事至今都被世人津津乐道。甚至有坊间传闻，董小宛后被清军夺去献给顺治帝，成为顺治最为宠爱的董鄂妃。宫廷政治加名人情事，本身就具有很大的传播力，从古到今无不如此。我们没办法也不可能去严谨地考证这些"风流韵事"是否属实，就权当是四公子正传外的一桩美谈吧。

俗话说"物以类聚，人以群分"，陈贞慧、冒辟疆、方以智和侯方域既然被世人合称为"明末四公子"，那么他们之间确实是有很多共同点的。

能被称为"公子"，首先其出身非凡，一般来自官宦世家、名门望族。古代有严格的等级划分——士、农、工、商，商人是最低人等。盐商即使再有钱，其子也不能和名宦之子并称。明朝富商即使家底丰厚，也不敢穿锦衣、骑高头大马。

其次，四位公子都风流倜傥、学问广博、文采斐然，在各自的领域皆有建树。

再次，四位公子意气相投，都是被称为"小东林"的"复社"成员。他们都以改变时局为己任，痛恨奸佞当道，希望朝廷有所作为。

最后，四位公子都是仕途不得意的士大夫。如果能像同时代的吴伟业那样少年科第，年纪轻轻就当了高官，人们就会称其为"老爷"而非"公子"了。四人中只有方以智在崇祯十三年（1640）中了进士，但仅仅四年后京城就"陷落"了，所有的抱负都伴随着崇祯帝自缢于煤山而终结。

四人之中，陈贞慧最为年长，生于1604年，比方以智、冒辟疆大七岁，年长侯方域十四岁。他的父亲陈于廷也最为有名，曾和黄宗羲的父亲黄尊素等人名列东林，官至左都御史——品秩和六部尚书平级。陈贞慧不仅是四人中的大哥，而且是当时受人敬仰的文坛领袖之一。崇祯皇帝登基后，清算了魏忠贤的阉党，阉党人物阮大铖被免官，留在南京，到处活动，企图东山再起。而复社的大本营在江南，当然不愿意此等乱臣贼子重新得志猖狂。陈贞慧与吴应箕、顾杲共同商议声讨阮大铖，由吴起草《留都防乱檄》，在南京到处张贴，搞得阮大铖如过街老鼠，只得闭门不出。

方以智的家族在四人中最为显赫，他出身于桐城方家这一大族，曾祖父方学渐，精通医学、理学，著有《易蠡》《性善绎》《桐夷》《迩训》《桐川语》等。祖父方大镇在万历年间，曾任大理寺左少卿，著有《易意》《诗意》《礼说》《永思录》《幽忠录》等书。外祖父吴应宾，精通释儒，著有《学易全集》《学庸释论》《宗一圣论》《三一斋稿》等。父亲方孔炤，万历四十四年（1616）进士，官至湖广巡抚，通医学、地理、军事。方以智不仅有显赫的身世，自身的学问成就在这四人中也最为杰出。

冒辟疆是蒙古人后裔，其父官职在四公子的父辈中是最低的，最高职位是守备副使，是个五品官。但冒辟疆的相貌是四人中最好的，或许是因为血液里有蒙古贵族的基因，他长得高大而儒雅，又有才华，行事浪漫，因此被很多女子所仰慕。明末两大美女陈圆圆、董小宛都对他一见倾心，宁愿委身为小妾，他的才貌之俊美可见一斑。

侯方域年纪最轻，有赖于《桃花扇》这出名剧的传播，世人对其故事也最为了解。其祖父和父亲都是东林党人，祖父官至太常寺正卿，父亲官至兵部侍郎。侯方域才气纵横，十七岁时就能替父亲起草奏章。

1644 年，北京城破，崇祯皇帝自缢，四公子家族的荣誉、个人的前程随着大明朝的灭亡宣告覆灭。清军挥师南下，陷于内斗的弘光小朝廷支撑一年后也灭亡了。在时局发生天翻地覆的变化之际，四人做出了不同的选择，这不同的选择也决定了他们不同的归属、不同的命运。

老大哥陈贞慧因曾带头批阮大铖，被阮所恨。南明弘光朝廷，马士英、阮大铖掌握大权后，便迫害陈贞慧，陈贞慧曾一度入狱。清朝占领江南后，他隐居家乡宜兴十余年，坚决不出仕为新朝卖命，始终保持了一名明朝旧臣的气节。

方以智学问最大，当过明朝的官员，因此清军大举南下时，他联络东南反清力量抵抗。1650 年，清兵攻陷广西平乐，方以智被捕，清军在方以智的左边放了一件清廷官服，右边放了一把刀，让方以智选择，方以智毫不犹豫地选择了那把刀，想以死明志。清军将领欣赏他的气节，于是将他释放。方以智于顺治七年（1650）削发为僧，改名弘智。康熙十年（1671）冬，方以智因被怀疑和抗清力量仍有牵连而被捕，解往广东，途经江西万安惶恐滩头，因为生病劳累客死船中。关于他的死亡，还有另外一种更为壮烈的说法：被押解的方以智行至惶恐滩头，效法文天祥，投江殉国。

　　清廷平定中原后，侯方域并未像《桃花扇》中所描述的那样出家当道士，而是于顺治八年（1651）应河南乡试，但并没有考取，仅仅中了副榜。后因为写了很多歌颂新朝统治者的诗文，被当时人们讥讽晚节不保。现代史学家陈寅恪先生对侯方域却持同情态度，解释说侯方域"勉应乡试，仅中副榜，实出于不得已"。侯方域把自己的书堂命名为"壮悔堂"，也就是这个原因吧。后来有人作诗"两朝应举侯公子，地下何颜见李香"的诗句来讥讽侯方域。殊不知清军入关，整个中国沦陷于清人的马蹄之下，不考中乡试，年少的侯方域又该如何应对混乱的时局呢？而且从小背负"神童"之名，如果不以这种方式委曲求全，他一介书生又如何实现自己的理想抱负呢？顺治十一年（1654）年仅三十七岁的侯方域便郁郁而终。他死后，他的朋友、两朝为官的吴伟业，经过其故里，曾经写诗悼念："河洛风烟万里昏，百年心事向夷门。气倾市侠收奇用，策动宫娥报旧恩。多见摄衣称上客，几人刎颈送王孙。死生总负侯嬴诺，欲滴椒浆泪满樽。"吴伟业将侯方域比成侯嬴，侯嬴是以死报答战国四公子之一信陵君知遇之恩的壮士。这是在为侯方域辩解，同时在为自己辩解。吴伟业在临终时，写了一首可视为遗言的绝句："忍死偷生廿载余，而今罪孽怎消除？受恩欠债须填补，纵比鸿毛也不如。"人之将死其言也善，吴伟业二十二岁时参加会试，崇祯皇帝亲自在其试卷上批示"正大博雅，足式诡靡"，殿试拔为一甲第二名（榜眼），从此仕途顺畅。自己被明朝皇帝这般看重，后来却无奈效忠明朝的死敌——清朝，所以他对明朝确实是心存愧疚的。吴伟业死前的忏悔，和侯方域的"壮悔"心情，应当差不多。

乱世翩翩佳公子，终不免悲剧下场，这就是历史的无情。

与"清末四公子""民国四公子"不同，"明末四公子"几乎生于同时，才情文章非常相近，相互深交意气相投。但可惜生不逢时，他们既不能在那个年代力挽狂澜，又不能施展其一身才学抱负，最终都默默地了却一生。不过，历史毕竟是公正的，他们最终没有被埋没，给后人留下了一段段美好佳话，穿越时代，流传至今。

目录

引子

——战乱纷争的明朝末年

一、何为复社

陈贞慧、冒辟疆、方以智、侯方域这四人不仅被称为"明末四公子"，因为四人皆为复社中人，所以又被称为"复社四公子"。那么，"复社"到底是什么，它在晚明的作用又是什么呢？为什么像阮大铖之流那么痛恨或惧怕复社，并对"复社四公子"加以迫害呢？接下来就让我们来揭开复社的神秘面纱吧。

1."社"的起源与发展

说起"社"的起源，最早可追溯到晋代惠远和尚的"莲社"，那时社还是一个谈经说法的地方。此后，武人、文人都有社，文人的社又细化为文社、诗社等。明朝早期的时候，社已成气候，到了万历、天启年间更是蓬勃发展，社不仅多而且规模大，有的成员多达千人，声势浩大。

明朝永乐皇帝将帝都从南京搬迁到北京后，觉得南京是自己的祖兴之地，所以在南京设立另一套和北京一样的行政班子，级别和北京的一样。尽管是陪都，南京却是当时中国的政治、文化中心。明末结社的兴起，与南京深厚的文化底蕴和江南经济发展密切相关。

南宋以来，中国经济重心逐步南移，明代中叶，江苏的苏、松、常三府的田赋收入已居全国之首。因为城市经济的发达，出现了资本主义生产因素的萌芽。经济上发展，形成了新兴地主阶层。他们在政治上产生了新的要求，于是结社表达自己的诉求。

此外，明末社的出现更大原因与八股取士也有很大关系。明初，朱元璋为控制知识分子，极力推行八股文：考试时文章必须包含破题、承题、起讲、入手、起股、中股、后股、束股八个部分。曾经有人作打油诗讥讽八股文：

> 读书人，最不济，
> 滥时文，烂如泥，
> 国家本为求才计，
> 谁知变作了欺人技。
> 三句承题，两句破题，
> 摆尾摇头便道是圣门高弟，
> 可知道三通四史，是何等文章？
> 汉祖唐宗，是哪朝皇帝？
> 案上放高头讲章，店里卖新科利器。
> 读得来肩高背低，口角唏嘘，
> 甘蔗渣儿，嚼了又嚼，有何滋味？
> 辜负光阴，白日昏迷，
> 就教骗得高官，也是百姓朝廷的晦气！

从中可以看出八股文的荒诞。明代的科举考试，命题范围只限于"四书五经"，模式又固定于八股文，这就严重控制了士人的思想，可谓流毒深远，直到20世纪初才废弃。而且14世纪以后的中国读书人将"万般皆下品，唯有读书高"更加奉为经典，参加科考可以说是士人的唯一出路，这就是传说中所谓的"举业"。一个读书人考取功名，才能做官，才能赚钱，才能光宗耀祖，而那些捐出来的官（买来的官）是被人看不起的。在这样的社会风气下，只有科举中第做官才能被世人尊重。穷苦人家的孩子即使进京考一次，去京城走个过场，也会让乡人另眼相看，弄不好别人家的俊姑娘会托人上门来提亲，可见科举考试的重要性，于是读书人就疯狂地考取功名。《范进中举》中范进就是典型的例子。知识分子将科考视为脸面、性命和志趣，明朝常有这样的现象：祖孙三代携手进考场，七十岁的老童生，二十岁的少进士，可见科考对书生的吸引力。

陈独秀先生在他的《实庵自传》中曾生动地再现了科举考试的盛况：

　　我背了考篮、书籍、文具、食粮、烧饭的锅炉和油布，已竭尽了生平的力气，若不是大哥代我领试卷，我便会在人群中被挤死。一进考棚三魂吓掉两魂半，每条十多丈长的号筒，都有几十或上百个号舍，号舍的大小仿佛现时警察的岗棚，然而要低得多，长个子站在里面是要低头弯腰的，这就是那时科举出身的老大以尝过"矮屋"滋味自豪的"矮屋"。矮屋的三面是七齐八不齐的砖墙，当然里外都不曾用石灰泥过，里面的蜘蛛网和灰尘是满满的。好不容易打扫干净，坐进去拿一块板安放在面前，就算写字台，睡起觉来，不用说就得坐在那里睡。一条号筒内，总有一两间空号，便是这一号筒的公共厕所，考场的特别名词叫作"屎号"。考过头场，如果没有冤鬼缠身，不会在考卷上写出自己缺德的事，或用墨盒泼污试卷，被贴出来，二场进去，如果不幸座位编在"屎号"，三天饱尝异味，还要被人家说成是做了亏心事的因果报应。那一年，南京的天气到了八月中旬还是奇热，大家都把带来的油布挂起遮住太阳光，号门都紧对着高墙，中间是只能容一个半人来往的一条长巷，上面露着一线天，大家挂上油布之后，连这一线天也一线不露了，空气简直不通，每人都在对面墙上挂起烧饭的锅炉，大家烧起饭来，再加上赤日当空，那条长巷便成了火巷，煮饭做菜，我一窍不通，三场九天，总是吃那半生不熟或者烂熟或煨成的挂面。有一件事给我的印象最深。考头场时，看见一位徐州的大胖子，一条大辫子盘在头顶上，全身一丝不挂，脚踏一双破鞋，手里捧着试卷，在如火的长巷中走来走去，走着走着，上下大小脑袋左右摇晃着，拖长着怪声念他那得意的文章，念到最得意处，用力把大腿一拍，跷起大拇指叫道："好！今科必中！"

这位"今科必中"的先生，使我看呆了一两个钟头。在这一两个钟头当中，我并非尽看他，乃是由他联想到所有考生的怪现状；由那些怪现状联想到这班"动物"得了志，国家和人民要如何遭殃；因此又联想到所谓"抢才大典"，简直是隔几年把这班"猴子""狗熊"搬出来开一次"动物展览会"；因此又联想到国家一切制度，恐怕都有如此这般的毛病；因此最后感觉到梁启超那班人们在《时务报》上说的话是有些道理呀！这便是我由"选学妖孽"转变到康、梁派之最大动机。一两个钟头的冥想，决定了我个人往后十几年的行动。我此次乡试，本来很勉强，不料其结果却对于我意外有益！

陈独秀先生的回忆文章生动地再现了那些"奉旨考试"举子们的形形色色，同时也道出了士人对科举的热衷。八股文除了要求有固定的格式，还要揣摩社会风气，只有兼顾这两样才有可能被选中。一些有经商头脑的人以此为商机，聘请几位名师一样的"大儒"揣摩当年课题的内容和社会风气，提供备考指南，引得不少考生争相购买。除了向"名师"学习，士子们还要聚在一起相互讨论课题，互相探讨学习的情况。久而久之，就形成了"社"，随着社人数的增加，又组成"社盟"，并且选出领导人引领"社盟"的发展方向。如果领导人领导有方或非常有威望，"社"的影响力会逐渐增加，它的势力也就不可小觑了，东林党、复社就是这样的社盟结构。社和社盟在明末盛行百年，直到清兵入关，清廷对"社"加强控制后才消失。清末，各地又出现了类似"社"的"会"，诸如强学会、保国会、同盟会、兴中会之类，他们为中国民主革命做出了突出的贡献，当然，这是后话，本书不再赘述。

2. 江南复社，古代的第一文社

明代以八股文取士，士人为砥砺文章，求取功名，因而尊师交友，结社成风，江浙一带尤为兴盛。崇祯初年，江南出现了许多的文人社团，其中包括云间几社、浙西闻社、江北南社、江西则社、吴门匡社、莱阳邑社、浙东超社、浙西庄社、黄州质社与江南应社等。后来这些文社合并为"复社"。当时阉党擅权，自内阁六部至地方大员，都有人甘当魏忠贤的死党。张溥等人痛感世风日下，士子不通治国之经、务民之术，"登明堂不能致君，长郡邑不知泽民"，所以联络四方人士，主张"兴复古学，将使异日者务为有用"，因名曰"复社"。这不但是明代，也是中国封建时代规模最大的一个文人结社。复社人士自称"吾以嗣东林"，意思是想把东林党的理想延续下去。不少复社成员是东林党人的学生或弟子，因此复社有"小东林"之称。复社继承东林传统，在讨论文学的同时批评时政，为挽救大明王朝呼号奔走，希望东林党的治国理念能够继续得到实施。

这些人大都怀着饱满的政治热情，以宗经复古、切实尚用相号召，切磋学问，砥砺品行，反对空谈，密切关注社会民生，并实际地参加政治斗争。他们的作品，注重反映社会现实，揭露权奸宦官，同情民生疾苦，讴歌抗清伟业，抒发报国豪情，富有感染力量。陈贞慧、冒辟疆、方以智、侯方域就是复社的中坚力量，所以被后人称为"复社四公子"。

3. 文人集团，演变成了名利场

复社形成后发展迅速，成员发展最多时有 2000 多人。"春秋之集，衣冠盈路""一城出观，无不知有'复社'者"，其影响遍及南北各省。而且几年间许多复社成员相继登第，声动朝野，尤其是创始人张溥的门生吴伟业更是高中一甲榜眼，张溥因此名声大噪，成为复社领袖，很多名士纷纷投入他的门下作为中举人、中进士的捷径。甚至朝中权贵也刻意拉拢张溥，借以培植自己的党羽。一时之间，朝中许多士大夫都自称是张溥门下，"从之者几万余人"。如此一来，本来是文人墨客揣摩八股、切磋学问、砥砺品行的地方，逐渐演变成了攀附权贵的名利场。

复社建立初期，成员大多是中青年，只有一小部分人进入仕途，而且职位相对较低，所以复社成立之初对朝政难以形成较大的影响。在这种情形下，张溥使用了一些手段来经营政治，其中牵连到的一个重要人物就是周延儒。

周延儒，字玉绳，宜兴人，万历四十一年（1613）会试、殿试皆第一。其为人圆滑世故，曾于崇祯元年（1628），与温体仁一起参与打击东林党人、礼部侍郎钱谦益，与东林党人反目。但后来又在主持考试中，取东林派的张溥等为进士，因此与张溥之间又有师生关系。然而周延儒与温体仁势同水火，他在担任首辅后不久，于崇祯六年（1633）遭温体仁排挤。温体仁因其弟弟要求加入复社被拒而与复社结仇。此时，复社面临的局面复杂，必然要卷入高层的政争斗争之中。

崇祯一朝，宰相一共换了约五十个人，为历朝历代所罕见。因为崇祯非常多疑，所以内阁频繁更换。这就给明末的政客们提供了政治投机的机会。张溥利用这个契机，与周延儒进行了一场政治交易。周延儒通过集资入股的方式筹措白银二十万两，作为活动经费，交给张溥具有政治才能的学生吴昌时，供他在京城走皇帝后宫内线，拉裙带关系，巴结当时崇祯最宠爱的田妃；买通宦官以了解朝廷内情，掌握皇帝喜好；买通东厂、西厂和锦衣卫以结交特务，掌握京官的动向。

通过运作，周延儒在崇祯十四年（1641）再度入阁，重任首辅。周延儒东山再起之后，也曾接受张溥等人的意见，办了几件好事。如经过奏请获准，停止东厂、锦衣卫的侦缉活动；减免了一部分民间欠赋；起用一部分曾被贬谪的东林党人。阮大铖本来与周延儒就有旧交，再加上他也为周延儒的复出出了力——集资入股了一万两银子，为了收取回报，开始伸手要官并且要求周延儒帮他洗清阉党身份。周延儒在一些人事上满足了阮大铖的要求，其中包括任用了曾因盗取公帑而被罢官的马士英出任兵部侍郎兼右佥都御史、总督庐州、凤阳军务。也就是这个任命，为后来的拥立福王、起复阮大铖、重翻逆案、杀戮复社名流等诸多政治风波种下了祸根。

崇祯十四年（1641）张溥去世，复社元气大伤。周延儒和吴昌时因纵容左右弄权贪贿，在对清作战中贪生怕死，避而不战，甚至谎报军情，遭到锦衣卫和言官的接连参劾。崇祯十六年（1643），周延儒与吴昌时都被崇祯下令赐死。一时之间东林、复社颇为舆论所诉。

4. 王朝鼎革，紫禁城换了主人

1644 年，是个不同寻常的年份。那一年，中国古代历史上最后一个汉人王朝灭亡；那一年，李自成进京，崇祯自缢，明室倾覆，吴三桂倒戈，清兵入关；那一年，英国正在爆发议会与国王的权利之争，最终议会击败了国王，建立起君主立宪制；那一年，所发生的大大小小事件，每一件都足以让人类历史进程大大地改变。

1643 年，在清军出山海关时，在李自成起义军出潼关剑指北京城时，北京城依然在迷梦中醉生梦死。这年 4 月，清军第 6 次入塞大掠，周延儒自请督师堵截。然而两军阵前止步、畏畏缩缩，周延儒却整日与下属游山玩水，还谎报军情，使得崇祯帝觉得天下尽在掌控之中。5 月换朝后，周延儒大张旗鼓地庆祝自己的五十岁生日，大办宴席，广请宾客，智昏难辨的崇祯帝也特地派人来贺喜，为周延儒送来"劳苦功高"的嘉奖。

所谓自作孽不可活，他庆祝完五十大寿后没多久，就等来了一副枷锁、一条白绫，找到自己最后的归宿。周延儒走了，崇祯继续任用佞臣当国，大明也渐渐地走向了自己的尽头，1644 年 3 月，大顺军进入北京，崇祯皇帝在煤山自缢，李自成在武英殿称帝，清兵兵不血刃直通山海关，占领北京城。一切的一切都在 1644 年演绎着。

帝国覆灭了，我想把压在大明王朝这匹骆驼背上的一堆堆草，拣出来一部分，仔细端详翻看。也许，谁也无法说清楚哪一根是最后的稻草，但至少可以说，就是这些稻草，压垮了这匹骆驼。

明朝灭亡很多人为之惋惜，因为取而代之的清朝在晚期一直在割地赔款，给中国人民带来了沉重的负担，中国自此蒙受了百年屈辱，更让经济、科技等各方面大大落后于世界！

明朝灭亡的原因很多，有人说是天灾，要说天灾历朝历代都有，如果只是一些饥民、流民、土匪强盗，是不可能给明朝带来灭顶之灾的。还有人说是因为国库空虚，按当时的说法就是没银子，其实皇室贵族、贪官、地主银子多得是。还有人说不恤民情，激起民变，朝廷不但不赈灾，执政者还一味地逼农民缴税来维持庞大的军费。

还有些人说明亡是由于清军八旗战斗力强悍所致。其实清廷没多少兵力，再强悍，通过万历、天启年间和明朝的战争消耗，所剩精锐能有多少？甚至后来都是些少数民族临时拼凑的，抢劫杀人可能比明军强，战斗力高不到哪里去。如果不是明朝自己乱折腾，导致没有优秀的将领指挥，没钱发军饷，清军是不可能灭明的。李自成的部队刚开始就是些流民、土匪，战斗力不是一般的差，遇到明朝的二流正规军队，几万对几千甚至几百都打不过。后来明朝由于辽东军费消耗大，河南等中原地区大旱，税收困难，财政吃紧，很多明军没军饷，没活路，被逼加入了李自成的农民军，才使得李自成的军队战斗力有了一定提高。清军是在松锦大战后精锐尽失的情况下由于吴三桂的投降才攻入北京的，如果不是这样，不可能占领北京。

彼时的驻京军队也是无甚战斗力的，明朝已经到了没钱可用、无兵可调的地步了，精锐都在辽东，明朝一直视辽东为最大的战场，认为农民军没有战斗力，二流军队就可以应付。假使没有河南大旱，李自成在河南不可能马上就筹集几十万人马；如果当时吴三桂不投降，守住山海关，明朝在南京依然还是有机会北伐的。

很多人认为明亡于万历，这种说法有点儿不恰当。万历时期国家经过张居正的改革已经相当富裕，所谓的万历皇帝"怠政"，事实上是万历不上朝，但是他认为该办的事情还是照办了。其内阁运行基本正常，能够很好地维持国家，他绝对不是不管事，从"三大征"可以看出，在国家大事上，万历皇帝有他英猛果敢的一面。明亡于天启，也是无根据的。史称"木匠皇帝"的天启看似不务正业，在外忧内患的情况下，不听先贤教诲去"祖法尧舜，宪章文武"，却对木匠活有着浓厚的兴趣，整天与斧子、锯子、刨子打交道，只知道制作木器，盖小宫殿。但"木匠皇帝"朱由校绝对不是什么都不管，听信魏忠贤，任由他迫害东林党，他个人认为魏忠贤对于国家，对于皇帝，对于明朝绝对是努力办事的，铲除的只是与自己政见不同的东林党官员。魏忠贤掌权期间辽东一直处于攻势，辽东地盘一直在扩大，阉党的人不见得都是十恶不赦的贪官污吏，办事效率也绝对不比崇祯那帮人差。

南方经济好，破坏少，和李自成打还是有胜算的，所以明朝灭亡的原因除了没钱、天灾、清廷强大这三个原因，其实最大的原因还是当时的文官党争，皇帝已经无法根治这种"窝里斗"。从根本上说就是体制问题，文官权力过大，加上政策的失误，要是先和清廷停战，剿灭农民军，恢复生产，绝对不会亡，南明如果不内乱，是完全可以守住南方的。史可法等人却执意先灭农民军，坐视清朝壮大，甚至提出"联清廷灭李自成"的口号，最终导致大量明军投降清廷，所以明军的精锐不是被清廷打败的，更不是被大顺军打败的，都是投敌的。试想关宁铁骑等精锐明军，后来的农民军和南明地方军怎么能抵挡？然而这一切都结束了。

帝国结束了，所有的一切都结束了，所有王朝的开始，正如它的结束。

崇祯帝走向了煤山那棵槐树。

复社也不再辉煌，湮没于历史之中。

一切都结束了。

二、末路王朝：南明

说起南明，很多人还不知道有这段历史，"二十四史"里面没有南明史。多数人都以为崇祯帝自杀以后，明就灭亡了，其实 1644 年崇祯帝在煤山自杀以后，明朝的宗室和大臣转移到南方，以大明的旗号建立起了弘光、隆武、鲁监国、永历朝廷四个小朝廷，延续了近 20 年。是南明的延续，也是清初历史的一个重要组成部分。称之为南明，是因为以崇祯皇帝朱由检为首的在北京的明朝廷业已覆亡，大明帝国的基业已经覆灭，这个时候的战斗主要在南方展开，又是在复兴明朝的旗帜下进行的，而弘光、隆武、鲁监国、永历朝廷都是在南方建立的。南明虽然短暂，但是这段历史谱写了可歌可泣的英雄史诗，而本书所书写的"复社四公子"正是生活在这一处被历史遗忘的角落里。

1. 明朝最后的余晖

整个明朝一直实行两京制，南京本来是明朝的国都，永乐帝为震慑北方蒙古部落，安定边疆，迁都北京。南京虽然空下来了，但保留了一套完整的行政班子，六部、都察院、大理寺一类的机构，北京首都有的南京也有。可以说，南京是明朝另一个政治中心，在北京易主后，成为原明朝官员最集中的地方。

在南京，一场拥立新帝、举起平叛抗清大旗的斗争迅速展开。新皇帝的法定继承人自然是太子，但悲惨的现实是：北京陷落以后，不但太子，崇祯帝的另外两个儿子也都下落不明，生死未卜。这些官员们陷入了迷茫，应该怎么样选定继承人呢？

不过，开国皇帝朱元璋早已为大明帝位的选举及继承制度确立了"四项基本原则"。

一、有嫡立嫡。即皇后生的首个男子，不论其在皇帝的儿子中排行第几，首先有当皇帝的权利。

二、无嫡立长。即在皇后无子的情况下，由皇帝的长子继承皇位。

三、兄终弟及。即在现任皇帝驾崩无子的情况下，由皇帝的弟弟继位。

四、血亲优先。即在现任皇帝是一个"三无"人员（无子无孙无弟），且忽然驾崩的情况下，可从其最近的血亲中选择一皇族男性来继承帝位。

按照这一原则，只有四个人符合以上要求：

福王朱由崧，身份：万历皇帝的孙子、朱常洵的儿子、崇祯帝的堂哥；

桂王朱常瀛，身份：万历皇帝的儿子，崇祯帝的叔叔；

惠王朱常润，身份：万历皇帝的儿子，崇祯帝的叔叔；

瑞王朱常浩，身份：万历皇帝的儿子，崇祯帝的叔叔。

这样经过几轮淘汰后，福王朱由崧就成了新一任皇帝的"不二人选"。但他的即位，却遭到了南京兵部尚书史可法，东林党领袖、原礼部侍郎钱谦益的反对，他们主张立贤明的潞王朱常淓。朱常淓是万历皇帝的侄子，潞王朱翊镠的第三子。

这一切的根源都在老福王朱常洵，万历皇帝很喜欢朱常洵，希望立他为太子，但遭到东林党人反对，他们秉承朱元璋的遗言，按"无嫡立长"的原则要求立长子朱常洛，这就展开了长达十多年的"国本之争"。东林党怕福王搞反攻倒算，和他们来个老账新账一起算。就在福王继位已成事实的情况下，善良的史可法依然写信给马士英，大谈福王的"七不可"：贪、淫、酗酒、不孝、虐下、不读书、干预行政。这就为史可法被排挤出权力中心，也为以后马士英、阮大铖消灭复社埋下了伏笔。

2.南明政权三疑案

朱由崧登上皇帝的宝座后，挫败了一些东林、复社人士拥立潞王朱常淓的计划。但围绕帝位的钩心斗角，并没有就此平息。弘光立国一年之内，先后发生了"妖僧案""伪太子案""童妃案"。这三个大案表面上是孤立、互不相涉的，实际上却都反映了对弘光皇帝朱由崧继统不满的政治背景。

第一件是"妖僧案"。

1644年12月，忽然有个叫大悲的和尚来到南京，自称是明朝亲王，从兵乱中逃出做了和尚。弘光帝派官员审讯他的来历，大悲起初信口开河说崇祯在位时曾封他为齐王，他没有接受，后又改封吴王。大悲还肆无忌惮地说自己与潞王有联系，声称"潞王恩施百姓，人人服之，该与他作正位"。弘光君臣见他语无伦次，行迹可疑，严加刑讯，才弄清大悲是徽州人，在苏州为僧，确实是个骗子。

但是，不少人怀疑这个和尚是了解一些内幕的，只是掌权的人不愿把这些情况暴露出来。不论大悲和尚疯癫与否，主审官们都想尽快了结此案，因为这又涉及福王和潞王之争这个禁忌话题。

只有阮大铖发现了有利于自己的追究理由，他抓住大悲在供词中提到的钱谦益（钱被视为与东林党和复社有牵连的人）这一情节，写了一份黑名单，他想告诉世人，这份黑名单上的人都是赞成潞王的，而大悲这次试图颠覆弘光朝廷的举动就是受黑名单上这些人的挑唆。这份黑名单中共有一百四十三人，其中有史可法、高弘图以及其他东林党和复社的名士们。

事有凑巧，在阮大铖还没下令逮捕这些人之前，钱谦益已经上疏了，他批驳大悲的供词漏洞百出，不堪一击。这样一来，事情就公开化了。这个时候，马士英不想将事态扩大，制止了阮大铖公布黑名单的行动。后来经过九卿、科道会审后，大悲被处斩。

第二件是"伪太子案"。

就在大悲和尚出现在南京的同一天，鸿胪寺少卿高梦箕的奴仆穆虎从北方南下，途中遇到一名叫王之明的少年，结伴而行。晚上就寝时发现少年内衣织有龙纹，惊问其身份，少年自称是皇太子。抵南京后，高梦箕难辨真假，急忙将其送往苏州、杭州一带隐蔽。可是，这少年经常招摇于众，露出富贵的样子，引起人们的注意，背后窃窃私语。高梦箕不得已密奏朝廷，弘光帝派遣内官持御札召见这个"太子"。

弘光元年即1645年，这个少年从浙江金华到了南京，被交付锦衣卫冯可宗处看管。第二天，弘光帝面谕群臣道："有一年轻人说自己是先帝东宫太子，若真是先帝之子那就是朕的儿子，当抚养优恤，不能再让他受苦了。"随后命令侯、伯、九卿、翰林、科、道等官同往审视。大学士王铎曾经担任东宫教官三年，自然熟悉太子的模样，一眼就看出是奸人假冒。

弘光立国之时许多官员曾经在崇祯朝廷上任职，见过太子朱慈烺的并不只王铎一个。如曾经担任东宫讲官的一些大臣"都说太子眉毛比较长"，他们看了"伪太子"之后都说不认识；弘光帝又命旧东宫伴读太监丘执中前往辨认，见过之后也说不认识。于是群疑稍解。时任协理詹事府事礼部尚书的黄道周记载："王之明者，顽童，故驸马都尉王昺之侄孙，途穷附高鸿胪之仆穆虎者欲南趋苟活，而穆虎居为利，遂谓子舆复出也。廷诘之日，诸讲官侍从谂视无一似东朝者，之明亦茫然。而靖南疏至，辄持两端，讼言不可诛，诛之祸起。"

戴名世的《南山记》说，真正的太子被流贼所获，囚禁在刘宗敏处，李自成西逃时，人们看到太子身着紫衣跟随在李自成马后。当左懋第出使北京时，曾经秘密写信给史可法，说太子仍活在北京。所以是史可法第一个怀疑王之明的真伪，并上书揭发。

当时，在弘光朝廷上的官员都知道北来"太子"纯属假冒，没有人提出过异议。问题是这件事直接牵涉弘光帝位的合法性，对朱由崧继统不满的人乘机兴风作浪，散布流言蜚语，于是围绕着"太子"的真伪，在不明真相的百姓和外地文官武将中掀起了一片喧哗。黄得功和左良玉都上书表示对弘光政权严刑审讯"南太子"的行为表示不满。而弘光朝廷越说是假，其他大臣越怀疑其真。普遍的看法是如果"南太子"是真，弘光皇帝就必须归还皇位，弘光皇帝不想归还皇位，所以才坚持说"南太子"是假的。这事一直闹到清军占领南京，弘光朝廷覆亡，方告平息。

使真太子命运这一历史问题变得复杂的还有"北太子"这样一件事。"南太子"事前三个月，另一个自称"太子"的人在北方出现，引起另一桩扑朔迷离的公案，其微妙与政治影响都与南京的案件相似。据称"北太子"由长平公主确认，确实为她的亲弟弟。但清廷不想承担杀前明太子的罪名，又担心前明死灰复燃，于是坚持说"北太子"是假太子，将"北太子"处死。

弘光皇帝却不敢采取这个办法，因为在南方，尽管缺乏证据，却普遍地并几乎是狂热地相信"南太子"是真的。百官皆知伪，然民间都窃窃私语认为他是真的，这是一种普遍的心理安慰的需要。

第三件是"童妃案"。

就在审问"假太子"的同时，一个自称是弘光皇帝妃子童氏的人正从河南被护送到南京。

这个案件的大致情况是：崇祯十四年（1641），李自成起义军攻破洛阳，老福王朱常洵被俘杀，世子朱由崧侥幸逃出。经过长期颠沛流离之后，忽然时来运转被拥戴为皇帝。弘光元年（1645）初，河南有一个姓童的妇人面见南明河南巡抚越其杰，自称是德昌王（朱由崧）的继妃，混乱中与朱由崧失散。越其杰和广昌伯刘良佐深信不疑，一面奏报，一面派人护送来南京。朱由崧立即否认，宣布童氏为假冒。

三月一日，童氏送抵南京，被关进诏狱并由锦衣卫审讯。童氏自述，"年三十六岁。十七岁入宫，册封为曹内监。时有东宫黄氏，西宫李氏。李生子玉哥，寇乱不知所在。黄氏于崇祯十四年生一子，曰金哥，啮臂为记，今在宁家庄"。朱由崧批驳道："朕前后早夭，继妃李殉难，俱经追谥。且朕先为郡王，何有东、西二宫？"这是符合实际情况的，按明朝典制，亲郡王立妃由朝廷派员行册封礼。《明熹宗实录》载，天启二年十月传制遣"工科给事中魏大中、行人司行人李昌龄封福府德昌王由崧并妃黄氏"。童氏称入宫邸时朱由崧有东、西二宫已属荒唐，更不可能又有什么"曹内监"为她举行册封礼。朱由崧没有儿子，"玉哥""金哥"

之说也是空穴来风。

童氏一案与大悲、假太子案基本相似，她肯定不是朱由崧的王妃（崇祯十四年河南巡抚高名衡题本内明白说过"世子继妃李氏"于洛阳城破之时投缳自尽），后来某些野史又说她是误认（如说她原为周王宫妾，或说是邵陵王宫人），也有揣测她是在朱由崧落魄之时曾与之同居，但这些说法与童氏自己编造的经历都不符合。就案件本身而言，无论童氏是冒充，是误认，还是与朱由崧有过一段旧情，都不应成为南明政局的焦点。但童氏因此备受酷刑。一个当事人记录道：其血肉之模糊，不忍卒观。她精神失常之后，被带回扔进地牢，三天以后就死在那里了。弘光皇帝将这个女人困死狱中的行为，在他的不得人心之上又增加一层怀疑。"假太子事件"和"童妃事件"给南京弘光政权带来了重大的信任危机。三大疑案从 1645 年 1 月起到南明政权结束，一直没有离开人们的注意，它们最好地揭示了这个时候弘光朝廷的党派活动。这些案件本来是可以更加妥善解决的，阮大铖及其党羽为了报复，声称这是他们的政敌在煽动叛乱。结果谣言纷纷，本来一目了然的案件变得扑朔迷离，使百姓逐渐疏远朝廷。

弘光朝廷的内部纷争严重影响了自身稳定，无暇北顾，特别是一些东林、复社人士依附地处南京上游镇守武昌的军阀左良玉，更增加了弘光君臣的不安全感。马士英、阮大铖明白要扼制住拥立潞王的暗流，必须以江北四镇兵力做后盾。从某种意义上说，弘光朝廷迟迟未能北上进取，同东林、复社党人有密切的关系。左良玉不久后的兴兵东下，固然有避免同大顺军作战和跋扈自雄等原因，但他扯起"救太子""清君侧"的旗帜却同某些东林、复社党人所造舆论一脉相承。

在一系列的内斗中，南明朝廷不积极进取反而倾向于权力之争，马士英与阮大铖也在权力争斗中等来了清廷八旗的铁蹄，弘光小朝廷随即淹没于历史之中。可悲！可叹！

第一章

陈贞慧

陈贞慧（1604—1656），字定生，明末清初散文家。宜兴（今属江苏省）人。明末诸生，又中乡试副榜第二名。父陈于廷，东林党人，官左都御史。陈贞慧是复社成员，文章风采，著称于时，与冒辟疆、侯方域、方以智，合称"明末四公子"。陈贞慧是东林志士之后，又是复社中坚，以文章风采流行于世。他曾一纸檄文声讨阉党分子阮大铖的逆行。他不苟流俗，深明大义，注重气节。清廷当政，拒不仕新朝，隐居家乡，埋身土室，十年不入城市，即使落魄也不改变初衷。他的文章婉丽娴雅，擅长骈文散文，有多部著作传世。

一、显赫的陈门

1. 显要的先祖——陈傅良

陈姓是瑞安大姓，在塘下、莘塍、湖岭等乡镇多个村落都有陈氏聚居。根据考证，这些陈氏聚居群都有一个共同祖先——陈傅良。而陈傅良就是陈贞慧的先祖，南宋一代名臣。

陈傅良出身贫贱，父亲陈彬为塾师。九岁时父母双亡，兄弟姐妹靠祖母抚养成人。二十六岁便在温州茶院寺等地教书，他不拘泥于旧说，常有自己的独立见解，从者云集。三十四岁时进入太学学习。南宋太学分外舍、内舍、上舍三等，初入学为外舍生。作为年纪偏大的外舍生，陈傅良不仅没受到众人歧视，反而受到礼遇。比如陈傅良刚到达浙江亭，没来得及脱鞋子，"方外士及太学诸生迓而求见者如云"。富贵公子吴琚是宋高宗皇后的侄儿，身份高贵，同样穿戴整齐，大半夜就在陈傅良下榻的旅舍门口等候求见。而正式入学以后，国子监祭酒让自己的两个儿子拜他为师。陈傅良推辞不敢担当，但是"士友纷然从之者数月"。可见当时陈傅良的学问之高，名气之大。

三十五岁时，他与"元丰九先生"之一——张辉的曾孙女张幼昭结婚。成家以后，陈傅良依然以教学为生，著书立说，泽被乡里。陈傅良前半生大部分时间都在家教书授课，是永嘉学派中培养学生人数仅次于叶适的大学者，成为永嘉学派承前启后的人物。

因为出身贫寒，陈傅良对普通百姓倾注了深沉的爱，感叹黎民苍生生活艰辛，希望以教书育人来尽一个平凡人的微薄之力，即使进士甲科及第，授泰州州学教授，他却未赴任，继续在家乡教书。直到四年以后，醉心教育的陈傅良才知道要想为百姓做更多的事还是应该做官，于是在时任参政知事的大力举荐下，出任太学录，后来外调任福州通判。他为官刚正不阿，得到福州知州兼福建安抚使梁克家的信任。当地有位富户之女犯法，他秉公审理，不接受他们的贿赂，被当地的豪强们所嫉恨。他们诬告陈傅良擅权，他因此被罢官转任管理崇道观的闲职。于是，他便回家继续教书，过着"举世皆浊我独清，众人皆醉我独醒"的生活。

陈傅良是永嘉学派承前启后的大学者，他继承并发扬永嘉经制之学，使永嘉学派与朱熹的道学派、陆九渊的心学派成为并列的"三大学派"；他是南宋的"一代名臣"，出身贫穷，却身居高位，倡导并不断实践"救民穷、宽民力、结民心"的政治主张；他是杰出的教育家，被称为"一代宗师"，创办仙岩书院、任教于岳麓书院，除了温州本地学生，还有"台、越间从余游者几百余人"，他一生大部分时间都在教书授课，桃李满天下；他的思想、主张、抱负尽管在当时不能得以实现，但对整个浙江地区的经济、政治、文化均产生了极其深远的影响。

一代名臣，为官清正政绩卓著

陈傅良当过官，谥号"文节"。谥号是古代历史上的皇帝、皇后以及诸侯大臣等社会地位相对较高人物去世后，朝廷依据其生前所作所为，给出的一个具有评价意义的称号。按照古代谥号的说法，"经纬天地曰文；道德博闻曰文；慈惠爱民曰文；愍民惠礼曰文；赐民爵位曰文；学勤好问曰文；博闻多见曰文；忠信接礼曰文；能定典礼曰文；经邦定誉曰文；敏而好学曰文；施而中礼曰文；修德来远曰文；刚柔相济曰文；修治班制曰文；德美才秀曰文；万邦为宪曰文；帝德运广曰文；坚强不暴曰文；徽柔懿恭曰文；圣谟丕显曰文；化成天下曰文；纯穆不已曰文；克嗣徽音曰文；敬直慈惠曰文；与贤同升曰文；绍修圣绪曰文；声教四讫曰文""好廉自克曰节；不侈情欲曰节；巧而好度曰节；能固所守曰节；谨行节度曰节；躬俭中礼曰节；直道不挠曰节；临义不夺曰节；艰危莫夺曰节"。"文节"这个谥号，就是朝廷给予了陈傅良积极的、肯定的评价。所以历史对他的盖棺论定就是一位好官。但好在哪里呢？

陈傅良在淳熙十一年（1184）被任命为湖南桂阳军知军，候职期间在仙岩创办书院，直至淳熙十四年（1187）才到职。桂阳地处偏僻，农业生产非常落后，"耕器绝苦窳，犁刀入土才三四寸"。陈傅良上任的第二年当地发生旱灾，他缩衣节食，积极购粮救灾，帮助灾民。又从瑞安一带购买先进的龙骨水车等工具，推广施肥、牛耕等农业技术，使农业生产力有较大的提高，农民生活相应得到改善。由于他政绩卓著，升任湖南提举茶盐公事，迁转运判官。他奏减衡、永、道三州的贡银、赋粟，增益常平仓以备歉收之年用以赈济，恢复了被官府没收的两千家异姓继嗣户的家产。淳熙十六年（1189），孝宗内禅，让位给儿子光宗，桂阳军照例应进贡白银三千两，陈傅良考虑到当地刚刚经历旱灾，主动放弃朝廷给自己的赏典，申请减免贡金的三分之二，并写信给友人请求帮助，终于得到朝廷允准。当光宗闻知此事时，大发感叹"我有君举（陈傅良的字），夫复何求"，免去桂阳当地一年赋税，并通令嘉奖陈傅良。陈傅良一时享誉全国，成为百官的模范。

宋朝开国初期，宋太祖比较体恤民情，各项法令制度都以爱惜民力为宗旨。比如，在宫内设封桩库作为皇帝的私产，并打算把这些内库所藏财物充当收复燕云十六州的经费。初期，内库为战争、救灾起到非常重要的作用，但后来不少地方官为了迎合皇帝，重剥民户，内库也大都被宫廷所靡费。陈傅良通晓大宋财政、法律制度，对于百姓日益加重的负担忧心忡忡，在乾道八年（1172）殿试的对策中，他还直接批评这种现象。

不仅如此，他为官非常注重"宽民力"。湖南原有风俗，百姓如果没有子女，就将异姓人过继作为养子继承家业。南宋时，地方统治者为了加紧剥削人民，不准异姓人过继，以便这些人死后官府能直接接收他们的家产。陈傅良在湖南任职时取消禁约，归还被官府没收的两千家异姓继嗣户的家产。

绍熙元年（1190），陈傅良改任浙西提刑，第二年，回京向朝廷奏事。在外为官十四年，回到朝廷的陈傅良鬓发皆白，丞相留正便留他任吏部员外郎，他被亲切地称为"老陈郎中"。

绍熙四年（1193），陈傅良升任代理中书舍人，负责替皇帝草拟诏书，但他仍旧保持廉明正直、不怕得罪权贵的操守和作风。当时有个叫陈源的太监，在宫中专横跋扈，而皇帝却要升他为内侍押班，陈傅良两次拒绝书写升迁陈源的任命诏书。江西吉州农民鄢大为被判为"持械强盗"，定为死罪，由他写诏书下达执行，可是他读了犯人的案卷后，知是持扁担盗窃，不是持刀、枪等武器偷盗，认为是错判，请求重新审判，终于使此人免去死罪。

绍熙四年、五年间，太上皇孝宗病重，光宗皇帝因为与太上皇孝宗有过节而不去问安。这在非常注重封建礼节的南宋是不被士人所容忍的，封建社会重视孝道，孝悌忠义是每一个人应该遵守的，何况光宗身为天子，更应该遵守，对此臣民很有意见，纷纷上书批评宋光宗。陈傅良为国家大局着想，多次劝谏，光宗终于有所醒悟，准备率百官去重华宫向太上皇问安。当天，百官排班等候，仪卫准备齐全。光宗走出御屏，刚要动身，李后却挽住光宗说："天气这么冷，陛下您还是先喝一杯酒暖暖身子吧。"这时，百官侍卫尽皆失色，陈傅良不顾一切，仿效北宋名相寇准引宋太宗之衣例，上去牵住光宗的龙袍不放，恳求皇帝不要回宫，不慎把龙袍扯裂，遭到李后的骂斥："此何地，尔秀才欲斫头耶？"《四朝闻见录》甲集的记载更难听："这里甚去处？你秀才们要斫了驴头！"面对如此恐吓与羞辱，陈傅良悲楚地当场大哭。

绍熙五年（1194）六月，太上皇病故，光宗竟以生病为托词，不执丧仪。当年七月，终于引发权臣赵汝愚等发动宫廷政变，废光宗，立赵扩为宁宗皇帝。陈傅良又被召回再任中书舍人兼侍讲，兼直学士院同实录院修撰。这年冬，赵汝愚与韩侂胄争权而失势，赵汝愚因当权时曾引朱熹"道学"集团以自助，侂胄得势后就进行报复，打算斥逐朱熹。陈傅良出于公心，对皇帝说："朱熹是三朝故老，罢官内批下来，满朝大臣都会失色，臣不敢草诏书。"这事使陈傅良以"依托朱熹"的罪名受到参劾，又被罢官。从此，他韬光养晦、闭门静居，称自己的居室为"止斋"。

后人根据陈傅良做官事迹写了"通判福州严法度，知军湘桂教耕莳""白发引裙见峻骨，高风亮节汗清垂""同情疾苦施仁道，抚恤贫民博政声"这三副对联饱含着百姓对他的高度评价。"严法度、见峻骨、仁道、抚恤"这些字眼，说明百姓对陈傅良的为官评价是一致的。陈傅良是一名执法公正、忠君爱国、有气节、体恤百姓、关心民间疾苦的好官。

一代宗师，实事求是经世致用

陈傅良少年时就非常有名，虽然不幸是位孤儿，但是他"穷且益坚，不坠青云之志"，他夜以继日地读书，在家乡跟从私塾先生，学习程颐的《伊川易传》、胡安国的《春秋传》、范祖禹的《唐鉴》等儒家著作。当时的陈傅良深感科举程文之弊，乃以思出其说为文章，自成一家，人争传诵。他的主要弟子有蔡幼学、曹叔远、吕声之、吕冲之、章用中、胡大时等，他们深受其事功之学影响，进一步发挥"实事实理"的思想，主张经世致用。

根据同乡大儒叶适后来的回忆，陈傅良早在年轻时，就已经修炼成擅长时文的名师。据说瑞安县里有富豪林元章，乐善好施，家产丰厚，宅邸园林通幽，无人不向往。曾在林家嬉戏的叶适，亲眼看到林元章聘请陈傅良为家庭老师。陈傅良盛名之下，吸引一州文士云集于此，而林家两子后来双双考上进士，更是让陈傅良声名远播。

陈傅良不会拘囿于家庭教育，他更著名的教学场地是南湖书社与仙岩书院。

其实，陈傅良讲学授徒的最大业绩是在南塘茶院寺的南湖塾（南湖书社），他在此主办了五年的科举考试讲习班，"昔贤此地聚讲诵""门徒云合集群彦"。南湖书社又名南湖塾，因毗邻会昌湖、南湖得名，是温州人、礼部侍郎毛宪创办的私塾。当时授课的一众老夫子只会传授科举旧学，台下学子们听得懵懵懂懂、浑浑噩噩。1163—1167 年，陈傅良受聘为南湖学塾的主讲，"岁从游者常数百人"。在南湖塾师从陈傅良的学生有蔡幼学、周勉、王绰等，他们后来都成为承继永嘉学派的佼佼者。而1163 年时的陈傅良不过才二十七岁，他针砭时弊，语出惊人，被老夫子们"折磨"得正昏昏欲睡的书生们如醍醐灌顶"苏醒起立，骇未曾有，皆相号召，雷动从之"，可见当时陈傅良的风靡程度。

可贵的是陈傅良没有耽于美名，而是继续求学，师从薛季宣、郑伯熊，得薛季宣之学更多一点。薛季宣是永嘉学派的创始人，不时来书院教导督促。

1171年，已是三十五岁大龄青年的他终于成家，妻子张幼昭亦来自书香门第，乃"元丰九先生"之一的张辉的孙女。成亲后，张幼昭发现夫君即便居家，也是把讲堂搬到了家里，远近同宗族人登门请教，无论白天晚上春夏秋冬，家里常被围挤得水泄不通，"室内常无坐处"。

边教边著，陈傅良编写的科举文集跟着热销无比，南湖塾时就编有《城南集》，后有《待遇集》，"人争咏之"，而他的《六经论》等文章流行学子间，几乎人手一册，其声名影响甚至远达西南蛮荒之地："蜀中文学最盛，读之者无不动色，文体为公一变，至传入夷貊。"连当朝皇上也注意到他，绍熙三年，宋光宗召见他时，特意谈起："闻卿在永嘉，从学常数百人。"

陈傅良的另一个教育重镇就是位于今天仙岩风景区境内的仙岩书院。陈傅良在崖畔开凿了盥手盂、烹茶灶，留下了读书台遗迹（后人还建有仰止亭）。在仙岩山入口处，矗立着"溪山第一"的牌坊。这是朱熹当年拜访仙岩陈傅良读书处对仙岩的赞誉。就近游山览水，他还写下多首风景诗，《题仙岩梅雨潭》被传载最多："衮衮群山俱入海，堂堂背水若重闉。怒号悬瀑从天下，杰立苍崖夹道陈。晋宋至今堪屈指，东南如此岂无人。结庐作对吾何敢，聊向樵渔寄此身。"气势雄健，颇有苏轼、辛弃疾的豪放风。

陈傅良一生著述、教授生徒不辍，他不但是南宋重要的爱国政治家，又是永嘉事功学派承前启后的重要学者，名列《宋史·儒林传》。永嘉学派与当时以朱熹为首的道学派（亦称福建学派）、以陆九渊为首的心学派（亦称江西学派），形成鼎足而立的全国三大学派。永嘉事功学派与同时代吕祖谦的金华之学、陈亮的永康之学，合称浙江学派，亦称"浙学"。这一派学人反对风靡一时的空谈心性的程（颐）、朱（熹）理学，而注重研究经世致用事功之学，提倡学术接触实际。同时，主张批判"贵义贱利（经济）、重本轻末（商）"的思想，倡导发展商品经济，增强国家经济实力，加强军事训练，打有准备之仗，挽救国家危机，巩固南宋统治，以达到统一中国的目的。

所以，这一派学人的思想，对温州以后的学者及社会各界都有较大的影响。中共十一届三中全会以后，瑞安率先发展市场经济，为名闻中外的"温州模式"策源地之一。有人认为这与永嘉事功学派的影响有着较大关系，这种讲法不无道理。

一代学者，永嘉遗风大儒风范

陈傅良潜心经史，师从当时永嘉著名学者薛季宣、郑伯熊，将永嘉学派的观点主张系统化，并培养大批学生，将永嘉学派发扬光大。永嘉事功学派主张为学必须务实，注重事功，具有朴素的唯物主义倾向，这与当时盛行的朱熹道学、陆九渊的心学大讲身心性命之学的唯心主义主张并不相同。因此，陈傅良虽与朱熹同朝为官，但反对其"空谈义理"，两人由于学术主张不同，文人相轻，两个人的关系也颇为微妙。

从淳熙十五年（1188）朱熹和林栗之争，到庆元初年伪学党禁，永嘉学者的政治立场与朱熹道学集团是一致的。但朱熹非常注重门户观念，由此导致两者之后的分道扬镳。

湖南岳麓书院本是朱熹道学的大本营之一，校长张栻精通道学，在其主持下，岳麓书院达到鼎盛时期。淳熙十五年，岳麓书院重新翻修，次年，陈傅良带领学生到书院讲学，在湖南轰动一时。他对事功学说精辟独到的阐述，深深地动摇了当地学子的道学观念。学子胡大时出身道学世家，又是张栻的得意高足，倾听陈傅良事功之学后，便对道学有所怀疑。张栻死后，他也成为陈傅良的学生。朱熹对岳麓书院这一情形非常不满，曾写信责怪胡大时，但也无可奈何："君举到湘中一收，收尽南轩（张栻）门人。"

淳熙十一年（1184）至淳熙十三（1186）年，功利主义儒家陈亮与朱熹"王霸主义"的辩论长达三年，陈傅良虽然在学术上支持陈亮，认为朱熹说法不能令人信服，但生性宽厚的他，并不喜欢唇枪舌剑。由于永嘉学派渊源于洛学，他们对洛学的继承者朱熹都非常尊敬，不想与之计较。

陈傅良和朱熹的学风、政治意见不尽相同，但在"庆元党禁"中，陈傅良却冒着受牵连的风险顶撞皇上而替朱熹说话。韩侂胄得势后打算斥逐朱熹，陈傅良出于公心，对皇帝说："朱熹是三朝故老，罢官内批下来，满朝大臣都会失色，臣不敢草诏书。"这事使陈傅良以"庇护辛弃疾，依托朱熹"的罪名受到参劾，被罢官，也因此而与韩侂胄结怨。韩侂胄在随后发动的"庆元党禁"中，指控朱熹的道学为伪学党，伪学党名单共有五十九人，其中陈傅良、叶适、蔡幼学等十二人都属于永嘉学派。

陈傅良一生可谓著作等身，著有《周礼说》十三卷、《春秋后传》十二卷、《左氏章指》三十卷、《读书谱》二卷、《建院篇》一卷、《历代兵制》八卷、《止斋文集》五十二卷、《毛诗解诂》，以及《论祖》四卷、《奥论》六卷等。20 世纪 90 年代，解放军出版社又把他的《历代兵制》加以整理出版，可见他的著作对后世影响深远。

尤其值得一提的是，淳熙三年，陈傅良出任太学学录时，他根据历代典籍记载的史实材料，把前人的治国方略和自己的政治主张结合起来，以史料为根据，对执政者的思想、施政方针和施政策略进行多方面探讨，提出自己的见解和对策。该著作旁征博引、条理清晰、思维缜密，被看作"治世宝典""万世良策"，更是被宋孝宗亲赐名曰《八面锋》。

2. 霸气的父亲——陈于廷

　　陈贞慧的父亲陈于廷，系陈傅良十四代子孙，万历二十三年（1595）中进士，他的大伯陈一教、族兄陈于泰、族弟陈鼎都是当朝进士，在朝为官，一时传为儒林佳话。陈于廷历任光山、唐山、秀水知县等职，后升任御史巡按各地，弹劾当权者，惩治黑暗势力，人送"陈青天"。说到巡按，在周星驰的电影《九品芝麻官》里有个官名叫八府巡按，乍一听，八府的巡按，官一定很大，其实这个官职位并不高，但却是朝廷委派负有监督之责的官员，官虽小，权极大，活动范围也很广。

　　明朝的盐矿税监很多由太监充任，他们为恶一方。陈于廷巡按江西时，一帮太监听说"陈青天"的威名，早早地卷铺盖走人，唯恐让他抓住什么把柄，由此可见他的威名之盛。在"红丸"案中，陈于廷要求力惩崔文升、李可灼等人。明朝有著名的三大案，分别是"杖击案""红丸案""移宫案"，其中以"红丸案"最为轰动，它直接导致明光宗朱常洛登基不到一月就离奇死亡。

　　万历皇帝在位四十七年，继位的光宗朱常洛体弱多病。做皇帝后光宗的身体日渐虚弱，丝毫不见好转。本是内侍宦官、后掌御药房的崔文升为光宗用大黄药，导致光宗病情加重，不能上朝。病急乱投医的光宗召见了首辅方从哲等朝廷重臣，一开会就直奔主题："听说有个鸿胪寺的医官进献金丹，他在何处？"对于这个问题，方从哲并未多想，便说出了自己的答案："这个人叫李可灼，他说自己有仙丹，我们没敢轻信。"他实在应该多想想的。

因为之前光宗曾经这样对方从哲说过："寿木如何？寝地如何？"寿木就是棺材，寝地就是坟，这就好像是交代后事一样。对于这样一个病入膏肓的人，万一有什么意外方从哲是担当不起的，所以方从哲没有把话说满。另外，因为金丹不等于仙丹，轻信不等于不信。也许正是这个模棱两可的回答，导致了光宗做出了一个错误的判断——这个人还是可以一见的。于是光宗听完后，说："好吧，召他进来，我见一见。"于是，李可灼进入了大殿，他见到了皇帝，接着为皇帝号脉、为皇帝诊断，最后，他拿出了仙丹。仙丹的名字，叫作"红丸"。

此时是万历四十八年，也就是1620年。这里还有一个疑问，光宗不是当皇帝了吗？怎么不换年号呢？因为明神宗1620年驾崩，光宗也是在这一年登上皇位。在封建王位沿袭制中，圣上当年驾崩，太子登基后不能立刻另起炉灶更换年号，一般要等这一年过完，才能正式改元。本来已经确定1620年定为泰昌元年，结果明光宗还没等到更改年号，登基后只在位一个月就去见他父皇了。而这就是拜"红丸"所赐。

明光宗服下了"红丸"，他的感觉很好。按照史书上的说法，吃了"红丸"后，浑身舒畅，且促进消化，增加了食欲，一改往常的病态。消息传来，宫外焦急等待的大臣们十分高兴，欢呼雀跃。

皇帝也很高兴。于是，几个时辰后，为巩固疗效，他再次服下了"红丸"。

下午，劳苦功高的李可灼离开了皇宫，在宫外，他遇见了等待在那里的内阁首辅方从哲。

方从哲对他说："你的药很有效，赏银五十两。"李可灼高兴地走了。

方从哲以及当天参与会议的人都留下了，他们住在了内阁，因为他们相信，第二天身体好转的皇帝将再次召见他们。

六个时辰之后，已是凌晨，内阁等待好消息的大臣们突然接到了太监传来的谕令：即刻入宫觐见，不得延误。

但当他们尚未赶到的时候，又得到了第二个消息——皇上驾崩。

接下来就是葬礼、新皇登基、惩治当事人。崔文升、李可灼首当其冲遭到逮捕，当朝权贵从中作梗，陈于廷上书要求诛杀二人，为光宗报仇。"红丸"事件之后陈于廷升任吏部尚书，位极人臣，但他从不骄傲自满，因为他深知在昏暗的大明朝稍有不慎就会为自己带来杀身之祸，所以他只是兢兢业业地工作着，避免参与政治斗争。

明光宗死后天启帝登基，太监魏忠贤当政，人称九千岁，他把持朝政，排除异己，打击和他不同政见的王公大臣，整个朝廷被搞得黑暗昏昏，毫无生气。身为东林党人的陈于廷虽然安分，却也在被打击之列。

阉党一开始的计划是想拉拢陈于廷，控制吏部，掌握选拔人才的人事大权。可他们想错了，陈于廷岂是那样的人？他断然拒绝了阉党的要求，因此遭到阉党的仇恨，把他列为他们所编造的"东林逆党"的名录之中。深受排挤的陈于廷对明王朝非常绝望，愤然离职，骑了头小毛驴带了几件衣物离去。那年陈于廷六十岁，已过花甲之年。阉党对已经闲居在家的陈于廷也不放过，妄图以莫须有的罪名将其杀害。

俗话说："善有善报，恶有恶报，善恶不报，时候未到。"阉党终究还是逃脱不了倒台的命运，陈于廷这才幸免于难。后来崇祯皇帝多次诏他回京做官，面对朝廷的黑暗，他向北方（北京紫禁城）摆了摆手，带着自己的孙子陈维崧游览全国名胜，过着隐士的生活。几年后陈于廷去世，朝廷念其功劳，赠"太子太保"衔，谥"瑞毅"。

3. 多才的儿子——陈维崧

陈贞慧有五个儿子，其中长子就是陈维崧。陈维崧的文学成就很大，与当时名家吴伟业、彭师度并称"江左三凤凰"。陈维崧，字其年，号"迦陵"，因为长了一副和关公一样的胡须，人送雅称"陈髯"。

早早扬名的陈维崧，科举之路却不怎么顺畅。

出名要趁早。而陈维崧绝对符合这种说法，因为他出名的时候，只有十岁，这其中也有他父亲的原因，陈贞慧既是复社中坚，又是当时文坛的领军人物。陈维崧少时作文敏捷，文采飞扬，吴伟业曾誉之为"江左凤凰"。陈维崧的前二十年还是很顺利的，二十岁时，他考中了秀才，此时他的名声已经不小了，侯方域、冒辟疆、黄宗羲等人都对他赞赏有加，闲时一聊，无不为他的文采所折服，连连赞誉他是最杰出的人才。

身为东林世家的陈维崧接连得到东林、复社才子的肯定，"东林"号称当时天下第一大党，陈维崧的名气不大都不行。他抖擞精神，准备再接再厉，参加乡试考取举人，进京参加殿试，考取进士。这时的京都仍然是北京，不过已是清廷的国都了。

在春风得意的陈维崧看来，他名闻天下，才高八斗，去参加小小的乡试，中举对他而言，不过是个名次问题。了解他的人也都认为只是走个过场而已。

可是上天偏偏要玩陈维崧一把，他第一次参加乡试，没有考中。没关系，擦擦汗，三年后接着考。

第二次，陈维崧又没有考中，老天爷玩了他第二把。

三年后，同样的剧情又上演了一遍，陈维崧第三次落榜了。

郁闷到极点的陈维崧遇到了一个无法解答的难题——为什么就是考

不中呢？父亲、大伯、二伯、爷爷都是进士，为何自己连个举人都考不上呢？

无法找到答案的陈维崧只好落魄地回到了家中，一心当自己的专职作家。

陈贞慧活着的时候，生活富裕达到小康没有什么问题，但陈贞慧去世后家道败落，陈维崧兄弟五个就各奔东西，自谋生路了。万般无奈的陈维崧只好投奔冒辟疆，这一住就是十年，冒家始终对他不离不弃，并且与他诗酒唱和。正是在冒家他认识了改变他一生的人——王士祯。那时王士祯名气很大，在当时的文人圈子里享有很高的盛誉。王士祯为人正直，正是在他的劝说下，陈维崧开始对诗词有了极大的兴趣。于是中国少了一个进士，多了一位诗词大家——在清代词坛独树一帜，被称为"阳羡一派"的巨匠陈维崧。

陈维崧热情豪放，待人豁达，即使是身无分文也谈笑风生，大有一种天当被子地当床的洒脱。他重视名节，日子虽然寒酸，但仍视钱帛为草芥。当时清廷为消除士人的抵抗情绪，同时也为新朝搜罗人才，开设恩科，许多有志之士以死抗争拒不仕清廷。黄宗羲再三推托；冒辟疆根本不理会清廷的法令；关中李因因病推辞，当权者把他抬至西安，距城三十里，以死拒不入城。这一次恩科，陈维崧因执拗不过当局，去考场做做样子也被录取，被授予翰林编修，修撰《明史》，然而他常常以仕清朝为耻。

康熙二十一年（1682），五十八岁的陈维崧病逝于北京宣武门外租赁的一间旧屋之中。死后身无长物，家里没有什么值钱的东西可以为他下葬，靠亲戚好友的帮助，陈维崧才得以魂归故里。

二、加入复社，风骨俊俏"官二代"

陈维崧这样描写父亲的外貌与品性：

府君美须髯，躯干瘦削，音响如洪钟。神明挺动，奕奕荫数百十人，亦朗朗如万间屋。故陈黄门卧子赠诗有曰："此客乘青翰，飘然若有神。"而李内史舒章亦曰：君身虽短精神长，必"逢国士多慨慷"。盖府君神锋渊著，而风采焕发，屡为上流所叹赏也。（《陈迦陵散体文集·卷五》）

作为陈家的长子，做高官的父亲一直把陈贞慧带在身边，一为开眼界，二为聚人脉。青年时代的陈贞慧随着父亲的潮起潮落，或进京，或外巡，或罢官家居。求功名科举之余，又养成了"倜傥任节概，喜宾客好士"的性格。

陈贞慧在南京读书的时候，结识大批志同道合的文人，其中就包括复社中的其他三位公子：冒辟疆、侯方域、方以智，还有黄宗羲等一干文人等。他们聚集秦淮河畔，诗词唱和，感叹时局危亡。就在那个时候陈贞慧和李十娘结为密友。虽然李十娘只是一个鸨母，但为人豪爽，与人肝胆相照。喝酒赌钱，从不计较得失，相传一次十娘赌钱，一夜之间输掉千两银子，但她毫不在意，谈笑自如。李十娘有一个干女儿名叫李香君，也极具侠女风范，她与复社最小的公子侯方域的爱情成为千古传颂的佳话。

由于父亲的关系，陈贞慧很早就参加复社，年纪轻轻就成为复社的领袖人物。在魏忠贤为首的阉党倒台时，复社的快速发展到达巅峰；复社中人议论朝局，影响舆论，风评人物。

就在复社重整旗鼓的时候，逆党中那些有才无德的文人，当然不会坐视复社一家独大，他们也要组织文社与复社抗衡，其中阮大铖曾组织过"中江社"。

1. 嬉笑怒骂间智斗权贵

复社在经过短暂的兴盛之后开始面临诸多危机，嫉恶如仇的陈贞慧在关心时局的情况下，智斗为富不仁者，令人钦佩。

一次，陈贞慧、冒辟疆、侯方域、顾杲等要聚会商讨如何参加虎丘大会（复社聚会），不料陈贞慧、顾杲等人在去聚会的路上因一场"车祸"碰上同样赶着去参加聚会的复社成员黄宗羲。

陈贞慧、冒辟疆、侯方域、顾杲看见路边围了一小堆人，一个愤怒的声音在叫："你得赔我，赔我！听见没有？"

"赔？叫你让道你不让，这怨谁？"一个冷冷的声音反驳说。

接着，几个人七嘴八舌地附和起来：

"谁叫你挡道？"

"是呀！"

"不摔你个跟头，够客气了！"

"赔？别想！"

"放屁！为何要让本相公给你们让道？本相公走本相公的，你们走你们的，本相公没有怪你们撞了本相公，你们还怪本相公？那你们为何不给本相公让道？"

先前那个人怒气冲冲地说，听口气是一位儒生。

陈贞慧等四人疑惑地交换了一下眼色。此时他们正在兴致高昂之时，管管闲事，也好斗个乐子。他们走向前，却发现是黄宗羲正在与一人理论。

"你是谁呀？凭什么要让我们给他让道，你老几呀？"

"太可笑了！没听说过！"

"咦，咦！可别小看他哟，那句话怎么说来着？'猪圈里的黄牛'嘛，牛着呢！"

这时，周围已经聚拢了好些看客，听了这句玩笑话，都哄笑起来。

黄宗羲却不理会哄笑。他很着急地弯下腰，在一小堆东西里翻来拣去。"哎，完啦，全完啦！"他用带哭的声音叫起来，"你们赔我书，赔我书，听见没有？"他跺着脚大嚷。原来那堆东西是书，被那位奴仆杂乱地扔在道路上。

此时抬轿子的人不再搭理黄宗羲，自顾自地抬起轿子要走人。

黄宗羲急了，只见他猛地跳起来，一下子蹿到轿子跟前，大声吼道："站住，弄坏了我的书就这样走吗？"

陈贞慧和众人迅速地挤进人群。

"光天化日，朗朗乾坤，岂容你们横行！不赔书，你们休想走，要想走，除非从我身上踏过去！"黄宗羲又大叫起来。他真的怒了，本来赶时间去参加聚会，不想却碰到这样的事。

已经起动的轿子，被迫重新停下来，似乎给这个不顾死活的书呆子弄糊涂了，不知道该怎么办才好。

"哎，到底怎么回事啊？"坐在前头一乘轿子里的那个人，终于发问了。随手把窗帘子掀起，露出来一张中年贵公子的脸。

侯方域和陈贞慧一瞧见这张脸，心里就有了主意。轿内这个人叫徐青君，是开国元勋魏国公徐达的后裔。他的哥哥徐弘基袭封魏国公，兼任南京守备。当年徐达死后被追封为中山王，后来他的子孙后代都居住在南京聚宝门内大功坊侧的王府里。清闲无事的徐青君倚仗祖上挣来的地位和如今哥哥的财势，一天到晚游手好闲，不是走马就是斗鸡，整天不务正业，花天酒地享乐挥霍。他家有个很大的庄园座落在教坊旁边，他还嫌不够排场，又在中山府附近建了一座更富丽堂皇的西园，广蓄姬妾，过着穷奢极欲的生活。

复社公子们对这些人本来就不屑，碰上了当然是不能错过。用陈贞慧、侯方域他们的话来说，他家什么都没有就只剩下钱了。所以，当发现同黄宗羲吵架的主儿竟然是这位大阔佬，他们心里立即打起主意，彼此会心地微笑起来。现在正是他们好好整治这一伙蛀虫的时候。

"因何吵闹？"

奴仆管事的说："此人走在当街，小的怕碰翻了他，惊着爷，好心伸手扯了他一把。谁想他反倒诬赖小人把他的什么书弄损了，缠着非赔他不可，故此吵闹起来。"徐青君扫了一眼黄宗羲，和地上那一摊显然是从臭水沟里捞上来的书，不耐烦地说："这事有什么大不了的！不过是几本破书，能值多少钱？打发他几两银子就完了，跟他歪缠什么！"

"是！"管事奴仆答应着，走回来说，"好吧，我们二爷给你几两银子自己买书去吧，不要在此胡闹。"可是黄宗羲立即愤怒地打断他的话："谁要你的银子！我要的是书，书！你听懂了没有？"

"哦，书……那，那是什么样的书？"

"什么样的书！"黄宗羲悻悻地模仿着对方的口吻。由于刚才徐青君把他的宝贝轻蔑地称之为"几本破书",黄宗羲显然很不服气。他走回来,指着地上的书,生气地、故意让徐青君听见似的大声说:"你听着!就是这套宋版的书!宋版!你懂不懂?我足足在书坊里候了三年,好不容易今天买到手,就被你这狗奴才弄到臭水沟里。你得赔我,赔我!"

奴仆无可奈何地走回轿子旁边,启禀说:"爷,他说……""混帐!不管他,走!"轿子里蓦地大嚷起来。

几个仆役巴不得有这句话,连忙指挥轿夫抬起轿子,横冲直撞地往前走。

站在人群中的陈贞慧、侯方域他们一瞧机不可失,立即捅了顾杲一下,等顾杲猛地蹿出去后,他们也跟着跳了出去。其他人迟疑了一下,也随后走了出来。

正处在焦急绝望境地的黄宗羲,突然看见来了救兵,喜出望外,他连招呼都忘了打,连连点着头,用紧张、发抖的声音说:"你们来得好……他们欺、欺负人!"

"啊?谁如此大胆,欺负到我复社头上来啦?"顾杲首先大声喝叫。他心思机敏,看见徐府那几个恶仆正要作势猛冲过来,如果不立即把他们吓止住,局面将会无法控制,弄不好还会招来一顿毒打。所以一开口,他就首先把"复社"的名头亮了出来。

别看复社只是以文会友、切磋学问的一个文社,它的成员也多是一些没有功名的读书人,可是它人数众多,背后又有着一班主张开明政治的官僚撑腰;加上近十年,通过科举考试进入仕途,跻身于各级大小衙门的复社成员正越来越多,在朝廷和地方已经暗暗形成了一股不可忽视的势力。这批人大胆议论朝政,褒贬人物,强调君子、小人之别,对社会舆论起着很大的左右力量。而一般的官宦人家,则认为他的子弟只要加入了复社,就等于拿到了入仕做官的保票,不惜竭力扶持、巴结。

所以在江南地区，特别是南京城里，提起复社，几乎是无人不知，各级官府衙门，对复社恭敬有加，轻易不敢得罪。所以，顾杲一上场就先亮出招牌。

这一句也当真奏效，那个管事头儿愕然站住了，其余几个奴仆见状，迟迟疑疑地都停了下来。

"哦，原来是复社的公子，小人失敬了！"

"谁是你们的主人？让他出来！"陈贞慧又大喝一声。看见对方已被吓住，他暗暗放了心。他不想同这些人多费唇舌。

"哦，是，是，呃……不过，公子们如有吩咐，对小人说——嗯，也是一样的。"

陈贞慧他们勃然大怒："胡说！"

接着厉声呵斥道："少啰嗦，滚一边去！"

"你能代替你家老爷吗？你才几斤几两。"顾杲在旁边嘻嘻哈哈地帮腔，"快，去吧，就说复社的顾杲、黄宗羲、张自烈、梅朗中、陈贞慧、侯方域在此，恭请徐二公子出来，有话要说！"

这几句话轻巧一说出口，周围看热闹的人登时骚动起来。这几个名字都是复社当中响当当的角色——崇祯十一年（1683），复社诸生发表《留都防乱公揭》，声讨阮大铖，署名的共有一百四十人。头一名就是顾杲，第二名是黄宗羲，第三名就是陈贞慧。张自烈、梅朗中也在其内。这件事当时轰动了南京城，不少人记忆犹新。现在，听说眼前这几位儒生，就是当日那些风云人物，都不由得指指点点，低声议论起来。

那个管事似乎也明白对方来头不小，不敢再怠慢拖延。

"出去！我不要见他们，见他们不是自讨苦吃嘛。"

人们吓了一跳，怔住了。当听明白那是徐青君恐惧气急的声音时，便迸发出一阵哄笑。

陈贞慧几个人交换了一下眼色。等周围的目光开始集中到他们身上的时候，陈贞慧冷笑一声，双手交叉在胸前，抬头望着天空，不紧不慢地说："好吧，徐二公子既然不肯见我们，我们就恭候到底。反正，今儿这事不分辨个水落石出，徐二公子休想离开，要是他徐二爷敢派人回去搬兵，我们复社中人，也自有办法对付。顾兄，你说是吗？"陈贞慧笑眯眯地对顾杲说。

其实，他是担心对方会来这一手，因此，预先提出警告，使之不敢妄动。

"哎，要是徐二公子逃回家去，关上大门不出来，那可怎么办哪？"事先得到陈贞慧示意的梅朗中，装出一副天真无邪的样子问。

"哼，除非他一辈子不出门，否则，我们总有法子找到他。"

听着社友们一唱一和，夹在他们当中的黄宗羲仿佛忘记了他的那套宝贝书。他睁大眼睛看看这个，瞅瞅那个，露出又惊奇又好玩的神情。

但此时徐二公子就是不出来见他们，这样一来，复社这边的几个人也没有了主意。大家不约而同地把目光集中到陈贞慧身上。

陈贞慧依旧纹丝不动地站着，嘴边挂着微笑，显得很有把握。

就在这时，从事情发生以来，一直没有任何动静的另一乘轿子里，忽然走出来一个人。他大约六十岁不到，中等身材，头戴方巾，有一张质朴的脸，头发胡子都斑白了。他匆匆走向前一乘轿子，隔着帘子同里面的徐青君低声交谈了片刻，然后快步走上前来。

"诸位先生，"他拱着手说，"在下有礼了！"深深作下揖，接着又说："青君兄的家仆冒犯了黄先生，还损坏了黄先生的宝籍，青君兄心中十分不安，特请小弟代向黄先生谢罪！"说完，他朝黄宗羲又是一揖。

顾杲见他左一揖右一揖，没完没了，心里又不耐烦起来。没等黄宗羲做出表示，他就冷笑一声，说："嘿，难道徐公子打算这样就完了吗？"

"哦，不，不！"那人陪着笑说道："青君兄情愿赔偿黄先生的书。只是书已然破损，原物奉还，的确恐难做到。青君兄意欲加倍赔偿，请黄先生说个数目，青君兄肯定会赔偿的。"

顾、陈二人捣了大半天的鬼，目的正是要等着这句话。至于这句话是由徐青君本人说出来还是由他的代表说出来，他们倒不在乎，不过这句话肯定也是姓徐的意思。因此顾杲一听，脸色便缓和下来。可是陈贞慧却皱起眉头，现出为难的神色。他回过头，用犹豫的口气问："你可都听见了？按说呢，此书实在得来不易，看到被毁成这样实在可惜，我看着都心痛！不过，看来事出无意，对方如今确有为难之处，这位老先生又一片诚意……唉，你就瞧着办吧！"说着，暗中扯了扯顾杲的衣袖。

顾杲正听得发呆。他猛地回过神来，急急忙忙地说："正是正是，我看也只好如此。只是——黄宗羲，可不能太轻饶他！"

其他人也在劝说黄宗羲。

听见社友们都在纷纷劝说自己，黄宗羲那张瘦小清秀的脸蓦地红了。他低下头去，皱着眉头想了半天，终于，无可奈何地点了点头。

陈贞慧一见黄宗羲同意，两个人便一齐走开去，凑在一起喊喊喳喳地商量起来。

片刻，陈贞慧若无其事地对那位"代表"说："劳烦先生您了！按说呢，区区一套书，本来也不值几个钱，惟是这套书是极难得的珍本，黄宗羲为它足足耗了三年心血，被毁了，实在无法甘心！本拟定要原书索还，如今碍着先生您的面子，只好用钱相赔了。"

说到这里，他停下来，不慌不忙地说了一句："我们不要求赔很多，一百两银子就可以了。"

"啊，怎——怎么要这么多？"

"什么那么多？"陈贞慧顿时沉下脸，"这套书，据我们所知，极可能就是嘉靖四十一年从严东楼府中查抄出来的那一套。只怕已是海内孤本。百金之值，还是低的呢！"

"可是刚才黄先生说，他买下时才花了廿六两银子！"

陈贞慧冷冷地道："买下时是买下时，现在是现在。要是徐二公子以为不值百金之价，也可以，就请再寻一套同样的来赔给黄先生；或者——"他挖苦地微微一笑，"如果先生家中藏有此书，愿意拿出来代徐公子赔偿，也极表欢迎！"

略一沉吟，那位"代表"苦笑着说："此事在下也无力做主。请先生稍作等待，在下把事情告诉青君兄，再来答复你。"

说完，他垂头丧气地转过身，朝轿子走去。

"不行，不行！书是我的，你们不能这样做！"黄宗羲得知后不满意地大声说。

"你们，你们这是要陷我于不义！"他咬着牙说。

这会儿，那人显然已经同徐青君说妥了。只见他不慌不忙地重新走回来，微笑着对大家拱拱手说："这是一百五十两银子，请您收好。多谢诸位排忧解难，青君兄命在下代他向诸位先生表示谢意！青君兄还说，宝籍既是孤本，百两之数，只怕委实有屈黄先生，青君兄愿再加五十两，实赔一百五十两！"

话一说出口，全场顿时轰动起来，有人大声叫好，有人疑心自己是不是听错了，一时间议论纷纷，都说徐二公子果然富可敌国，这一手露得着实漂亮，既大方，又够面子。自然，也有人替黄宗羲他们担心：哎，这一来他们可怎么下台啊！

复社的几个人你看我，我看你，都不由得呆住了。他们完全没料到对方会答允得如此爽快，他们还准备讨价还价。然而，眼前的对手却比他们所估计的厉害得多！

他不只赔得起，而且还甩得起，你们不是要敲他一百两吗？他甩给你一百五十两！不错，这一回银子是到手了，而且还多出了一半，可是脸面却要丢尽了！陈贞慧呀、陈贞慧，这才叫弄巧成拙呢！赶明儿传开去，我们复社还拿什么脸去见人？

"哦，这是一百五十两银票，敬请黄公子笑纳！"

看着来人拿着钱嬉皮笑脸趾高气扬的样子，复社的几个人顿时变得有点不知所措，面面相觑，不知道该怎么往下接了。黄宗羲显得更加狼狈，他恨恨地瞪了陈贞慧一眼，赌气地背过脸去。

周围的人又重新静下来。大家都饶有兴味地注视着，想看看复社的人到底敢不敢接受这张如此烫手的银票。

这时，只见一直在转着眼珠子的陈贞慧，忽然哈哈大笑起来。陈贞慧脑筋转得非常快，他已经想出了既能杀对方的威风，又能为复社扬名的好主意。

他上前一步，一手接过那张银票。

"多谢，多谢！"他彬彬有礼，非常镇定自若地拱着手对"代表"说，"想不到徐二公子果然是位爽快人，很是佩服！不过——"他转向围观的人群，提高了嗓门，"倘若在场的有哪一位认为，今晚我等数人在此之所为，乃是觊觎徐公子的钱财，那又未免太小看我复社了！现今，陈某在此郑重声言：这一百五十两银子，除去其中十六两偿还黄先生之书值外，其余一百三十四两，我们分文不取，全部用来赈济饥民！明天一早立即交给官府用于赈灾！"

陈贞慧本来就善于辞令，且声音洪亮，这一番堂堂正正的话，通过他一板一眼、抑扬顿挫地说出来，不但清楚地送进了每一个人的耳鼓，而且拨动着他们的心弦。全场先是静了一下，忽然集体喝起彩来："好啊！"

"真没想到！"

"太妙了！"

"复社就是好样的！"

刚回到聚会的地方，就听到："姗姗来迟，该当何罪？"

刚到门口，顾杲已经一步跨了进去，侯方域就站住脚，拱着手含笑问。

"哈哈，你们瞧！这话向来只有我们问方域，今儿破题儿第一遭，给他占了个先！"顾杲兴冲冲地叫。

"啊，方域兄，你不知道，我们干了一件何等痛快之事！"跟着走进来的黄宗羲急匆匆地说。他的眼睛闪闪发光，热切地瞅着侯方域。要不是陈贞慧随后就走了进来的话，他恨不得马上把刚才发生的大快人心的一切全部告诉侯方域。

陈贞慧拦住了黄宗羲。朝侯方域一拱手，然后，像变戏法似的，从袖子里掏出那张一百五十两的银票，双手捧着，高举过头："望笑纳！"

侯方域微微一笑。这微笑显示着他对于伙伴们这种煞有介事的表演是多么熟悉，而且料定这一次也并无特异之处。他随手接过银票，扫了一眼，蓦地，微笑消失了。

他走到灯前，将银票反复地看了几遍，抬起头，怀疑地问："嗯，这是怎么回事？"

陈贞慧等人交换了一下眼色，对那张银票所引起的效果显然颇为满意。

黄宗羲走进来也露出莫名其妙的神态。他好奇地凑近侯方域身旁，歪着头儿看了一眼，目光随即闪动起来。用袖子掩着嘴儿一笑，瞅瞅陈贞慧，又瞅瞅顾杲，好像催促说："是呀，这可是怎么回事呢？"

"想想吧，直接告诉你多没意思！"顾杲洋洋得意地卖着关子。

"我如何猜得着！"侯方域双手一摊，"终不成是他送你的吧？"

"当然——非也！"

"那么，"侯方域苦笑着，"是你们敲诈来的？"

"答对一半了！"

侯方域吃惊地说："什么？你们这是——真的？"他的语气急促起来，"这、这，我不是早就劝你们，别干这种事！怎么现在又——"这时候，吴应箕和冒辟疆过来了，拿过银票看了看，冷冷地说："原来是这个人！为富不仁，我看无须紧张！"

"方域兄，这件事并不是你想的那样！"黄宗羲连忙插嘴说。刚才，他因几人利用他来敲诈徐青君大为恼火；现在，他又急急忙忙替他们分辩了。于是，他连说带比画，把路上发生的事情一五一十地向侯方域讲述了一遍。

用心地听完之后，侯方域终于无可奈何地点点头，说："如果是这样，总算还无伤大体。只是这一百五十两银子，除扣下书款外，剩下的应该去放赈才好。"

黄宗羲毫不犹疑地说："这个是肯定的！"

陈贞慧说："有道是树大招风——近年来，复社不像以前那样了，一些小人专门找复社的麻烦，我们会当心的，方域兄，我等知道轻重，不用为此担心。"

此后，陈贞慧智斗权贵的名声便在南京四处传开了。

2. 一纸檄文交恶阮大铖

当时的高门子弟、自诩为才子的年轻士人多聚于秦淮河畔，尤其是复社中的陈贞慧、侯方域、方以智、冒辟疆更是其中的佼佼者。陈贞慧常与冒辟疆、方以智、侯方域切磋文章，诗歌往还，流连青楼楚馆，极尽风流之能事，且都是复社中坚。此时，李自成农民军兵出潼关，清廷八旗兵逼近山海关，天灾人祸，哀鸿遍野。而南京还是莺歌燕舞，歌舞升平。忧心时局的陈贞慧心有抱负却又无可奈何，只能把酒言欢，痛斥阮大铖，讥讽他的作品。

阮大铖虽然立场不稳，人品也不怎么样，但其文采很好，填词唱曲样样精通，还与阉党余孽暗中相通。糊涂文人只看到他才具不凡，但不知背后的苟且之事，所以多依附阮大铖。这让正直的复社中人愤慨不已。面对如此危局，正在陈贞慧家中做师傅的吴其箕、东林领袖顾宪成之后顾杲与陈贞慧决定写一篇文章，揭露阮大铖以前干过的丑事，以及将他阿谀奉承、溜须拍马阉党的事抖搂出来，让那些依附他的文人及早悔悟。

吴其箕的文笔很好，擅长古文，于是被推为执笔之人，只用一晚上时间就写成了留名于世的《留都防乱公揭》。《留都防乱公揭》针砭时弊，揭露了阮大铖依附魏忠贤，不闭门思过反而想要翻案的嘴脸，告诫世人对阮大铖要有警戒之心。这篇《留都防乱公揭》很厉害，很多不知情的人，看了之后都认清了阮大铖的为人，并纷纷与他断交。

一次祭拜孔夫子，复社中人大都来参加。阮大铖虽然不敢在城里居住，但也不肯轻易放弃这一年一度的盛典，也参与了进来，复社诸君子不能容忍，当着面骂他道："你有何脸面来祭拜，不怕玷污了圣人吗？"阮大铖辩解道："我堂堂两榜进士难道不能祭拜吗？何况我也是赵南星的门生，还曾是东林中人，祭拜夫子有何罪过？虽然我以前为了救人不得已依附于魏忠贤，但我已经悔过了，为啥就不能原谅我呢？"一席话说完，复社诸君子更生气了，纷纷动起手来，对他一顿乱打，本有美髯之称的阮大铖，胡须掉了一半，牙齿也被打掉了好几颗。

为了拉拢权贵，结交贤达人士，阮大铖蓄养了一个戏班子，人称"阮家班"。阮大铖才情不弱，再加上他的刻意指导，"阮家班"得到迅速发展，其所创的《春灯谜》和《燕子笺》风靡海内外，两剧上演终年不断，岁无虚日。他知道东林、复社的君子们喜欢昆曲，也想以此化解与他们的紧张关系，进一步表明当初投靠阉党不过是误上贼船而已，并非什么滔天大罪。但是，复社的君子们丝毫不给他面子，即使如此，阮大铖仍不放弃，一直抱着一丝希望。

一次，陈贞慧、冒辟疆、方以智、侯方域等复社君子在一起聚会喝酒，陈贞慧派人到阮大铖家请戏班唱戏。一开始的时候阮大铖还假意推托，说戏班有别的应酬，不能过来，看改天行不行。阮大铖口中虽然这么说但心里暗中发笑，这真是天助我也，这难道是复社君子要与我和解？那我出头的日子就要到了，这次我肯定要抓住机会，阮大铖这样心中思索着。但他仍然不放心，一路上派自己的家奴跟随，看看复社公子们看戏时的反应，而他则在家中焦急地等待着。没过多时，那个家奴回来报告说，酒已过三巡，戏已演了三出了，众人们听得是如痴如醉。阮大铖心里暗自高兴，除了我这个戏剧天才，天下谁还能编导出这么精彩的戏？！阮大铖仍然不放心，要亲自去看看。

阮大铖怕被复社君子辱骂、讽刺，不敢乘马坐轿，一路小跑到了演戏的地方。刚到门口，就听见里面复社诸君子拍手称好。往近处一看，只见陈贞慧、冒辟疆、方以智等人纷纷点头，相互举杯赞赏，口中还不停地说，果然是真才子、大手笔呀，就像玉帝派使者下凡一样，此人如果不能成为文坛领袖还能有谁呢！我等都不如他呀。听完这句话，阮大铖飘飘欲仙，就像夏天吃了冰块一样，畅快无比。自言自语说道："岂敢岂敢，哈哈。"就这样阮大铖又派出自己的家奴问问这些君子还需要点什么，他立马吩咐人准备。

戏听得正酣，一些东林遗孤想到自己的父辈竟然死于阉党的爪牙之下，不免痛哭流涕，肆意嘲讽道，阮大铖不愧是南国精英、东林俊才，可如此的人才怎么愿意做阉狗的儿子呢？简直是作践自己，恬不知耻，难道想用几部烂剧来赎罪吗？真是可笑，真是瞎了他的狗眼。那些东林遗孤拿起酒杯，砸向戏班子，场面顿时大乱。阮大铖幸运地躲在暗处，如果不是这样，肯定要被打个头破血流。他狼狈逃了回去，到了家中还气喘不宁。心中越想越后悔，咬牙切齿地暗自发狠道，不报此仇，誓不为人，复社小兔崽子们我和你们没完，没完……

那时的复社君子们不过就是二三十岁的年轻人，血气方刚，用现在的话就是那个时代大大的"愤青"。心里洁白无私，眼里也揉不进沙子，只要认为是对的，就不计利害，不避锋芒，一个劲儿地向前冲。虽然有时候也会把事情变得更糟，但其精神是十分值得赞扬和钦佩的。东林、复社信奉儒家理念，重"道"轻"术"，做人务求正直诚实，处事光明磊落，所以复社君子在一次次的政治斗争中落败。

经过东林遗孤们这样一闹，复社与阮大铖的仇恨成了不死不休的死结。同时也为以后阮大铖当权肆意报复复社中人埋下了伏笔。

三、铮铮铁骨，隐居十多年不仕清

1. 一心报国，无力回天

北京陷落后，为了能够及时掌握时局动向，陈贞慧主动找到史可法充当其幕僚。当了幕僚后，陈贞慧对南京的形势了解得更多了，看法也比之前的书生之见要深刻得多。他彻底领悟到在政治场中，各种关系的交错，利益的纠纷，权力的倾轧，其复杂程度远远超出他过去的想象。即便所面临的是有十足正当理由的事情，也绝不是仅凭一厢情愿的热情能够办成的，更何况有些事情，还不能简单地以是非成败作为评判的标准。

弘光皇帝上台后，陈贞慧作为史可法的幕僚，建议朝廷实施新政，并提出新政二十条，后被史可法采纳。可以说，南京新朝廷在以史可法为首的东林派大臣主持下，革除积弊，更新朝政，出现了一些新气象，其中就有陈贞慧和力主改革的复社成员的功劳。陈贞慧和这些力主改革的复社成员，其才能和抱负也得以施展。如果能继续这样下去的话，复社也不会沦为空谈报国理论的组织了。

于是陈贞慧想了一个计划，就是让复社中的其他人都像自己一样去充当各个重要衙门的幕僚，凭借当权人物的信任发挥更大的作用，以此来报效国家。由于复社中人大都是知名人物，很多还是官家后代，所以这些都是很容易做到的。

这一天，复社成员们相约在一个幽静雅致的书坊举行一个小型的聚会。书坊的老板也是复社的老朋友了，把大家安排在西厢房。陈贞慧就打算在这个陈设简朴而干净整洁的小房间里，向大家宣布他的计划，在他看来这个计划显然关系着自己、复社乃至朝廷的未来，如果可以实施，这无疑是一线生机。

几天前，陈贞慧找复社的元老人物——周镳商量，老先生却没有吭声，陈贞慧进一步说："我愿意竭尽全力把这件事全面承当起来，只希望您能凭借在官场中的老关系，给予我们帮助。"周镳也只淡淡地说："看看再说吧！"一想到这里，陈贞慧的心头就掠过一丝忧虑："眼下正是复社需要齐心协力共商大计的时候，实在经不起内耗啊！"陈贞慧一边思索着，一边仔细观察每位复社成员。后来看到复社成员们为了时局为了复社的将来忧心忡忡，虽然都在发牢骚，但是大家基本上都还保持着热情和斗志，慢慢地陈贞慧的忧虑就打消了一大半："大家对复社对时局都还是充满热情和斗志的。"

陈贞慧这样想着的时候，下面已经议论开了。

"朝廷怎么能容得这帮浑浊小人来掺和？"

"万万不能容得，否则中兴无望！"

"就是就是，这帮人成事不足，败事有余！"

"各位，驱贼灭寇，光复神京，舍我东林、复社，还有谁能当此大任呢？"

这句豪言壮语一下子把大家的热情给点燃了，群情激愤起来。陈贞慧依然没有吭声，他非常明白，自己和朋友们尽管一心报效国家，但到底都是无权无位的读书人，不可能直接参与朝廷的决策，更不可能对眼下的时局做过多的评判，甚至连执行的资格都没有。但是现在形势紧迫，又不容许再按部就班地慢慢等待，必须转换策略，不能像以前对待阮大铖那样对待眼下的时局。如果一味像现在这样清议下去，复社就没有出路了！

陈贞慧先定了定神，郑重地把自己了解的情况向大家慢慢陈述道："眼下虽然神京不幸陷于贼手，然而大江南北，天下大半仍属我大明。在兵力上，留都守军等部共有三四十万之多，加上左良玉的八十万大军，总数不下一百二十万。这还不算福建、两广及云南、贵州的兵力。我们尚有百万雄兵，只要朝野同心，匡扶社稷，一定能光复神京，驱逐贼寇，以报先帝之仇！"

其实复社的社友们虽然慷慨激昂地嚷口号，但对于实际情况都知之甚少。他们的热情并不是来自对敌我形势的理性认识，更多的是来自一种热情和盲目自信。听到陈贞慧这么一说，明朝还有这么庞大的兵力，都吃了一惊。

"什么？一百多万！真的吗？"

"那么，我们为什么不赶快出师，趁流贼立足未稳，夺回神京？"

"是呀，听说流贼之兵，不过三四十万。兵法有云：'倍则围之'……""不对，是'十则围之'。"

"不，你记错了，就是'倍则围之'！"

"是'十则围之'！"

这争论的两位是梅朗中和余怀。吴应箕看不下去了，拍桌子制止道："先别管这个了。现在哪是讨论这个的时候？"说着，他看着陈贞慧说道："定生，你且说下去！"

于是，所有人都望向了陈贞慧这长着刺猬般胡子的脸，陈贞慧近日心力交瘁，憔悴了不少。他先喝了一杯茶定定神，继续说："刚才大家说的都不无道理，事到如今，能砥柱中流，担当中兴大任者，只有我东林复社了。这个虽然不假，但是眼下最重要的是要中兴，那么我们首先应该做什么呢？大家想过吗？"

于是复社成员们又开始七嘴八舌地讨论起来。

"应该先拥立新君，再造朝廷。"

陈贞慧微微一笑："这是在新君登基之后。"

"那就该出师北伐！"

"先为先帝举哀发丧！"

"该起用贤能，选拔人才！"

"不对！"黄宗羲此刻也激动起来，"新君即位之后，最重要的是先改革，颁行新政，才有机会说中兴！"

听到黄宗羲的一番话，陈贞慧眼睛一亮，赞许地点点头："正是这样！这就需要我辈各施才能，群策群力，或许还能拨乱反正。但是在眼下这种危急情况下，如果我们还固守陈规，只一味清议，何谈建功？所以我们要进一步，直接参与政事才行！"

"只是，以我辈一介布衣，又何从直预其事？"有人非常疑惑地看着陈贞慧说了这么一句。

然后大家又齐刷刷地把目光投向了陈贞慧，因为这是所有人的疑惑。

陈贞慧说出了自己的计划。但是陈贞慧的想法却遭到了复社元老人物——周镳的反对。周镳为了维护自己在复社的利益，指斥陈贞慧要大家充当幕僚，是为了败坏自己的名声，以便取而代之，这是要把复社引到一条不归路上去："参与朝政，无非就是去当幕僚。我们复社有今天的威望，全是因为以在野的身份主持清议，让在朝者有所忌惮。如果都去充当幕僚，不仅要对别人俯首称臣，言行都会受到约束，还如何清议？而且，充当幕僚就能参与朝政吗？恐怕只是到官府里充当杂役罢了！到头来全是枉费心机！"周镳作为元老级人物，在复社中说话相当有分量，这让本就犹豫的人更不敢听从陈贞慧了，原来坚定地拥护陈贞慧的人也像是被浇了一头冷水，变得退缩了。

其实，之前曾让朝野轰动、让复社声名大噪的《留都防乱公揭》，是陈贞慧一手起草并改定的，但是不知道怎么回事，后来竟被传成是出自周镳的手笔。按理说，周镳应该马上出来澄清，说这篇檄文并非自己所作，不敢居功诸如此类的话。但奇怪的是周镳一直没有回应，实际上等于默认了流言所说不假。陈贞慧虽然感到奇怪，心里也有点不舒服，但因为彼此是社友又是至交，也不好意思公开说明。他既想顾全大局，缓和复社的矛盾，又想贯彻自己救亡图存革新朝政的幕僚主张，就选择了沉默，把《留都防乱公揭》的功劳让给周镳，维护了周镳的声誉，但仍解决不了复社的矛盾。而就在此时，马士英、阮大铖之流当权排除异己，诛杀复社的行动已悄悄展开。

由于马士英要回弘光朝廷任职，史可法为避免冲突，愿意自行到江北去督师。陈贞慧觉得事态已经非常严重了，如果让居心叵测的马士英取代史可法，朝廷会是怎样的局面？自己会有怎样的遭遇？复社会有怎样的结局？这些都是一目了然的。他得知阻止马士英入朝的方法只有两个，要么朝廷大员集体弹劾，要么留住史可法。因为马士英有皇上信任，想要弹劾他绝非易事。于是陈贞慧就只剩下了一个办法——发动士民、上书反对，形成舆论声势，给皇帝造成民情压力，迫使马士英不能上任。陈贞慧殚精竭虑，找了许多人，先是请司礼监的掌印太监阻止史可法出走，后召集复社成员在史可法出南京之日拦街挽留，以造成轰动朝野的影响，迫使朝廷留下史可法。但最后全部失败了。

史可法的离开，带给陈贞慧和复社社友们莫大的冲击，他们的满腔报国热望随着史可法的出走而再度归于破灭。

史可法走后，陈贞慧充当幕僚的设想彻底失败。马士英上台后，陈贞慧从全局考虑，觉得应该争取马士英并且改善与逆党的关系，但遭到黄宗羲等人的猜疑、误解。

阮大铖复出后，复社内部反对和马士英和衷共济的人越来越多，陈贞慧在社友们的非议中渐渐失去了复社领袖的地位，后来慢慢遭到冷落排挤，竟然无可奈何。

复社元老周镳等被抓后，由于陈贞慧一直没拿出切实可行的营救办法，导致了陈贞慧在复社中的威信进一步下降。当复社社友们想出外联络，说动左良玉、郑芝龙等人支持太子、造成声势以逼弘光皇帝退位还政于太子时，陈贞慧觉得，这么做成功的可能性很小，闹不好还可能因此结怨于弘光皇帝，将复社陷于更加险恶的境地。因此，陈贞慧不赞成这种做法，但遭到黄宗羲、吴应箕等人的强烈反对，昔日的好友对陈贞慧冷眼相看，认为他懦弱。深受社友误解的他只有忍住痛苦和委屈，一心关注时局的发展。然而这一切的发展都随着南京陷落结束了，没有了猜忌，没有了误解，只有那冰冷的刀剑和那血流成河的城池。

2. 隐退山林，守节明志

作为复社的年轻领袖，陈贞慧有很高的政治抱负和冷静的头脑。他留下的"明室可仗者民心，而痼疾在穴斗；清国可恃者武功，而所难在文治——欲知天下大势，成败兴衰，当各视其兴利除病之效为如何耳"，他对局势的清晰认知可见一斑。为了复社的前途，为了国家的命运，他忍辱负重，煞费苦心。

即使身处囹圄，陈贞慧依然冷静沉着。为了不拖累其他人，他草拟了《过江七事》后，又写了一篇文章，将当初发表《留都防乱公揭》以及各种争端全盘写出，把责任全部揽到自己身上，告诉阮大铖，如果要报仇，他愿一人承担，与他人毫无关系。这等胸襟、气魄与担当，让同时入狱的顾杲一下子愣住了，激动、悔恨和痛苦一起涌上心头，然后顾杲扑通一下扑倒在陈贞慧脚下，哽咽地说："当初真不该不听你的话，要不然也不会弄成今天这样！我真是悔恨啊！我今天才明白，你当初是对的。我绝不能让你自己承担，绝不能。"这个认可和道歉虽然有点晚，可是陈贞慧依然很激动很欣慰。受过的排斥和委屈，好像都烟消云散了。

南京陷落后，他返回家乡宜兴。在清廷高官厚禄的威逼利诱下，他不为所动，隐于山林，即使腹中饥饿也怡然自得。面对清廷初期的野蛮统治，陈贞慧坚决不入城市。可以想象，一个经常流连秦淮河畔、诗酒吟赋的潇洒文人，居然与世隔绝，其精神不得不让人敬佩。

《清史稿》中对陈贞慧寥寥几句的记载，大致勾勒了他短暂而不平凡的一生：

"陈贞慧，字定生，宜兴人，明都御史陈于廷子。于廷，东林党魁。贞慧与吴应箕草《留都防乱檄》，摈阮大铖。党祸起，逮贞慧至镇抚司，事虽解，已濒十死。国亡，埋身土室，不入城市者十余年。遗民故老时时向阳羡山中一问生死，流连痛饮，惊离吊往，闻者悲之。顺治十三年，卒，年五十三。著有《皇明语林》《山阳录》《雪岑集》《交游录》《秋园杂佩诸书》。子维崧，见《文苑传》。"（见《清史稿》列传二百八十八）

简单的"已濒十死"四个字，可以想象他被逮乃至接连遭受迫害，不断死里逃生的险境。陈贞慧被捕时，慷慨大呼："男儿死则死耳，何畏耶？"贞慧能在"已濒十死"之下留住性命，固然和弘光朝迅速覆灭有关，但许多同情东林集团的官员也起了不小的作用。其友黄宗羲写的《陈定生先生墓志铭》中，对他满怀敬佩和钦佩之情，称陈贞慧当初读书时，"天下望之如镆铘出匣"，但是"国亡之后，残山剩水，无不戚戚可念"。史料中记载他"埋身土室，不入城市者十余年"，交代了这个原本立志建功立业、满腔热血的一代儒生，为了民族气节，隐居山林，一身才华终究埋没于山野的后半生，让人不胜唏嘘。人以群分，物以类聚。南明灭亡之前，陈贞慧和一群志同道合的朋友一起"连舆接席，酒酣耳热，多咀嚼大铖为笑乐"。南明失败后，陈贞慧恍然大悟："日日争门户，今年傍哪家？"陈贞慧的生平好友大都不仕清廷，除了抗清殉国的人，剩下就是和他一样隐居山林的人。在陈贞慧回到宜兴乡下，躲进小楼的这段日子里，他也日夜思念着"半登鬼录"的朋友们，枕边放着侯方域、陈子龙、吴伟业等的文集，著述自娱。据黄宗羲回忆，陈贞慧的隐居生活是非常贫苦的，"先生即甚贫乎，而遗民故老时时犹向阳羡山中一问生死，流连痛饮，惊离吊往"。闲暇时，他拄着拐杖在村头田间漫游，还把拾到的麦穗带回家。不断有远方的朋友来看望，一天喝得大醉，陈贞慧把孩子们叫到身边，要他们朗读屈原的《卜居》。满座楚歌，陈贞慧老泪纵横，竟一病不起！

一代名士就这样了却一生。

"明末四公子"不像"战国四公子"那样，分属不同的阵营，钩心斗角，尔虞我诈，天天征掳讨伐，"明末四公子"亲如兄弟，之间关系盘根错节，陈贞慧长子陈维崧寄居冒辟疆家长达十年，冒家没有丝毫怨意，诗酒唱和从无倦意。侯方域的女儿嫁给陈贞慧的次子陈宗石，陈贞慧与侯方域结为儿女亲家。他和方以智吟诗作对，诗酒唱和，共同隐世，闲暇时间仍诗赋往来。可惜陈贞慧生在乱世，如果在太平盛世，必将是中国文坛一名巨匠。

第二章

冒辟疆

　　冒襄（1611—1693），字辟疆，号巢民，一号朴庵，又号朴巢，私谥潜孝先生，明末清初著名的文学家。他的先祖曾是蒙古黄金家族的后裔，是寄居在江苏如皋的大族。如皋冒氏的始祖是冒致中，乃是大元帝国皇帝忽必烈的第九子、镇南王脱欢的后代。他的蒙古姓氏为孛儿只斤，是蒙古的国姓，成吉思汗的子孙。后朱元璋推翻元朝，得到天下，下令所有的复姓、少数民族的多字姓全部改为单姓，就这样孛儿只斤氏的后代们全部把姓氏改为冒，这就是冒氏的开始。

　　冒辟疆怀才不遇，壮志难酬，多次科考，均名落孙山。明亡后，冒辟疆束发汉服，誓不向清廷低头，展现了强烈的民族气节。他与董小宛的爱情故事至今也是戏曲舞台上经久不衰的曲目。晚年时，他安于清贫，即使穷困潦倒，卖字换酒为生，仍不向权贵折腰，表现了传统文人的高风亮节。

一、鲜衣怒马的阔达少年

1. 先祖：驰骋中原，侯门贵胄

　　说起冒辟疆的家世那实在是生猛，他的先祖就是十三世纪最伟大的英雄——成吉思汗（名字的含义是"拥有海洋四方的可汗"）。成吉思汗依靠他的铁骑建立起横跨欧亚的强大帝国，几乎把整个欧亚变成了他的后花园，不知有多少强敌都被他踩在脚下。成吉思汗征战一生，攻城略地几乎屡战屡胜。唯一的失败却是由他的儿子术赤引起的。

　　1189 年，在王汗和扎木的帮助下，铁木真率领数万骑兵突袭蔑儿乞部（蒙古部落），自己的老婆孛儿帖却被人抢走了，铁木真又率领大军救回了自己的妻子。经过这一场战争，铁木真在整个草原上威名大起，各个小部落纷纷上书称臣，就这样铁木真被乞颜部推举为汗，号"成吉思汗"，并在斡难河建立了自己的都城。

　　胸怀大志的铁木真广交盟友，选贤任能，宽厚待人，许多小部族前来投靠，乞颜部在铁木真的英明领导下，迅速壮大起来，逐渐成为与克烈部、札达兰部三足鼎立的蒙古新势力。不过乞颜部是整个蒙古草原的正统部落，是黄金家族，也就是说只有铁木真家族的子孙才能继承汗位，其他的几个部落即便再强大也不敢称汗。这三大部族之间表面上相安无事，但实际上都视对方为眼中钉、肉中刺，恨不得一举铲除。蒙古大草原就这样看似平静地度过了四年时光，然而三大部落都在暗地里积蓄力量，顺便也吞并几个小部落练练手，好为那最后的一战做准备。

孛儿帖是铁木真的第一位妻子，她为铁木真生下了术赤、察合台、窝阔台、托雷四个儿子，铁木真对她宠爱有加。但就是这位蒙古第一夫人，在与铁木真成婚后不久被蔑儿乞部抢了去，这样她又有了她的第二个男人。在铁木真发动大军将孛儿帖抢回来的时候，她已经有了身孕，孩子的父亲却无法确定，这个生得憋屈的铁木真长子，就是术赤，按照古代皇位继承制度，嫡长子继承制，皇位应该是术赤。后来铁木真并未将汗位传给长子，而是三子窝阔台。尽管铁木真对术赤的身份很怀疑，但还是给了他一块封地，术赤被分封在最西边的钦察汗国。

术赤十二岁的时候，已经长成了一个壮小伙了，身子长得强壮结实，比铁木真小的时候还要勇猛。他喜欢使刀，每天不停地练刀，从早到晚，很少说话，除了吃饭睡觉就是练刀。术赤这名字在蒙古语中就是"客人"的意思，不知道起这名字是成吉思汗有意还是无意，但这个名字却让年纪轻轻的术赤不堪重负。这个孩子早熟、沉默、粗野、倔强、阴郁，和小时候的铁木真脾气一样，这就让术赤同铁木真势如水火。

有一次，察合台刚刚出生，因生孩子而略显丰满的孛儿帖，在忙活着照顾小孩子，自然无暇顾及术赤。她的脸上带着几丝疲惫，却依旧是魅力迷人的。正在给马添水的族人不禁看走了神，竟将铁皮大木桶砸在了自己的脚上，砸得他哇哇乱叫，险些把马给惊了。温柔又豪爽的孛儿帖并不在意，而是给了那个人一个甜甜的微笑。

这一切，铁木真都看在眼里，血气方刚的他无法控制住心头的怒火。他对那人大发雷霆，将他赶到边地去养马，叫他永远别回来了。看着如此反应的铁木真，孛儿帖暗地里流下了泪水，术赤则握紧马刀，奋力挥落，斩断了碗口粗的木桩，他的右手虎口被震裂，血顺着刀把淌下去。

铁木真不愿去搭理这些事情，也不再管家里的事情，去忙活部族的事情了，将家事抛在脑后。

孛儿帖刻意离开大帐，去照顾小察合台，留下铁木真和术赤独处，希望两个人能缓和一下父子感情。孛儿帖确实有点一厢情愿了，虽然两个人睡在一铺大炕上，却没有一点话语，背对着背，一个在炕头，一个在炕尾。没有人知道，这对父子还要僵持到什么时候。

术赤手受伤后，不能握刀，也就不能练刀，于是决定出去走走，就去边地找人玩，并在那里住了一夜。就是在那一夜里，术赤的干大伯札木合的弟弟歹察儿，带人抢走了牧马人所放牧的马群。

清早起来，牧马人发现马丢了，就叫上人去追赶。术赤也跟了去，他一骑当先，在一个小山丘下追上了歹察儿的队伍。小小年纪的术赤顾不上等待族人们到达，搭箭弯弓，隔着百步的距离，一箭射穿了歹察儿的后心。此时，术赤并不知道，他这一箭，直接引发了规模浩大的十三翼之战；他这一箭，拉开了轰轰烈烈的蒙古草原统一战争的序幕；这一战成了成吉思汗一生最大的败绩。他只是知道，自己闯大祸了，又要挨父亲的毒打了。

术赤匆匆跑回了汗帐，把这件事告诉给自己的母亲，他的母亲自知事情重大，不敢隐瞒，连忙告诉了铁木真，铁木真听了以后大发雷霆，要不是孛儿帖哭着求情，他非当场砍了术赤的脑袋不可。铁木真把术赤绑起来，关在帐篷里，不给他吃喝，让他自己反省去。想想也是，札木合是当时草原最大的部落，平时铁木真躲还来不及呢，何况是杀了人家弟弟呢。

之后，铁木真就开始召集部族的大小头领们，开始准备迎战札木合，他明白，这一仗是避不开了。

就这样，可怜的小术赤被关在帐篷里，由平时负责照顾他的老妈子在一旁看着，她一直喋喋不休地教育这个闯大祸的小孩子："你这孩子就是不懂事，让父母操了多大的心呀，你呀，哎！"术赤也不反驳，只是冷眼看着帐篷的门缝，数着有多少只脚从这里经过。直到铁木真下了迁移令，部族里的老幼妇孺都要躲到斡难河以南的山谷去，小术赤才被放出帐篷，手依旧被绑着。

那个山谷是四面环山，仅有一处狭窄出口。铁木真考虑到，札木合来势汹汹，兵强马壮，刚刚建立起来的乞颜部难以抵挡，肯定打不过人家，于是事先准备好了败阵后的措施，做了后事安排。他先将部族的老幼全部转移到山谷去，因为那里易守难攻，并且，山谷的前面是一大片沼泽地带，不利于札木合的骑兵冲锋和追击，反而适合自己军队的撤退。

术赤趁看他的老妈子不注意，咬断了绳子跑了出去。他潜到中军大帐外，偷听到铁木真跟本部的亲信，木华黎、速不台等人研究，让主儿乞部的士兵作为先锋，因为主儿乞部一直跟铁木真面和心不和，让他们作为大军先锋势必遭到札达兰部的重创。而此时，主儿乞部的答乐坦等人还在到处吹嘘，以为作为全军的先锋是件非常骄傲的事情，因为蒙古人向来以勇猛为荣。

隔墙有耳，术赤发现还有另外一个人也在鬼鬼祟祟地偷听，那人是主儿乞部的。要是让主儿乞部得知铁木真的借刀杀人计划，势必对整个战局造成巨大不利。术赤虽然年龄小却很聪明，想到这些后，他悄悄跟上了那个前去通风报信的人，在半路上用小刀结果了那人的性命。

杀人，对于小术赤还是第一次，不过他并不非常恐慌，因为他之前经常见铁木真和他的部下打仗杀人，而且术赤曾经杀过狼崽子和小野猪，血是见过的。

　　第二天早上，铁木真率领本部的一万怯薛军向战场进发，沿途乞颜部的其他部族陆续有援兵加入，到达目的地总人数也将近三万，与札木合的军队人数相仿。但是，铁木真知道，自己这群刚聚合在一起的军队，完全是一群乌合之众，根本不是札木合那支训练有素军队的对手。

　　当晚，铁木真召开军事会议，向各部首领下达他的作战部署。他命令答乐坦等人率本部军马以及主儿乞部人马为先锋，为了不使他们起疑，还派遣自己的亲信与他们一同出阵。不久后，札木合的大军也来到了战场，双方列开阵势，准备大干一场。

　　第二天清晨，第一缕曙光从乌黑的云缝间投射下来，宽阔的草原上一片肃静，大战一触即发，而大战前又是那么的安静。铁木真高高举起马刀，在十三翼大军前，做最后的作战动员，说一些"兄弟们赢了我们就有享不尽的荣华富贵，败了我们将一无所有，为了自己的老婆孩子拼了"之类鼓舞的话。术赤站在远处的高冈上，冷冷地看着那个叱咤风云的人物，他此时心里想的却是自己能在这场大战中做点什么呢？

　　术赤快马来到主儿乞部的阵营，他那庄重威严的眼神，令答乐坦瞬间打消了将这个捣乱的小孩赶回去的念头。主儿乞部的兵士，有受到大汗爱子亲自助战而倍感鼓舞的，也有仇视铁木真在暗地里琢磨着怎么捅黑刀的。术赤不管这些，他来到这里的目的，就是稳住他们，最大限度地实现铁木真的秘密计划——尽管恨他，可他还是父亲，不管他承不承认。

　　战争开始了，铁木真部在强大的札木合部骑兵冲击下损失惨重，各个部落都受到不同程度的踩躏，尤其是作为先锋的主儿乞部伤亡殆尽，即将面临崩溃。此时，铁木真的好兄弟木华黎急匆匆跑来，禀告铁木真："小王子在主儿乞部！"铁木真心头一惊，险些跌倒。木华黎说，速不台请求率一队人马前去接应小王子。铁木真一顿，果决地说："不，让速不台坚守他的那个翼。"木华黎刚要离去，铁木真又说："木华黎，你带上我的怯薛亲卫队去。"木华黎欣然领命而去。

数十里的战场上出现一队黑色骑兵，如铁枪一般，撕开一道口子，直奔术赤的方向而去。木华黎硬生生抱住已经杀得眼红的术赤，打马回转，术赤在马背上依旧喊着："来啊，兔崽子们，你术赤爷爷不怕你们……"小小年纪的术赤就有了少年英雄的气概。

铁木真眼见那旅黑色骑兵掩杀回来，他将手抬起向空中一挥，背后的帅旗开始缓缓后退，号手吹响了号角，撤兵的号令飞向战场的四面八方。随着退兵号令的下达，铁木真部的士气又奇迹般地恢复了，行动起来生气勃勃。这一点也不像是撤退，分明是一种追击敌人的姿态，简直可以说是欢天喜地地执行着撤退命令。被这种情绪所感染，铁木真的心中也产生了一种奇妙的心情：看来，所谓败仗的结果也不是无法接受的。他向战场方向望了最后一眼，确认木华黎他们已经返回本部阵营内，便拨转马头，加入退却的人流之中。

当全部军队撤入谷口之后，铁木真立刻命令还保持着完整队形的怯薛军在谷口布防，用先期撤入谷中的部民们砍伐好的大树将谷口完全封闭起来，作为防御屏障。命令其他损失较大的部族就地休息整编。部族中的老弱妇女们也被动员起来救治负伤的士兵。

令铁木真欣慰的是，自己本部的怯薛军由于充分贯彻了预定的战略方针，几乎没有遭受任何损失，主要将领更是无一带伤。而作为先锋的主儿乞等部却损失惨重，几近溃不成军。将领之中，答乐坦等也负了轻伤。这正符合铁木真最初定的借敌人之手剪除异己的目的。

战事的发展果然不出铁木真所料，沼泽地形限制了札木合军的追击速度，给铁木真部留了从容布防的时间。当他们追到谷口的时候，立刻遭到了铁木真部的强力阻击，变得寸步难行。当札木合的中军大队开到后，又攻击了几次，却始终因为谷口地势狭窄，部队无法展开，每次冲锋都只能在谷口前的斜坡上留下一批尸体后无功而返。攻防双方开始打起嘴仗，直到太阳落山后，才停止了对骂。

札木合见挑衅也没起效，于是第二天又恢复了对山谷的攻击。可惜，对于不善于攻坚的蒙古人来说，要想跨越这个谷口势比登天。

僵持到第三天，札木合变得异常焦躁起来。他为了恐吓谷中的守军，下令在谷口前的空地上摆开七十口大锅，将前几天在战斗中捉到的俘虏悉数丢入沸水中活活烹煮成肉酱，然后公开摆宴食用。又将不幸被俘的首领绑到阵前斩首，然后将人头绑在自己的马尾上来回奔驰拖带，直到变得稀烂，看不出原来的模样才罢休。

然而，他这个心血来潮的"杰作"非但没有吓住铁木真部的军队，反而激起了全体守军的愤怒，大家同仇敌忾，抵抗得更加卖力了。而且，他也没有注意到，那些被他强令吃下煮俘虏肉酱的各部首领对这种残暴行径都心怀不满，许多人甚至公开露出厌恶的表情，而这种厌恶情绪在此后不久对他造成的恶果以及为铁木真带来的意外收获，是令双方都始料不及的。

随着强攻、辱骂和恐吓等一系列战术的失败，札木合的耐心也达到了极限。他觉得自己狠命的一拳打进了棉花套，根本无处着力。满心希望凭此战一举吞掉铁木真的计划最终宣告流产，虽然不甘心，但是也只能下令退兵了。于是，这场大战最终以一种温吞水的方式结束了。

再次惹祸的术赤，被铁木真下令手脚都绑起来，又被丢进了马厩，直到札木合退兵，乞颜部重新返回驻地时，铁木真才想起他的这个儿子。

十三翼之战结束后，铁木真虽然战败，但由于他善于争取人心，而札木合虐杀俘虏，残暴无道，引起部下不满，致使札木合部众纷纷归顺铁木真，铁木真部反而壮大了力量，为铁木真日后统一蒙古草原奠定了基础。

这场战争是铁木真一生唯一的败绩，但他却用这一仗收拢了人心，剪除了异己。

后来蒙古统一天下，建立起强大的帝国。朱元璋建立明帝国后，强令蒙古复姓改为单姓，孛儿只斤氏就是现在的冒氏。

冒辟疆就出生在这样一个显赫的家族里，虽然明末如皋冒氏已经不复辉煌，但名望依然不减。冒辟疆的父亲就是如皋冒氏的第十一代子孙。

2. 父母：至善纯孝，如皋名人

冒辟疆的父亲冒起宗，从小就非常注重道德修养。他在参加乡试时，觉得似有神助，下笔成篇，觉得自己肯定能被录用，结果却屡次不尽如人意。落第返家之后，冒起宗读到一本劝善之书，觉得自己做得非常好，只是在一些事例上还不够充分。于是，他便加注列举了许多恶有恶报的事例，以劝勉别人好人有好报，千万不能起贪利之心。当时帮助他抄写的，是他家请来的私塾老师罗宪岳。后来罗宪岳回到南昌，在崇祯元年（1628）正月时，梦见一位穿着道袍的老神仙，左右还有两位紫衣仙童。只见老神仙手中拿着一本书，叫站在左边的仙童朗读。罗宪岳悄悄听着，正是冒起宗加注的文字。读完，老神仙说："此人肯定能够中举，放心大胆地考吧。"接着老仙翁又叫右边的仙童作首诗，右边的仙童随即念道：

"贪将折桂广寒宫，须信三千色是空；看破世间迷眼相，榜花一到满城红。"

罗宪岳醒来后，他悟到这个奇梦是在告诉他，冒起宗能够用"勿以善小而不为，勿以恶小而为之"来劝勉自己，做到洁身自好，没有被红尘蒙蔽眼睛，定能中举。罗宪岳把自己的预言告诉自己周边的人，人们不相信，都认为冒起宗是一个只懂得说大话，而没有真才实学的纨绔子弟。而罗宪岳相信自己的判断，严格要求自己的儿子，以冒起宗为榜样。果然，科甲放榜时冒起宗高中举人、进士，后来官至山东布按察司副使。

据如皋县志记载，冒辟疆的父亲如此贤达，也有冒辟疆母亲马氏的功劳。马氏自幼贤淑，做事知礼节，合大体。十七岁时，嫁给冒起宗。马氏到冒家后，精心照料奶婆沙氏。沙氏病重时，马氏在沙氏身旁和衣而卧，为其煎汤熬药，端屎倒尿，伺候了三个多月而毫无怨言。侍奉公婆也是这样，被当地人视为孝妇楷模。

后来，冒起宗由行人（官名，负责传旨、册封等事务）升为考功（官名，负责官吏考核升迁废黜等事），又担任衮西高肇衡水道的长官，无论在哪儿任职，皆以廉洁闻名。待调任襄阳主管左宁南军事务时，战乱迭起，襄阳危在旦夕，有人劝他托病辞官。马氏阻止道："您素来以忠贞为志向，怎么能听任这种苟且偷生的计策呢！"有了夫人的鼓励，冒起宗更坚定了自己的决断，他跃上战马，纵骑奔向战场，竭尽全力为朝廷效力，到年老时才请求归乡。回乡后，冒起宗与其夫人一起隐居山林之中，每日抚松采药，以此安度晚年。

冒起宗死后，马氏独自抚育未成年的孩子，对孩子倍加疼爱，八十七岁时无病而逝。而冒辟疆就是在这样的家庭氛围中长大的，他继承了父母的纯良品行，后来为了侍奉母亲，终身不仕，人称纯孝。

3. 冒辟疆：一代文宗，怀才不遇

冒辟疆，生于明万历三十九年三月十五日（1611 年 4 月 27 日），从小就被祖父带在身边随官外任，两岁时到江西，十岁到四川，十二岁到云南，可以说，小小年纪就接触了民间百态，领略了大好河山，也为后来的诗歌创作积累了大量的素材。他从小就受到了极好的教育，家教很严，很早就开始在祖、父两代进士的教育下苦读经史子集，他在《七古感怀》中回忆他的童年读书生活时说："忆昔童年便壮游，间关吴楚蜀之麓……寒月惨白霜天高，苦把《离骚》深夜读。一字一句几回环，栖鸦噪林松谡谡。"因此幼年的冒辟疆就学识极好，史称他"两岁涉四方，十二称文章，束发佽结交，鸿巨竟誉扬"。十三岁时，冒辟疆随祖父回到如皋，在集贤里祖宅中的香俪园读书。那时的冒家很是气派，东西南北纵横均达一百余米，房屋有百余间。天启四年（1624），冒辟疆把自己十四岁前所写的诗结集为《香俪园偶存》，寄请时任礼部左侍郎的艺坛巨擘董其昌指教赐序。董其昌看后大为赞赏：

王右丞集载十六十九岁诗，不必王子安滕王阁诗。若序江河万古，四杰无论。假令右丞之诗，不著年月，谁能辨其为少作耶？此辟疆十四岁时作，才情笔力，已是名家上乘，安知前身非老诗人再来？亦安知非高常侍五十为诗，六朝吟客千锤百炼，捻破髭髯者。习气未尽，再入词场，点缀盛明一代诗文之景运耶！

董其昌在序中认为冒辟疆的才情可以和唐代天才少年王勃相媲美，还拿他和王右丞王维作比较，认为他可以"点缀盛明一代诗文之景运"。大儒陈继儒对他也是钟爱有加，与其结为忘年之交，还跟董其昌说，冒辟疆是"仙品"，是黄鹤背上的人，富贵是无法束缚住他的。

冒辟疆对自己的评价也很高，他曾经写过一副对联形容自己"其人如浑金璞玉，此间有伏龙凤雏"，足见其才高气盛。

冒辟疆一生写了很多书，传世的除了《香俪园偶存》，还有《先世前徽录》《朴巢诗选》《水绘庵诗集》《巢民文集》《朴巢文选》《影梅庵忆语》《寒碧孤吟》《六十年师友诗文同人集》，以及《四唐诗》《杜少陵夔州诗选》《谢康乐游山诗评》《柳柳州山水文评》《手批谭友夏钟惺诗文集》等，还有戏曲作品《山花锦》和《朴巢记》。

其中《影梅庵忆语》洋洋四千言，深情回忆了他和董小宛缠绵悱恻的爱情生活，热烈赞美董小宛的民族气节与智慧才能，是他思念亡妻的顶峰之作。冒辟疆文笔能巨能细，富于变化，巨到能呼唤时代风云奔赴笔下，细到能使诸如焚香品茗之类的琐事纤毫毕现；色彩上既有青山秀水、花前月下的妩媚和温馨，又有尸横遍野、刀光剑影的惨烈与冷峻；手法上既有对现实生活的忠实摹写，又有对奇异梦境的铺排点染。由于采取了"忆"的形式，在叙事上十分灵活，并将叙事、抒情、描写和意境的创造融为一体。《影梅庵忆语》在形式上的腾挪变化，给人一种"转侧看花花不定"的艺术美感。

《影梅庵忆语》开创了一种类似于今天的自传式的散文形式，这是一种拘束较少的"个人笔墨"，它真实而大胆地袒露个人生活，抒发个人情感。当然，这种"忆语体"的产生与明代个性解放的社会思潮是紧密相连的。后世出现的《浮生六记》《香畹楼忆语》《秋灯琐忆》等许多类似的散文创作，都是受冒辟疆《影梅庵忆语》的影响，《影梅庵忆语》可以说是这类文字的开山鼻祖。由此可见，冒辟疆的成就之大。

冒辟疆也非常擅长书画，他师从董其昌、陈继儒，每天练习书法，八十岁时仍笔耕不辍。当时他经常与王时敏、宋曹、杨文聪、米万钟、恽寿平、倪元璐、王翚、邹之麟、黄道周、萧云从、查士标、方拱乾、萧云从、王士祯等以画会友。冒辟疆的山水画，至今仍是收藏界的宠儿。

而他的书法也是一流的，董其昌评价他的书法"深得颜平原笔意"，王铎赞他的书法是"遒媚圆董、笔笔褚河南"。1957 年，故宫博物院还举办过"冒起宗冒辟疆书法展览"。

冒辟疆在园林艺术方面也颇有成就。他与董小宛栖隐的水绘园，融诗、文、琴、棋、书、画、博古、曲艺等于一园。水绘园不设垣墉，环以碧水，园中凭借水流于地面，自然地形成了一幅幽美的画图。这里，有画堤的两岸夹镜，涪溪的窈窕，香林的妙隐，似镜浮的茅亭，洗钵池的空明和屿地的不羁，水中倒映着冬季的"碧落"，早春的"寒碧"，夏日的"悬露"，爽秋的"泼烟玉"，更有那迟疑的涩浪坡和怡淡的枕烟亭。园中以洗钵池为中心，池水四方分流，把园分为数个区域。再加上水中洲，在其回环的水道上，疏疏落落地建有一堂、一房、一斋、一庐、二阁、三亭，剩下来的就全是水景了，这正好突出了地处长江三角洲水网平原上的造园特色。

现代园林巨擘陈从周教授曾夸赞水绘园：南京的煦园、瞻园；上海的豫园；苏州的拙政园、留园、网师园；扬州的个园、何园；嘉兴的烟雨楼；绍兴的沈园……闻名遐迩。出乎其类，拔乎其萃，堪称天下名园。可如果细细解读它们的底蕴，反倒觉得僻处江海一隅的如皋水绘园应该是异乎寻常的佼佼者。比如说，它并不比拙政园略输文采，也不比沈园稍逊风骚，更不比瞻园和豫园欠缺自然。

冒辟疆如此大才，却生不逢时。他出生时明朝就已经是内忧外患，国土沦丧了。内有农民起义军到处横冲直撞，外有建州女真天天扣关。因此，忧国忧民的冒起宗对这个刚出生的儿子寄予厚望，期盼他能建功立业，治国平天下。

冒辟疆虽然十六岁时就中了秀才，但以后参加每三年一次的乡试，连赴六次，仅两中副榜。冒辟疆科考不利，几次落榜，究其原因不过就是当权者都喜欢歌功颂德的文章，而冒辟疆却擅长写针砭时弊的文章，当然被弃之如敝屣。再加上科场营私舞弊、贿赂盛行，而以冒辟疆的为人，又断然不肯降低姿态去做这种钻营苟且的事情。结果是冒辟疆文章虽好却不能入仕。冒辟疆内心想：不入仕的话，我即便有曹植的文采也终究无用武之地呀，这如何是好呢？经过几番思索和辗转，他把目光投向了东林和复社。

冒辟疆的祖、父本都是同情东林党的人，虽然此时冒辟疆没有参加东林党与阉党的政治较量，但他无疑是站在东林这边的，也是同情复社的。他开始把自己的理想寄托在复社上。

此时的大明王朝已日渐迟暮，崇祯皇帝登基以后，以魏忠贤为首的一干阉党被绳之以法，他本人也有振作之心，无奈大明的这艘巨轮已经千疮百孔，犹如一位病入膏肓的老人经不起一点折腾，内忧外患一起向他袭来，即使崇祯帝有三头六臂也应付不过来。

国家都如此了，士人呢？冒辟疆也处在迷茫中。崇祯二年，张溥发扬东林精神，继承东林余绪，在联合各个社团的基础之上成立了复社。复社认为魏忠贤虽已死去，但阉党余孽仍在，不少阉党成员摇身一变竟然变成了灭阉功臣，这让那些正直的复社君子忍无可忍，尤其是阮大铖气焰嚣张，为非作歹不知收敛。听说复社中人要参奏自己，便放出狠话来，谁要告发自己就让谁吃不了兜着走。

冒辟疆听说此事，怒不可遏，广邀复社成员，酝酿发布了《留都防乱揭帖》，对当权者阮大铖进行口诛笔伐，在社会上影响巨大。崇祯十五年，阮大铖戏班在秦淮河上演出，冒辟疆等边观剧边大骂阮大铖，这就是戏曲史上有名的"桃叶渡骂座事件"。同年，右佥都御史、安徽巡抚史可法见冒辟疆年轻有才，荐为监军，冒谢辞不就。次年，濒临垮台的明王朝给十多位中副榜者安排官职，授冒辟疆为浙江台州司李，冒辟疆尚未到任，明朝就亡了。

二、相遇陈圆圆：乱世仙侣，凄美姻缘

1. 一见倾心，只待佳期

冒辟疆容貌俊美，风流潇洒，饱读诗书，钱谦益赞曰"淮海维扬一俊人"，复社盟兄吕兆龙说他"恂恂貌若子房子"，即相貌如同西汉刘邦的谋士张良，李元介称之"美少年"，姚佺夸其"人如好女"，张玉成则云"淮海俊人，江皋韵士，秉乾坤之秀，灵气独钟"，方孝标评为"我初遇君扬子桥，君颜少好云霞标"。"所居凡女子见之，有不乐为贵人妇，愿为夫子妾者无数"。而且难能可贵的是他正直不阿，敢于向阉党叫板。那个时代的江南名妓气节颇高，仿佛达成一种共识，都喜欢有才学、有胆识、有正义感的文人。难怪当时无数女子踏破了冒辟疆家的门槛，她们宁愿给冒辟疆当小老婆，也不愿做其他权贵的正妻。

在爱上冒辟疆的女人中，就有让吴三桂"冲冠一怒为红颜"的明末第一美女、"乱世佳人"陈圆圆。陈圆圆，原姓邢，名沅，字畹芬。明末

清初江苏武进（今常州）人。出身于货郎之家，少女时便艳惊乡里，因家贫父母将其寄养于经商的姨夫家中。圆圆冰雪聪明，诗词歌赋，一点就通。时逢江南年谷不登，重利轻义的姨夫，将圆圆卖给苏州梨园。圆圆初登歌台，扮演《西厢记》中的红娘，人丽如花，似云出岫。莺声呖呖，使台下看客凝神屏气，入迷着魔。圆圆遂以色艺双绝，芳名鹊噪，倾动秦淮、苏州。陈维崧称："姑苏女子圆圆，戾家女子也，色艺擅一时。"陆次云称："圆圆姓陈，玉峰歌姬也，声甲天下之声，色甲天下之色。"纽玉樵写道："有名姬陈圆圆者，容辞娴雅，额秀颐丰，有林下风致，年十八，隶籍梨园，每一登场，花明雪艳，独出冠时，观者断魂。"众口一词，圆圆色艺超群可见一斑。不仅如此，陈圆圆还擅长填词，曾有《舞余词集》传世，其词颇具个性，非一般闺词所能比拟，致使天下名士皆为之倾倒。

这位名倾天下的秦淮名姬陈圆圆，为什么属意于冒辟疆并且差点成就姻缘呢？这就要从明末的社会风尚说起。当时名士名姬交往乃至媾婚是一种风气，南京秦淮河繁华地段旧院集中，妓女如云，与贡院隔河相对。东林复社士子时而集结于贡院，砥砺名节，评论时事；时而又流连于风月场，和诗填词，以文会友。而当时的妓女中，很多名姬也不同寻常，姿色美艳且能诗会画，精通音律；加之不甘沦落，在东林、复社士子的熏陶下，又受当时社会风气的影响，富于正义感，寻求摆脱受缚之路，纷纷把东林、复社士子作为理想的夫婿追求，"慧福几生修得到，嫁得夫婿是东林"。

其时，冒辟疆为江南才子、复社中坚，文采风流，人人仰慕。年轻时胸怀济世之志，"奋飞愿学北溟鱼，雄心争逐中原鹿""投笔千金购宝刀，坐令海宇静波涛"等句，激昂奋进，铿锵有力。四公子同游金陵、游山玩水，出入秦淮，他在"诸弟之中年最少"，才更高、气更盛。连董其昌都称赞他是王勃再世，钱谦益也赞誉他"果为天下士"。所以这位冒才子能牵动陈圆圆的芳心，也就不足为奇了。

二人的爱情缘于崇祯十四年（1641）的初春时节，冒辟疆从家乡如皋动身到湖南探访正在宝庆府做官的父亲冒起宗，与他同船的有到广东惠来赴知县任的如皋籍进士许直，经过苏州停船暂歇时，那位后来跟崇祯皇帝一起自杀的许直大人介绍说："此中有陈姬某，擅梨园之胜，不可不见。"于是他俩一起去了。

结果，冒辟疆对妙龄十七的陈圆圆一见钟情。冒辟疆有记："其人淡而韵，盈盈冉冉，衣椒茧时背，顾湘裙，真如孤莺之在烟雾。是日演弋腔《红梅》，以燕俗之剧，咿呀啁啾之调，乃出之陈姬身口，如云出岫，如珠在盘，令人欲仙欲死。"而陈圆圆对他也是一见倾心，她眼里的冒辟疆是"江淮巨族，复社公子，才华横溢，风度翩翩，真乃东海秀影"。

他俩一直玩乐到四更天。"我们什么时候能再相约见面呢？"冒辟疆牵着陈圆圆的衣裳也依依不舍。"苏州光福镇梅花开时冷云万顷，我们一起去玩半个月吧？"陈圆圆依偎着说。冒辟疆因为赶着去湖南看望父亲，只能说："八月，我就从衡山回来了，那时我们一起去浒墅关赏桂吧。"桂子飘香时，冒辟疆自衡岳省亲完毕侍奉母亲回乡途经西湖时，竟然得到陈圆圆遭豪强劫夺的消息，不禁"闻之惨然"。正当冒辟疆失魂落魄不知所措时，又打听到陈圆圆隐居他处安然无恙，不禁喜出望外，马上赶去与陈圆圆相见。几番周折，冒辟疆终于在苏州阊门外横塘，再次见到了隐居此处的陈圆圆。此时，他眼里的陈圆圆"如芳兰之在幽谷"，更具风韵，令人怜爱；而劫后的陈圆圆把冒辟疆的不期而至看成天降之幸，两人情愫愈浓。陈圆圆说："我差点落入虎口，能够逃脱并且今天重见冒公子，真天幸也。"对冒辟疆主动地热情相邀道："我居甚僻，复长斋，茗碗炉香，留子倾倒于明月桂影之下且有所商。"冒辟疆欣喜若狂，将此事告诉了冒母，并赋诗。冒辟疆即席作八绝句以赠，中有"秋水波回春月姿，淡然远岫学双眉""淡云疏雨或堪描""本是莲花国里人，为怜并蒂谪风尘。长斋绣佛心如水，真色难空明镜身"等。第二天早上，陈圆圆淡妆打扮，拜见冒母。时值乱世，陈圆圆急盼有个安稳的归宿，说："我这一生一直都想逃出樊笼，嫁个如意郎君托付终身，可托付之人，没有比冒公子更好的了。刚才又见到老母您，如沐春风，如饮甘露，愿您垂怜，如天所赐，请万勿推辞。"一席话，进一步向冒辟疆表示了自己矢志不渝的情愫。情真意切，感人肺腑，以身相许，胆识过人。别说在古代，即使是今天，像陈圆圆这样风华绝代而又流落风尘的十八九岁少女，如此求爱，也是需要莫大勇气和慧眼的，冒辟疆的《子夜四时歌》便是因此而作。

《春歌》

春蚕吐千丝，成茧身先萎。

阿侬怀一人，尽情心不死。

《夏歌》

藕虚丝不断，莲实空有房。

虚实不可知，就里应难量。

《秋歌》

在床忽有户，细语蜜喁喁。

啼秋兼促织，愁绪几千重。

《冬歌》

　　松柏有凋时，坚盟不可改。

　　独抱岁寒心，历落亦光彩。

　　这四首诗代陈圆圆倾吐了心中的追求、痛苦、惆怅和坚贞。无疑，冒辟疆与陈圆圆是相互倾慕、心灵相通的恋人。冒母对陈圆圆也非常喜欢，表示回到如皋便请人择日来苏州议婚迎娶。至此，一对璧人的姻缘似乎万事俱备了。然而天不遂人愿，乱世人危，保得平安已属不易，要求美满更是难上加难，一封家书，使得冒辟疆只能先将儿女情长暂时搁置一旁。

2.横生枝节，阴差阳错

　　从苏州回到如皋后冒辟疆便接到家书，说父亲要调任襄阳，此地正被张献忠、李自成两股农民起义军夹击，前去上任，凶多吉少。冒父名为上调，其实是身入险境。这时候去襄阳，只有三种结局：一是被农民军杀死，二是被骄横跋扈的悍将左良玉杀死，三是因为守不住襄阳而被朝廷处死。不久前，因襄阳失守而被迫自杀的东阁大学士兵部尚书杨嗣昌就是前车之鉴。作为一个孝子，冒辟疆不能眼睁睁地看着父亲身入险境而袖手旁观，他为了让父亲尽快调离襄阳，也是为了救父亲，整个秋冬冒辟疆都在到处奔波，一刻都没有停歇，接陈圆圆的事就一拖再拖。

　　本来天下兴亡，匹夫有责，国家危难之际，保卫国土本是士子的分内事，冒辟疆偏以孝道抗衡，或许是他已经预感到大厦将倾，就是守土官员也无能为力吧。他北上京师，泣血上书，托人情，通关节，直到第二年春天才有官员向朝廷陈情，感念冒辟疆是独子，建议朝廷将冒起宗调往别处，于是冒父才转危为安。

刚刚救完父亲的冒辟疆来不及停留，他知道苏州还有心上人正在等着他。但当他匆匆赶到苏州时，阊门外的横塘寓所已人去楼空——陈圆圆在十天前就被田贵妃的父亲田弘遇抢走了。

冒辟疆怅惘万分，后悔不已。就在他四处求告一心救父时，陈圆圆曾数次鸿雁传书催他回音，但他无暇回复。最终她被逼北上，一路哀吟："堤柳，堤柳，不系车行马首，空余千秋霜，凝泪思君断肠。肠断，肠断，又听催归声唤。"

就这样，冒辟疆和陈圆圆阴差阳错地分开了，陈圆圆也开始了其命运多舛的后半生。

3. 香消玉殒，阴阳两隔

被送到京城的陈圆圆并没有因此而被册封妃嫔，因为当时正值明朝末年，内有起义军风起云涌，外有满人虎视眈眈，大明朝廷摇摇欲坠。崇祯皇帝被折腾得焦头烂额，没有兴趣在女人身上下功夫，因此对陈圆圆只是欣赏，没有收纳之意。"国家财政空虚，我已经缩衣节食了，哪有心赏美，你们还是将她还回原籍吧。"陈圆圆在宫中盘桓了两三个月，终究没能投入皇帝的怀中，田国丈只好打发她返回了田府。

陈圆圆进宫时满载着希望，如今却一无所成地回来了，田国丈当然心中不快。在田府，陈圆圆的地位也就一落千丈，被贬到歌舞班中充当歌舞姬。

吴三桂听说田弘遇在江南买了个美女，便慕名前往，一见圆圆，心荡神怡。田国舅因为贵妃去世，日渐失势，为了巩固自己的地位，在乱世中有个依靠，就答应了将陈圆圆送给手握重兵的吴三桂。

吴三桂离开京城不久，闯王李自成便率大军攻入了北京，建立了大顺王朝。防守山海关的吴三桂本打算归顺李自成。在进京朝见新主的路上，忽然遇上家人。问到家里情况，家人答道："财产已被查封。"吴并不在乎："我到北京以后就会发还的。"又问父亲吴襄的情况，家人答道："老太爷已遭逮捕。"吴仍不在乎："我到北京以后就会释放他老人家的。"再问心上人陈圆圆时，家人答道："陈娘娘已被刘宗敏将军抢去，献给李自成了。"吴三桂怒气冲天，拔剑砍案，连呼："岂有此理！岂有此理！"作为一个男人，还有什么比夺走心上人更不共戴天的呢。于是，吴三桂和山海关总兵高第勒马回头，在山海关令三军戴孝，打着"报君父之仇"的旗号，要和李自成的大顺王朝大战一场。

吴三桂自忖光凭自己的兵力与闯王交战难操胜券，于是派副将杨坤持书到清廷大营，乞求睿亲王多尔衮出师相援，准备好好地惩罚一下李自成的大顺王朝，以泄痛失陈圆圆之恨。如此一来，他是准备以父母妻子的性命作代价，而且还装模作样地致书父亲："父亲既然做不了忠臣了，儿子也就无法忠孝两全了。"堂而皇之地以尽忠于大明皇朝为借口，来赔上全家的性命。岂不知请清兵灭大顺国，将来的天下无疑为清廷人所坐，这不就是引狼入室了吗？为了心爱的陈圆圆，吴三桂已顾不了那么多了！

吴三桂开关引清兵通往北京，正合多尔衮的心意，他立即发兵入关。李自成探知清兵逼近的消息，就亲自率领二十万大军向东迎击，同时带上了吴三桂的父亲作为人质。由于清军与吴三桂的兵马并肩作战，导致李自成大败。李自成一怒之下，马前斩杀了吴三桂的父亲，并将他的首级悬挂在高竿上示众，回师京城后又杀了吴家老少共三十八口。

吴三桂为报家仇，引着清兵从山海关杀至云南，因"功高"被清廷封为平西王。这以后吴三桂才找回失散许久的陈圆圆。

转了一圈后，陈圆圆又回到吴三桂身边。在此处境下，虽贵为名门公子的冒辟疆也无可奈何，只能"解维归里"，"怅惘无极"，终日"彷徨郁悒，无所寄托"。如果在他娶了陈圆圆之后再有冒父调入襄阳的圣旨，定不会错过佳期；如果田弘遇在苏州多玩上半个月，等冒辟疆赶到苏州，陈圆圆就不会被掳走；如果冒家母子当年秋天从衡阳路过苏州时直接就把陈圆圆带回如皋，陈圆圆就不会有后来的颠沛流离……那么明朝走向和结局也许就是另外一番景象了。

后来吴三桂从缅甸索回了永历皇帝，深受复社影响的陈圆圆认为这是反清复明的好时机，连忙力劝吴三桂趁此机会拥戴永历帝，对清廷反戈一击。她深切地说："如此可成就不世之功呀！"然而吴三桂却不想放弃到手的权位重新立马横刀，居然将永历帝绞杀了。

天下人为之大失所望，陈圆圆更是心灰意冷，深感已到万劫难复的地步。吴三桂想封陈圆圆为平西王妃，陈圆圆拒绝了："妾出身卑微，德薄才浅，能蒙将军垂爱已属万幸，实在不配贵为王妃，宁愿做侍妾追随将军左右！"她内心非常明白，虽然吴三桂引清兵入关、背弃朝廷及家人，并非自己怂恿指使，却因她而起，她自感罪孽深重，无颜面对世人，哪有心思考虑做王妃这种荣华富贵之事？一心忏悔的陈圆圆央求吴三桂允她出家修行，最后在云南一家寺庙里做了尼姑，在青灯孤影下悔恨自己的一生。

后来吴三桂起兵反清，失败后被清廷斩杀全家。陈圆圆因已出家，并不在抄斩之列，但她却仍以死相报，投池自尽，从此安睡在荷花盛开的莲花池中。

对冒辟疆来说，虽然错过陈圆圆，但后又遇到了董小宛。与董小宛相聚的九年里，享尽了清福，但他对陈圆圆仍是念念不忘的，错失陈圆圆也是他一生无法挽回的遗憾和痛事。董小宛去世后，他伤心至极，写了《影梅庵忆语》来悼念董小宛，但文中却详细回忆和记叙了十几年前与陈圆圆相恋的旧事，可见对陈圆圆的情之深、爱之切。虽然他爱小宛，喜欢小宛"面晕浅春，缬眼流视，香姿玉色，神韵天然"的美丽，也欣赏小宛的才艺和德行。但他毫不讳言，曾对友人说"彼（圆圆）天香国色，远超宛姬也"。他曾用一个"独"字来赞扬陈圆圆之美，表达了陈圆圆在他心目中独一无二、不可替代的位置。

康熙三十二年（1693）腊月，八十三岁的冒辟疆临终前出现梦幻：忽然年轻的他飘啊飘，飘入了仙境，在仙山琼阁间，闻咿呀嗝唽之声，透过冷云万顷的梅花，冒辟疆看见陈圆圆在远远的瑶台上翩翩起舞，原来她是梅花仙子。梅花仙子见他欲言又止，冒辟疆就要追过去，忽然她将头一扭，便消失于仙雾之中，冒辟疆也从天上被推了下去。可见，冒辟疆对陈圆圆的痴恋终是不改。《冒氏家乘旧闻》说，冒辟疆撒手人寰之前，"令诸童度曲，问窗前黄梅开否"。

当然陈圆圆是更可悲的，她何曾想卷入汹涌的时代潮流，在急浪和漩涡中过那不安宁的生活呢？然而由于她貌美艺绝，是一个天生的美人，因此成了很多有权势的男人争夺的猎物。不公平的命运摆布她，裹胁她，使她身不由己，随波逐流，终于走上一条不归路。虽然吴三桂对她宠爱异常，不惜"三军一怒为红颜"，然而平心而论，武夫之宠与文士之爱怎能相提并论！重金强权之下又何来真正爱情！

三、相守董小宛：明珠美玉，一对璧人

1. 再续前缘，佳人爱上名士

失去陈圆圆的冒辟疆伤痛不已，魂不守舍。就在这时，他又遇上了红颜知己董小宛，这或许是上天对他的另一种补偿吧。

董小宛，1624年出生于苏州城内的一个苏绣世家董家绣庄。董家绣庄本是苏州小有名气的一家苏绣绣庄，生意一直兴隆。董家是苏绣世家，到这一代已有两百多年的历史了，因为古代刺绣多依赖绘画等艺术，所以董家也颇具书香气息。这一代的董家绣庄掌柜是个老秀才，一生没有考取到功名，膝下又无子，只有一个千金，取名白，号青莲。董白深得老秀才的喜爱，她不仅长得俊秀，而且还聪慧异常，老秀才如获至宝，悉心教导，一心要把生平所学都传给董白。在老秀才的调教下，董白诗文书画、针线女红，样样精通。

但是一场横祸过早结束了这个家庭美满幸福的生活，董白十三岁那年，老秀才身患重病，不久便驾鹤西去。

董白母女被这突然的变故打击得六神无主，身心俱疲。料理完老秀才后事，董白母女看到宅子里的一草一木一砖一瓦都会黯然神伤，无奈，她们母女二人就把绣庄的生意委托给伙计打理，花钱在半塘河滨筑下幽室，隐居其中，与世隔绝。每日或沉醉山水，看孤云山石，落花流水，或抚琴写诗，品茶下棋。不知不觉，两年时间过去了，这时朝廷日益腐败，战乱四起。而且战乱离苏州越来越近，董白母亲看到大家都在为逃难做准备，她深知自己一个深闺妇人，大难之前，除了逃也别无他法，打算关闭绣庄，收回资金，准备随时逃难。谁知负责管理绣庄的伙计暗中捣鬼，一盘点，不仅没有盈余，反而欠下了上千两的账。董白母亲找不到证据，又无计可施，一时气急，竟一病不起。这时的董白才十五岁，父亲去世，母亲病倒，绣庄破产，债务压身，昔日被捧在手心里的千金遽然从天堂跌入地狱。

债务可以拖，但找钱给母亲看病却不能耽搁。孤高自傲的董白不肯借贷，这时有人引荐她去南京秦淮河卖艺，一时情急之下，董白无可奈何地答应了，并改名小宛。

董小宛凭借俊丽的容貌，超凡不俗的气质在秦淮河迅速声名鹊起。但她屈意卖笑是为生活所迫，并非本心自愿，随母亲隐居世外时养成的清高脾气时不时就会显露出来，虽然深得一些雅士的喜欢和支持，但还是得罪了一些人，鸨母更是不满她孤芳自赏、不肯任凭客人摆布的孤傲性格，经常对她冷嘲热讽。董小宛一怒之下离开南京，回到了苏州。但是刚回到家，债主就追上门来，她无钱偿还，家中母亲依然躺在病床上，请医吃药也需要花钱，董小宛无力应付，只好重操旧业，这次她索性把自己卖到了半塘的妓院，卖笑、陪酒、陪客人出游。

为了生存，董小宛不得不压抑自己清高的性情，每天做出一副媚笑取悦客人。但是有一种客人，董小宛却是非常乐于陪伴的。这些客人都有闲情雅致，财力雄厚，喜欢和中意的青楼女一起寄情山水，吟诗唱词。比起那些俗不可耐的客人，董小宛更愿意陪这些文人雅客去出游。虽然这些客人多是上了年纪的，但董小宛并不嫌弃和厌烦，和他们在一起时，她也能暂时逃离那个声色场，醉心于山水之间，每每都会给客人以真心实意的笑容。因此，她经常应客人之邀出游，一去就是十天半月，太湖、黄山、西湖……她的足迹踏遍了南方。

就在董小宛离开秦淮河这段时间，有一位公子慕名到秦淮河去寻访她，这位公子就是冒辟疆。

说起来，冒辟疆认识董小宛还在陈圆圆之前。

那年秋天，二十九岁的冒辟疆和好友方以智来南京乡试。这个乡试，冒辟疆已经参加过三次，屡试屡败。但他依然不愿为了中举而去写循规蹈矩、逢迎讨好的文章。他只盼望着能遇上真正惜才爱才的主考官，否则就顺其自然，无所谓落第不落第。他的好友方密之也抱着这样的念头。二人谁也没有把考试放在心上，趁着考前的空暇，相约同游秦淮河，方密之早就听说秦淮河有个冰清玉洁的"冷美人"，清新脱俗，在青楼女子中独树一帜，就约冒辟疆一起去拜访，准备一睹芳容时却扑了个空，因为那时董小宛刚刚赌气离开秦淮河。

乡试发榜，冒辟疆果然又落榜了，本是意料之中，所以他也没有过多失望，只是感叹自己怀才不遇，打好了行装就前往苏州游玩去了。到了苏州，当得知董小宛就在半塘时，他兴致勃勃地登门拜访，以补上次之憾。但这次二人依然是擦肩而过，董小宛不久前刚陪客人去游西湖了。后来冒辟疆接连拜访了几次，都没有见到董小宛的面。正当他准备离开苏州时，终于在半塘见到了董小宛。多年后，冒辟疆形容初次见到董小宛的样子，依然记忆犹新：那一年董小宛十六岁，虽然处于薄醉状态，

"懒慢不交一语""面晕浅春，缬眼流视，香姿玉色，神韵天然"。董小宛想挣扎着起身，但是不胜酒力，坐着都摇摇晃晃。冒辟疆让她不要多礼，在她身边的坐凳上坐下来，和董小宛畅谈起来。董小宛对冒辟疆早有耳闻，倾慕已久。此次相见，更留下深刻印象。那时的冒辟疆尚不认识陈圆圆，他觉得和以往见到的庸脂俗粉相比，眼前的这个青楼女子，非常与众不同。而且谈吐不俗，颇有见地。可惜董小宛酒后疲倦无力，无法长谈，因此冒辟疆便带着不舍离开了。

回到如皋后，冒辟疆发现自己仍旧对董小宛念念不忘。于是第二年春天，他又来到苏州再访董小宛，却听说董小宛受钱谦益之邀去游西湖了，游完西湖后还要再去黄山，不知归期。无奈，冒辟疆只好乘兴而去，悻悻而归。

到了春暖花开的时节，冒辟疆奉母去看望父亲，路过苏州，情不自禁地去寻访董小宛。不巧这次董小宛又和别人一起去黄山了。三番五次碰壁，冒辟疆不禁感叹："竟是如此无缘！"随后经朋友介绍，他认识了陈圆圆。虽然两情相悦，甚至已经相约婚期，但再次去找陈圆圆时，她又被豪强掳走了。

为了排遣郁闷，冒辟疆和友人租了一条小船向虎丘方向划去。小船在河上漫无目的地划行，心情郁闷的冒辟疆漫无目的地欣赏着两岸的夜色，也没有昔日乘船的那种雅兴。小船穿过一座青石小桥的时候，冒辟疆忽然注意到立在水边的一座小楼十分别致，对园林艺术颇有造诣的他一时恋恋不舍，非常喜欢，不忍离去。他心想：那慧眼相中这个地方的主人，也必定是个不同流俗的妙人。于是他动了上岸寻访小楼主人的心思，想和这位楼主人聊聊天，排遣一下心中的烦闷，一打听才知道这个楼竟然是国色天香、"秦淮八艳"之一的董小宛的避难所。寻寻觅觅，兜兜转转，鬼使神差地冒董二人竟然又重新相遇相见了！

这一年，正是董小宛一生中最艰难的时期。母亲病故，身心疲惫，自己又大病一场。此时她的债主们却不肯罢休，非要逼董小宛还债，还放出狠话来，如果再不还债就拿董小宛来抵押。

一些富贵人家的纨绔子弟要挟董小宛嫁给自己做妾，否则就要联合逼债的人给她好看，此时觊觎董小宛美色的纨绔子弟更是不乏其人。董小宛不胜其烦，病倒在离虎丘不远的半塘水边小楼内。但她还是铁了心执着一念：宁愿嫁给正派的士大夫做小妾，也不甘委身于猥琐的暴发户当正房。

也是因缘际会、造化弄人，就在董小宛命若游丝、奄奄一息的一天傍晚，冒辟疆无意间闯入了她的生命。冒辟疆的出现，就像给航行中迷失方向的船只指明了方向。

看到正卧床不起的董小宛，冒辟疆心里充满了怜惜和感伤，宽慰了董小宛一番，也说了自己几次寻访不遇的经过。董小宛心里又是感动又是愧疚。在董小宛看来，这样一位贵族士子几次三番地看自己，可是两次相见，自己都没有好好招待，上次是醉卧不起，三年后的今天是病卧在床。第一次见面后，母亲一直夸冒辟疆是"奇秀"，嗔她当时醉了没留住他。"虽仅一见，余母恒背称君奇秀，为余惜不共君盘桓。今三年矣，余母新死，见君忆母，言犹在耳。"董小宛为此足足懊悔了三年。这也难怪，冒辟疆是当年女子理想的婚偶对象，多少女子宁可不做正室，也愿意嫁给他做妾。三年里，她大概也一直盼望着能再次相逢。皇天不负有心人，冒辟疆竟然再次从天而降，董小宛自然欢喜莫名："我十天里有八天寝食不安，昏昏沉沉，惊魂不安，如在梦境。今一见君，便神清气爽。"意中人一出现，连病都好了大半，只有恋爱中的女子才会这样吧。

这次董小宛不想再错过了。暗暗地下了决心，此生此世非冒辟疆不嫁。

2. 得偿所愿，真爱终成眷属

为了得到自己梦想中的爱情，董小宛顾不上休息，赶快命人准备好酒菜，就在病榻前陪冒辟疆对饮畅谈。冒辟疆几次起身要走，董小宛一再挽留。她太怕再次失去了他。最后，冒辟疆以家人之命请辞，小宛如何挽留都不能"停半刻"，董小宛只好委屈地放他走了。

他不留，她却可以追。这就是董小宛和陈圆圆不同的地方。当初陈圆圆望穿秋水，只是一味被动地等，直到被人掳走。而董小宛却可以下狠命地追。第二天一早，冒辟疆本想离开前往襄阳，但是友人及仆从都看不下去了，劝他说："虽然昨天和董小宛只见了一面，她那么恳切，不能一走了之啊。"冒辟疆觉得也有道理，就到董小宛住处告别。他没想到，等他到时，董小宛已经梳妆打扮，倚着门等待良久了。看到冒辟疆的船一靠岸，便一个快步跳上了船。冒辟疆赶快和她说，他是来辞行的。董小宛却说："我已经收拾好了，随路相送。"冒辟疆后来回忆时说，当时自己"却不得却，阻不忍阻"，就是想推辞却推不掉，想阻拦也拦不成。由浒关至梁溪、毗陵、阳羡、澄江，抵北固，董小宛一路跟从，他们相携而行了二十七天。冒辟疆一日一劝，二十七日二十七劝，她就是不走。到了金山，董小宛对着江流发誓说："委此身如江水东下，断不复返吴门！"意思是：我跟定你了，像东去的江水一样，再不回苏州了。这时，冒辟疆仍然婉言拒绝。

但董小宛还是不走。冒辟疆找了各种理由：父命、家事、母亲，考试逼近，等等，甚至，他说小宛要摆脱妓籍需要花很大的代价，而且她的债务远远超出了他现在的财力范围。他劝董小宛先回吴门，他今年夏天要去南京赶考，到时带她一同到南京。秋试后，不管中否，都会娶她。

董小宛仍然踟蹰不肯离去。当时几案上恰好有骰子，同行的一个朋友就开玩笑说："不如就交给上天来决定，如果应该在一起，就会一掷成功。"董小宛想来也是被爱情冲昏了头，这种玩笑话也信了。听完，她真的严肃地在船窗前跪拜祈祷，完毕之后，一掷得"全六"，当时船上所有人都惊呆了。

"全六"，也就是全上上签，上天说她和他在一起是注定的，可是不管用；所有人啧啧称异，同样也没用。冒辟疆说："既说是天命，总归能在一起，仓促间反易误事，不如从长计议。"

说到这里，董小宛无话可说，掩面痛哭和冒辟疆告别。看到一片痴心的董小宛这样伤心落魄，冒辟疆心里起了怜悯之情，但一转念，这样反而落得轻松，顿时如释重负。

不得不说，这时的冒辟疆对董小宛并不是全部接纳的。

冒辟疆刚刚到家，家人就告诉他，小宛遣人来说，她正闭门吃素，一直在等着冒辟疆履约去接她来南京。冒辟疆心里一惊，对来人说："我当初答应是因为同情，等到秋天考完再说也不迟。"

最终冒辟疆违约没带小宛去南京。小宛久候而冒辟疆未至，她不甘心听从命运的摆弄，于是带一老仆，只身雇船从吴门赶赴南京。途中遇到劫匪，幸好船藏在芦苇中才躲过一难，但是船却坏了，断粮三日，历尽辛苦终于到达南京与冒辟疆会合。到了他所在的桃叶寓馆，头两天担心打扰冒辟疆考试，忍了两天才见。这一见不得了，"声色俱凄，求归逾固"，她这时是非常迫切地想嫁给他了。南京的各方科举士子无不佩服她不惧盗贼风波之险、矢心相从的胆识和情义，所有同年考生都替她说话，可冒辟疆仍是在退缩：我肯定会考上的，到时再报答你一片恩情吧。

这时冒辟疆突然收到父亲报平安的一封家书，信中说，他已经坐船到了江干，冒辟疆喜出望外，没有和小宛告别，就匆匆离开去找老父亲去了。

冒辟疆不辞而别，董小宛从他住的桃叶寓馆一路追了过来。水上风大滩险，中间好几次都差点翻了船。考试发榜，冒辟疆又名落孙山，黯然之下，归心似箭，小宛则苦苦相随，寸步不离。船到如皋城外，冒辟疆与董小宛诀别，劝她先回苏州，以后慢慢再商量。

深秋的一天，冒辟疆和人饮酒，仆人来报：小宛回去后一直不脱当时（八月）穿的单衣，现在天冷依然不加衣，她说您如果不去，就甘愿被冻死。当时和他一起喝酒的人闻言，指责冒辟疆："早就听说你有情有义，难道要辜负这样一个女子吗？"冒辟疆羞愧地表示自己财力不足，无法给她赎身还债。当时一起喝酒的人感慨于董小宛的痴心，都表示愿意帮忙。

董小宛的"情不知从何而起，一往而深"感动了很多人，冒辟疆的好友钱谦益闻讯后，慷慨解囊，掏出三千两银子，另外他的很多好友，纷纷解囊相助，迅速把小宛的债务及妓籍摆平，让小宛能得偿所愿，和冒辟疆一起回家。

经过了这么多反复和波折之后，冒辟疆也渐渐看清了，董小宛有不少好的品质，恰恰是陈圆圆所欠缺的。再回想起董小宛对自己的点点滴滴，冒辟疆慢慢地接受了董小宛，并答应带她回家正式娶她进门。

归家路上，冒辟疆和小宛一起登上金山，当时江上正在赛龙舟，山上游人成千上万，但是郎才女貌的冒辟疆和董小宛一出现，立刻成为焦点，大家纷纷围观，啧啧称奇，都赞他们是神仙眷侣下凡。他俩绕山而行时，凡是驻足的地方，龙舟都会迅速赶向他们，在他们近处环绕数圈也不离开。江山人物，映照一时，很多年后仍是一桩美谈。

历尽千辛万苦，有情人终成眷属，成就了这一桩追夫奇缘。

董小宛嫁进冒府后，像一个漂泊无依的流浪人终于找到温暖的归巢那样，心中一直充溢着前所未有的宁静、满足和幸福。她觉得，主宰命运的神明对她实在太仁慈了，不仅让她得到了一位令无数女子倾心的如意郎君，而且给她安排了这么一个高贵而宽厚的家庭。老爷和太太不必说，他们的好意常常使小宛感动得直想哭；就连那些个仆妇、丫鬟，待她也十分友善。不过最难得的是冒辟疆的正妻苏元芳，非但没有半点嫉妒之意，而且从一开始就由衷地欢迎她，真心地爱护她，完全像一位可敬可亲的大姐姐。这一切，都使董小宛仿佛进入了阳光照耀的天堂，愈加觉得以往那一段风尘岁月，简直是一场可怕的噩梦。的确，虽然只是短短的十多个月，但她同心爱的丈夫在一起，生活过得有多么舒坦和惬意呀——品茶、赏月、制香、插花、编书、作画、烹饪，凡是曾经梦想过，或是梦想不到的种种美妙境界，她几乎都经历到、享受到了。有时候，她不禁问自己，这一切难道是真的吗？随后她又会热泪盈盈地暗自回答：如果是幻境的话，那么就求老天让我把这场梦做下去，永远也不要醒转来。

才子佳人，良辰美景，美酒佳肴。这一切让冒辟疆和董小宛觉得是在梦里一样。两人诗酒唱和，传下了冒辟疆对句董小宛的千古佳话。

3. 举家逃难，患难中见真情

清军南下，冒家在举家逃难的过程中，冒辟疆与董小宛几次与死亡擦肩而过。一家人风餐露宿，担惊受怕，虽然冒辟疆已经很多次想要置生死于度外，但一想到自己身后老老小小，便只得继续逃生。

一天，冒辟疆本来是要去投奔一个叫张维赤的朋友的，他和家人暂时在张维赤一位远亲的家族墓园中安顿了下来，这个墓园所在的村落非常偏僻，相对较为安全。因为战乱，冒辟疆与张维赤已经好久联系不上了，这时突然有人传来了张维赤的口信，让冒辟疆前往漵浦镇商量要事。冒辟疆喜出望外，安排好家人后，就和两个仆人一起前去找张维赤。

走在路上，下起了雨。冒辟疆披着蓑衣，心情也格外阴冷。路上空荡荡的，一个人也没有，整个田野里只有冒辟疆主仆三人的身影。冒辟疆一思忖，感觉不太对：眼下兵荒马乱，如果清兵已经打来了，一路上应该到处都是逃荒的百姓才是。如果清兵还没有打来，为何田野里一个农夫也不见？冒辟疆正在疑惑着，两个仆人的发现让他知道了答案：他们发现了一具死尸！虽然血已经被雨洗刷了，但是伤口裸露着，他们继续往前走时，陆陆续续发现了很多类似的死尸。冒辟疆目瞪口呆地看着满地死尸。"难怪路上见不到人，原来竟是这样！"心里暗自一惊。

看着这些，冒辟疆马上断定前方是去不得了，正在这时，他和仆人都听到了远处的马蹄声。主仆赶紧钻进了旁边的芦苇丛中躲过了一劫。兵马过去之后，他们迅速绕道往回赶。

冒辟疆心急如焚，一想到自己所见的各种惨死的百姓，他感觉心里像一团火在烧。家里的老父亲老母亲能不能躲过去？家人会不会被杀害？孩子会不会惨遭毒手？董小宛会不会正在被侮辱？走进墓园，远远看去，漆黑一片，他心里越发急躁不安起来：清兵没有来过吧？不点灯是因为怕引起注意吗？难道他们都被杀害了？他不敢再往下想，只能急匆匆地往回赶。

可是走进墓园，却没有巡夜的仆人前来迎接，他心里划过一丝不祥的感觉，跟跟跄跄地奔到父母住的房间，轻声地唤父亲母亲，却发现里面漆黑一片，毫无声响，和他一起回来的两个仆人找遍了整个房子，发现所有人都不见了！"必定是遭遇不测了！怎么会这样？怎么会这样？"

冒辟疆一下子感觉万念俱灰，可是他转念又一想："如果遭遇不测，怎么会没有发现尸首呢？难道是被掳走了？""难道清兵来了，他们不等我，自己都逃走了？难道小宛也会舍我而去？他们究竟是生是死呢？"他冲进雨中，脸上的泪和落下的雨融在一起，他朝着旷野声嘶力竭地大哭着喊道："父亲、母亲，你们在哪里？"喊完后，他感觉耗尽了气力，绝望地跪倒在雨中。

这时，墓园远处的树丛里传来了声音："我们在这儿呢！"冒辟疆支撑着爬起来，擦干眼泪，看到有人从远处走了过来。他拿着火把迎过去，发现自己的父亲母亲还有妻儿、小宛、仆人都在。虽然雨中都被淋得很狼狈，但是他们都还活着！

又过了一些时日，冒辟疆一家逃难所带的财产，除了花销，剩下的大部分不是被抢了，就是逃难时丢了，很快一家人的生活捉襟见肘起来。仆人有的走了，有的被遣了，最后，家里的太太和姨太太只能接一些活计，赚些碎银子，勉强糊口度日。

这一天，冒辟疆的父亲冒起宗作为一家之长，为了保住家人性命，断然决定：男丁立即剃掉头发，避免被清兵杀害。起初冒辟疆死活不同意，在他看来，头发一剃，就意味着自己已经屈服于外夷异族了！但是父亲疾言厉色地逼迫，母亲流着泪苦苦相劝，他只能无奈听从了。待到家人把他前半边头发去掉时，冒辟疆像是被夺去了半条命似的，扯着自己的衣服，放声痛哭！国破家亡的愤怒和无奈、一路逃难所受的屈辱、前途渺茫生死难测的绝望，随着哭喊全部发泄了出来，他太悲怆太声嘶力竭，哭完竟然晕厥了过去。一家人手忙脚乱地才把他给救治过来。

他们又上路了。这次冒辟疆找到了可以栖身的两间房子。这宅子虽然可以遮风挡雨，但是显然经历过大火，除了被烧得漆黑的几个破破烂烂的坛坛罐罐，就是焦黑的墙壁和满地的破瓦片。昔日的如皋首富，竟已经落魄到如此地步，几乎要到衣食无着的境地了，每天的饭食只是野菜和玉米糊糊而已。

这一天，冒辟疆早上被饿醒了。董小宛看到丈夫醒了，马上笑语吟吟地伺候他洗漱，为他端来了热腾腾的早餐——一碗玉米糊。

连日来，每天都是玉米糊，而且这次端来的这碗还有一股霉味。冒辟疆忍不住发起火来："每天都是这样，每顿都是这样！这是会吃死人的知道不知道？早就告诉你们要换个，你们就是不听！就是不听！"董小宛愣住了，然而她很快调整了情绪，温和地接过碗来，笑着说："好的，相公。"

董小宛一走，冒辟疆就后悔了。他自然明白眼下家里是什么境况，即使是这碗玉米糊糊也是来之不易的。他一边懊悔着、沮丧着，一边来到了厨房，却看到董小宛拿着剪刀正在哭泣。

"难道她要寻短见不成？"冒辟疆也顾不上别的了，马上冲上前去，一把夺过了剪刀。再一询问，董小宛才道出缘由。原来隔壁邻居曾说她头发很好，估计可以卖个好价钱，她想着要剪发去卖钱，但是又觉得会给冒家丢脸，于是嘤嘤地哭了起来。

冒辟疆心里一片死灰："想想自己当初何等风光无限，如今竟然沦落到要靠侍妾卖发买粥的地步！小宛是有多么傻啊！如今是什么时节？哪有人会买头发呢？唉！"

他长叹一声，然后轻声地安慰董小宛："我们男人想留发都还留不成呢！你无端地剪掉头发做什么？留着吧！别卖了！"

"可是早餐……"董小宛看着那晚发霉的玉米粥，为难起来。

冒辟疆走过去，端起那碗粥，忍着恶心，屏着呼吸，一口气把粥喝进了肚子里。

董小宛看着丈夫，缺乏气血而惨白的脸上露出了凄苦的笑容。

董小宛知道丈夫脾气为何这样，她也懂得丈夫心中的痛。可是她无法为他遣怀，唯有温声细语、体贴周到地照顾他，让他少生些烦恼。这份心思，冒辟疆也是懂得的，无奈国仇家恨，全部压抑在心里，有时就会口不择言地将情绪爆发给自己的挚爱。"董小宛为了让他能吃上一口好点的，竟然不惜要卖掉自己养护多年的长发，就冲着这情分，自己一生无以回报啊。"

4. 不离不弃，乱世生死相随

能娶到董小宛，对冒辟疆来说，无疑是个莫大的福气。首先就是口福。因为董小宛烧得一手好菜。

小宛天性淡泊，不嗜好肥美甘甜的食物。但冒辟疆却喜欢甜食、海味和腊制熏制的食品。小宛为他制作的美食花样繁多，而且鲜艳诱人。小宛腌制的咸菜能使黄者如蜡，绿者如翠。各色野菜一经她手都有一种异香绝味。她做的火肉有松柏之香，风鱼有麂子之味，醉蛤如桃花，松虾如龙须，油鲳如鲟鱼，烘兔酥鸡如饼饵。为了让一家人更有胃口，为了不断更新口味，小宛还经常研究食谱，哪里一有奇异的风味她就想方设法地去学制作方法。人们常吃的虎皮肉，即走油肉，就是她的发明，因此，它还有一个鲜为人知的名字叫"董肉"，和"东坡肉"相映成趣。

当初董小宛返回南京秦淮那段时间，终日思念冒辟疆，就用芝麻、炒面、饴糖、松子、桃仁和麻油作为原料制成酥糖，切成长五分、宽三分、厚一分的方块，从秦淮托人转带给如冒辟疆，以寄深情厚谊。这种酥糖酥松香甜、入口易化、食后留香，辟疆喜食。后来嫁入冒府后小宛更是常年制作，并用这种点心替冒辟疆招待客人，馈赠亲友。天长日久，有商家就开始仿照其口味制作并开始售卖，称作"董糖"。抗日战争前，座落在如皋西大街、如皋最大的茶食店——"大麒麟阁"生产的董糖，就是使用"秦淮董糖"牌号。如皋生产的"水明楼"牌号董糖，仍沿用当年小宛原有的配方，畅销上海、北京、南京各大城市。如皋籍台胞回乡探亲返台时，总要买上几盒带回台湾和家人共食或款待客人。

冒辟疆的朋友中，钱谦益最喜欢董糖，甚至写诗曰："珍肴品味千碗诀，巧夺天工万种情。"当代著名烹饪理论专家陶文台教授在《中国烹饪史》一书中称"董小宛为很有造诣的女厨师"；1998 年储文良先生撰写的《中国古代十八名厨》，其中就有董小宛；《中华网——中国旅游》曾列出"中国古代十大名厨"，董小宛名列第八。一个脱离青楼的女子能荣获此誉，可见她对厨工用心非常。

冒辟疆是书香门第的公子，下得厨房，只能抓住他的"胃"，要赢取他的宠爱，还要上得厅堂，抓住他的"心"。因为冒辟疆需要的不仅仅是美貌和美食，他更需要能理解他的红颜知己，能体贴他的解语花，而董小宛正是才貌双全，不仅贤惠贤淑，而且才学颇高，能经常和冒辟疆论画谈诗，并陪伴其左右。

董小宛的才学非常高，在入冒门前，她就已是锦心绣口，文采奕奕，十七岁时写的《秋闺词十一首》一直流传至今。入冒府后，为了能和冒辟疆做到举案齐眉，她更是没有放松，一有闲暇就博览群书，读完总有独到见解。床边常放着数十本诗词，午睡晚睡前都会翻一翻，凭借如此用功，学问大进。她曾作了一首咏菊诗："小锄秋圃试移来，篱畔庭菊手自栽。前日应是经雨活，今朝竟喜带霜开。"据说《红楼梦》中史湘云的种菊诗——"携锄秋圃自移来，篱畔庭前故自栽。昨夜不期经雨活，今朝尤喜带霜开。"就是套用董小宛的诗。

才子佳人还经常在一起论画谈诗。一天，董小宛要为定慧寺老和尚祝寿，在艳月楼上，董小宛铺开一幅泥金扇面，提笔画了一株苍劲的古柏，又画了两支玲珑的石笋。冒辟疆正好走来，一看画意，就笑着说："人言佛寿无量，你只祝老和尚活一百二十岁吗？"董小宛笑而不语，提腕又在石缝中濡染几笔，顿时出现了一株灵芝草。冒辟疆看了频频点头："哦，祝他活一百二十还带零，真能如此也就很难得了。"

又一天，董小宛忽然动了才思，拟了一句上联："冒家姐姐看迎春一人丰乐。"随即对冒辟疆说："请夫君续对下联。"

冒辟疆略一思忖，张口对道："白衣观音面发华万佛愿修。"

董小宛听了赞赏不已，二人哈哈大笑。原来如皋有五座桥，即冒家桥、姐姐桥、迎春桥、益人桥、丰乐桥，又有五座尼姑庵，即白衣庵、观音庵、发华庵、万佛庵和愿修庵。他们二人分别把桥名庵名串在一起，成了一副绝对。

董小宛的才学对冒辟疆的做事也非常有益。冒辟疆要汇编全唐诗，小宛就在一旁相助，查资料，抄书稿，贡献意见，"永日终使，相对忘言"。礼尚往来时，她还能替他给亲戚朋友书写小楷扇面。

董小宛还醉心书道，初进冒家时，见董其昌仿钟繇笔意为辟疆书写的《月赋》，非常喜爱，着意临摹。接着到处找钟繇的字帖。后来觉得钟繇的字体稍稍偏瘦，便废钟帖而改学曹娥碑。每日写数千字，不错也不落。后来，她索性自己编书，名为《奁艳》，专门收集古代书籍里女子的服饰、食物、器皿的记载以及亭台歌舞、女红和文才的描写，可惜现在只存残本。

小宛还精音律、善抚琴、工昆曲，冒辟疆与她或浅斟低唱，或临池挥毫，或评论山水，或赏玩石玉。既是夫妻，又是知己；既是良师，又是益友。

董小宛的绣工也是一流的。她原本出生于刺绣世家。冒辟疆回忆说，她进入冒府虽只是一个"妾"，但自此"却管弦，洗铅华，精学女红"，一个多月都不出门。冒辟疆夸她的女红"剪彩织字、缕金回文，各厌其技，针神针绝，前无古人已"。其实冒辟疆一点都没有吹捧，董小宛刺绣工艺被冒家世代相传，今天的苏州刺绣艺术研究所刺绣大师顾文霞称之为"冒氏绣"或"董绣"。

除此之外，董小宛的品位格外高雅，她善于把平淡如水的日常生活过得充满情趣且富有诗意。她会煮茶，会调香，冒辟疆喜欢静坐香阁，小宛为他使用沉香时，方法和常人不同。常人是把沉香放在火上烧，烟味油腻，衣服上也染上了焦腥味。小宛采用的是隔纱燃香法，讲究品香时的情调。寒夜小室，两人静坐，焚香细品，"甜艳非常，梦魂俱适，不淫不沉，非姬细心秀致，不能领略到此"。董小宛还喜欢侍弄花草，"四时草花竹叶，无不经营绝慧，领略殊清，使冷韵幽香"。秋天尤喜菊花，坐在菊丛中与菊比美，笑问夫君："菊之意态如何？其如人瘦何？""人比黄花瘦"这一场景遽然出现眼前，冒每每怦然心动。

冒辟疆喜欢董小宛的才学，而他的家人更喜欢的是董小宛的心细明理、恭敬顺从。冒辟疆的正房苏元芳体弱多病，董小宛毫无怨言地承担理家主事之责，恭敬柔顺地侍奉公婆及大婆，冒家的全部账目出入经由她手，被料理得清清楚楚，她从不私瞒银两，不置首饰，赢得众人交口称赞。她悉心照料秦氏所生二男一女，经常教孩子们背诵唐人咏月、流萤及纨扇诗。

冒辟疆不知前世修下了什么功德，让小宛这样一个多才多艺的大才女来报答他。冒辟疆和小宛的日子如果就这样过下去，大概也算是比较幸福的吧。但是人世多变，世事难言，新的磨难又降临了。中国历史上的一场大浩劫来袭，那就是甲申三月十九日之变，崇祯帝自缢，李自成攻进北京，接着清廷入主中原，天下大乱。江南一带燃起熊熊战火，乱兵肆无忌惮，冒家险遭不测。这一年是小宛嫁入如皋冒家的第三年。

幸亏逃避得快，全家才得以保住性命，然而家产却在战乱中丢失殆尽。面对逃难，冒辟疆既愤怒也无奈，此时他觉得自己已经不是原来那个富家公子了，便对小宛说："假如路上我们被冲散了，你就自找其他活路吧，不要管我。"小宛坚定地回答："万一遇到了不测，就是葬身处！"

战乱逃亡、内忧外患让冒辟疆越来越情绪化，董小宛隐隐觉得冒辟疆有点变了。虽然每天晚上仍旧回来同她一起，但烦躁、冷淡、易怒越来越明显地从他的言谈举止中表露出来。董小宛也知道，冒辟疆之所以这样子，主要还是因为外面出了大乱子，把他弄得十分紧张和劳碌。不过，董小宛仍旧惴惴不安，生怕自己什么地方出了错，或者侍候不周，招致丈夫的厌恶。所以逃难的日子里，她一直想方设法迎合丈夫的喜好，力图让丈夫在自己身边，能过得顺心一些，舒服一些。眼见冒辟疆一个劲儿地忙里忙外，直到天黑仍不能歇息，她每天都"烹茶以待"，好让丈夫消除疲劳。

然而，即使董小宛这样悉心地照料着，国难家仇的愤懑和颠沛流离的逃亡生活，还是让冒辟疆病倒了。当时除了一卷破席，他们什么也没有，董小宛在冒辟疆寒冷时就抱着他，用自己的身子来给他取暖，当他发热烦躁时，她又为他掀开被子，好让他凉快一点。痛的时候给他抚慰身体……小宛自己却夜夜不能安眠。端汤送药，端屎端尿地伺候冒辟疆，自己只是每天吃一餐粗粝的饭食。董小宛不面对冒辟疆的时候就悲伤叹气，但在冒辟疆面前却温言劝慰，和他说笑话解闷，直到让他开怀。

生了病的冒辟疆脾气非常不好，常常对董小宛大声叱喝，董小宛一直逆来顺受，从不顶撞。就这样过了五个多月，累得董小宛骨瘦如柴，脸色蜡黄，但她没有一点怨言，直到冒辟疆的病情有所好转，逃过了鬼门关，冒辟疆的父亲冒起宗面对自己儿媳妇的辛劳，说了这样一番话："小宛真是个好姑娘呀，真是好得没法说呀！日夜陪伴，喂汤喂药……还有那份尽心尽力噢，我们瞧着都心疼！襄儿冷时，她就抱着他；襄儿热时……就替他拭汗打扇；襄儿要起来呢，她搀扶着；要躺下，哎，她就让他枕在身上。因怕襄儿夜里发作不知道，她总不敢熟睡。就连襄儿的粪便，她都不放过，要亲眼瞧瞧——嗯，看它是好是歹哩！偏……偏偏襄儿病中失性，脾气十分暴躁，动不动就骂人，有时还打，她却全……全都承受着，从……从来没有一声不耐烦。"

董小宛此时的心中却充实而平静，因为她是为爱而活的，她认定了冒辟疆是她的所爱，她受多少苦也在所不惜，反而表现得非常平静。她把什么都看淡了，她看重的只是爱，只是冒辟疆。以前的冒辟疆也许并没有太懂，病榻中他才真正知道了董小宛对他的深情，以及他在董小宛心中的分量。他才懂得，只要有小宛在身边，其他的身外之物根本不值一提。

小宛的衣服首饰在逃亡中基本上都丢光了，顺治五年（1648）七夕那天，小宛看见天上的流霞，忽然有了兴致，要摹天上流霞制作一对金钏。她叫辟疆写了"乞巧"和"覆祥"的字样，镌摹在金钏上。这对制作精妙的金钏后来忽然从中断开，他们又重新做了一对，辟疆写了"比翼""连理"四个字镌上去。可见冒辟疆也越来越爱董小宛，并希望和她白头到老了。

但是日子刚刚稳下来没多久，冒辟疆又病了两次。一次胃病出血，水米不进，董小宛在酷暑中熬汤煎药，相伴枕边伺候了六十个昼夜；第二次是冒辟疆背上生疽，疼痛难忍，不能仰卧，董小宛就夜夜抱着丈夫，让他靠在自己身上安寝，自己则坐着睡了整整一百天。

后来冒辟疆痊愈了，但是心力交瘁的董小宛却病倒了。艰难的生活中，饮食已是难饱，小宛的身体又十分虚弱，加上照顾辟疆连续几场大病，使得小宛身体顷刻间垮了下来，连续二十多天喝不进一口水。由于身体亏虚太多，尽管冒辟疆从多方请来名医为董小宛诊治，最终没能救回小宛，仙逝时小宛年仅二十八岁。临终之时，她手中还紧握着冒辟疆写有"比翼""连理"四字的那对金钏。二十八岁，一朵花儿正盛开的时节，她却这样凋落了。冒辟疆曾在去世前一年写道："一生清富，九年占尽，九年折尽矣。"这九年是董小宛用生命浇筑出来的。董小宛去世后，冒辟疆在湖中建一小亭以示怀念，小亭名"波烟玉亭"，取意于小宛生前最喜的李贺诗："袅袅沉水烟，乌啼夜阑景。曲沼芙蓉波，腰围白玉冷。"

看到年纪轻轻的绝代佳人在自己面前渐渐消逝，冒辟疆才知道要去挽回，可是都已经晚了。他失去的不仅是一个知心爱人，也失去了一个红粉知己、得力助手、左膀右臂。回忆九年中的点点滴滴，每一件都是耐人回味。因此，才有了《影梅庵忆语》《亡姬董小宛哀辞》等一系列毫无遮拦、坦率真诚的悼亡之作的诞生。

直到去世的前一年，八十一岁的冒辟疆想起董小宛时，仍然怀着愧疚和眷恋，并留下这样一首七绝："冰丝新飏藕罗裳，一曲开筵一举觞。曾唱阳关洒热泪，苏州寂寞好还乡。"

冒与董初次相识在苏州半桥，董在此唱过"阳关三叠"，冒在撒手人寰的前一刻仍念念不忘，令人感慨！正如冒辟疆所言，他们的爱情是"万斛心血所灌注而成也"。十升为一斗，十斗为一斛，万斛心血虽夸张，也表达了冒辟疆的真情。

四、乱世不折节：正气凛然，儒风浩荡

1. 隐忍不屈，拒不仕清

1644 年，李自成率领溃败的农民大军，在满洲八旗和吴三桂铁骑的追击下，仓惶南逃。南明小朝廷仍励精图治、众志成城地抵御外虏，反而纸醉金迷。敌人的兵锋已到达城下，小朝廷还不忘搞党争，殊不知大明三百年的基业就是亡于尔虞我诈的党争之中，全然不察"前车之鉴，后事之师"，悲哀至极。

此时的南明小朝廷，已经到了山穷水尽的地步，人才匮乏，于是弘光帝下诏南方各省的贡生们前来南京乡试。冒辟疆从家乡来到南京，这次一考便中了，名列第一，被授予官职。此时的冒辟疆对朝廷已经非常失望，国事艰难，大批朝廷重臣却常常在秦淮河畔集会，丝毫没有感觉到强敌的危险，愤然之下冒辟疆辞官不干了。

冒辟疆辞官的同时，一个意想不到的人竟然出任兵部右侍郎，这个人就是阮大铖。新官上任三把火，他把第一把火对准了复社。当时复社的活动日益频繁，朝廷上下都是复社的人，满腹仇恨的阮大铖感觉自己势单力薄动不了复社，就向当时的首辅马士英进谗言，说尽复社的坏话并告知马士英复社最近活动频繁怕是要造反，并且列举了不知从何处搜集来的所谓证据。对于冒辟疆，虽然阮大铖恨之入骨，但也无可奈何，毕竟这个复社中坚不是那么容易被撼动的。奸诈的阮大铖恐吓冒辟疆：如果他不听从自己，绝对不会有什么好果子吃，反之会有享用不尽的荣华富贵。在阮大铖的威逼利诱下，冒辟疆依然故我，面不改色，还经常与复社君子们诗词唱和，把酒言欢。

一天，复社君子们在一起喝酒，陈贞慧就拿阮大铖开冒辟疆的玩笑："冒兄，听说最近一段时间阮大铖很是猖狂，想请你出山做官辅助他，你意下如何？你是什么翰林编修，前途无量啊，到时候发达了，别忘了提携一下我们这些难兄难弟，兄有如此近路我等自愧不如啊，哈哈哈……"

"阮大铖何德何能，让我拜于逆贼的门下，休想！我就是饿死、累死，岂能向阉党余孽低头！我也是堂堂七尺男儿，理当报效国家，怎能和他同流合污。兄长莫要嘲弄于我。"冒辟疆愤慨地说道，"祸福自有天定，我命由我不由他，我就在阮大铖的眼皮底下看他奈我如何，我们复社中人那么多，岂是一个小小的阮大铖能够恐吓的？倘若他敢来，我冒辟疆奉陪到底。"

一席话，说得复社同仁们唏嘘不已，对冒辟疆又多了几分敬意，纷纷以冒辟疆为楷模。

不久，这话就传到了阮大铖耳朵里，他恨之入骨，于是就鼓动马士英翻了崇祯皇帝钦定的逆案，大肆罗列复社诸君子的罪状。冒辟疆的许多好友都被关进了镇抚司的大狱，就连陈贞慧、黄宗羲等复社领袖也被关了进去。北镇抚司是有名的阎罗殿，只要进去基本上就是九死一生，历史上第一硬汉杨继盛就是死在那里。在这种人人自危的情况下，冒辟疆却无所畏惧，泰然自若地在秦淮河畔租了间房子住了下来。最后局势的发展大大超出了复社君子们的预料，在朋友的百般劝说下，冒辟疆才回到了自己的家乡。

正如康熙皇帝所说，"汉人之所以失去天下是他们太能闹了，他们如果能团结一心，我们岂能占据中原，一统天下"。一语道破大明灭亡的根源。

就在多尔衮的铁骑兵踏进山海关之时，南明并不是没有翻身的机会。因为当时的南方明朝正规军还有一百多万，明朝第三个猛将——左良玉，还统领着八十万军队死守长江南岸，如果南明能够振作起来，重振朱元璋的雄风也未可知。即使情况到了最糟的地步，沿长江南北分治也是非常有可能的。但是，这时南明王朝还在内耗，阮大铖一边在南京城内大肆诛杀复社君子，一边修筑板机城作为屏障防备曾受复社帮助的左良玉。内讧不断白热化，矛盾不断激化，最终左良玉南下，丢下长江防线，让清兵长驱直入。实际上，1644年，清廷还没有一统天下的野心，此时满洲八旗的当家人多尔衮也是抱着占一城是一城的心理。清廷内部并不稳定，几个王公贝勒为了争权夺利闹得不可开交，多尔衮此时也无意南下。恰逢河南总兵杀了北上抗清的将军，也愿意做清兵的向导，此时多尔衮才决定兵分三路合力灭明。不久，扬州陷落，史可法殉国，清兵屠城十余天。阮大铖在南京陷落时投降清廷，成了走狗。

清朝平定天下后，为了收拢天下读书人的心，特设恩科，对明朝遗民采取威逼和利诱的政策。不久又恢复了科举考试，还增加了录取的名额，但冒辟疆始终不为所动，一次也没参加，隐居水绘园。降清的复社成员陈名夏写信，转达当权人物夸冒辟疆是"天际朱霞，人中白鹤"，表示可以特荐为官，而冒辟疆以身有痼疾而"坚辞"。

康熙年间，清朝特设"博学鸿词"科，再次下诏隐世不仕的读书人出来做官，无须考试，于是很多文化名人都投靠了清廷。作为海内人杰、复社领袖、"晚明四公子"之一的冒辟疆也成了朝廷重点拉拢对象。那些已经仕清或者准备仕清的人都希望冒辟疆能够接受朝廷的征召，这样他们就有了一棵可以依靠的大树，减少舆论对自己的谴责。而那些不愿与清廷合作的有气节的士大夫，则担心冒辟疆顶不住各方的压力而屈节仕清，这样他们就失去了一个精神领袖。他的朋友侯方域特意写信给他，劝他要坚守，因为他是江南士林中硕果仅存的人物，如果他能拒不仕清，必受到"万人敬仰"，而且他的进退关系所有江南士子和反清复明人士的信心和斗志。

作为好友的侯方域这些话句句在理，言词十分恳切，这让冒辟疆十分感动，也备受鼓舞。有江南士林、复社君子在自己背后支持自己，冒辟疆仿佛更有底气了，于是他在回复侯方域的信中明确表示："放心吧，我是绝对不会辜负大家的，头可断血可流，气节不能输。"

接下来的一段时间里，又有很多朋友登门拜访，有劝他珍重晚节、谨慎从事的，也有劝他识清时务、出仕清朝的，但此时他的意志非常坚决，表示自己早就无意于此了。既然主意已定，他便开始想办法谢绝来自方方面面的推荐。

不过要谢绝当权者的"橄榄枝"并非易事，因为不接这根"橄榄枝"，当权者就有理由怀疑这是与新政权敌对，严重时可能性命不保，清朝让冒辟疆出来并不是真的让他做官，而是让他作为仕清的榜样，来拉拢全天下士子的心。这时冒辟疆想到了李密的《陈情表》，《陈情表》的妙处就在于能让朝廷相信：自己真的是情非得已，而不是不愿效命。于是，他写信回应刑部尚书徐乾学，想当面恳请徐乾学向朝廷奏明自己的身体和家庭情况，因为此时冒家兄弟正因争夺家产忙得不可开交，希望朝廷能收回征召。

但此时的徐乾学无暇顾及冒辟疆的"苦衷"，一心想着赶紧把冒辟疆劝走好向上面交差。所以没等冒辟疆开口，徐乾学就驳回了他的请求。冒辟疆只得带着沉重的心情离开了家乡，当年误入官场毁了自己的一生，他现在唯一想做的就是像历史上的陆龟蒙、陶弘景那样挂冠归隐家乡。

不久，朝廷征召的正式诏书下来了，此后，官府每天都会派人来催冒辟疆动身赴京，他只能以有病在身为由不断拖延时间。但这些官员们开始使用各种手段逼冒辟疆启程。由于冒辟疆的许多朋友曾经在永历朝廷中任过官，后来归隐后仍然和许多抗清志士来往，而他的好友当中也有许多是直接从事抗清斗争的，因此这些案子难免会牵涉冒辟疆，地方官员正是利用这些旧案威胁、恐吓冒辟疆，想逼其尽快就范。

面对各种压力和威胁，冒辟疆的家人渐渐支撑不住了，看到自己的妻小每天过着提心吊胆的日子，被愁云惨雾笼罩着的家庭也没有了往日的欢声笑语，冒辟疆的心也在痛。他慢慢觉得不可以为了自己一人的名节，就不顾全家老小的性命，他们是无辜的，而他更是无辜的。

就这样，誓死不仕清朝的决心动摇了，为了父母家人，他最终决定奉诏进京。但当他看到清廷"留头不留发，留发不留头"的告示时，顿时心灰意冷，半路上又偷偷跑回了家。

冒辟疆的民族气节使他再次成为明朝遗民的精神领袖，他的水绘园里文人名士纷至沓来，有东林党人，也有复社成员，还有几社的朋友。先后到访的前明遗民有三百多人，大家都把这里当作精神的家园。甚至很多人来如皋就是为了来冒辟疆的水绘园。清朝初年的文人刘体仁说："那时的士人没有一个人不把如皋当成自己归宿的。"毛泽东在 1942 年曾这样评价冒辟疆："所谓的'明末四公子'中，真正具有民族气节的要算冒辟疆。清兵入关后，他就隐逸山林，不仕清朝，全节而终。"有几个古代知识分子能得到领袖如此首肯？

2.忍辱负重，装疯避难

钱谦益是冒辟疆的好朋友，曾经慷慨解囊帮董小宛赎身，助她与冒辟疆团聚。从这一点上来说，钱谦益是冒辟疆的恩人，而且两人也是知己、忘年交。但明朝覆亡之后，钱谦益却和冒辟疆分道扬镳了，因为他选择了投靠清廷。

这件事对冒辟疆打击不小。要知道，明清交替之际的钱谦益是中国文化史上最伟大的诗人之一。他文学上的造诣极高，被黄宗羲称为"四海宗盟五十年"，从明代末期到清朝初期，他一直是文坛当之无愧的领袖。1645年，清军大举进攻江南。扬州失守后，总兵刘肇基战死，史可法被俘，后因誓死不降，被清廷下令处死。清军破城后屠城，死难者无数。国难当头，清军攻到南京时，钱谦益居然出城投降，一时舆论哗然。谁也不愿相信这样一位领袖人物会卖节求荣。如果只是为了求生投降，也许还情有可原，但是后来钱谦益接受了清廷的委任，当上了礼部侍郎，更让人不能接受了，这一点直接让冒辟疆几乎要与他割席绝交了。

钱谦益深知冒辟疆名声很大，总想有一天拉他上朝为官，当然，这也是清廷的意思。当时天下士子无不标榜冒辟疆的不仕清廷，如果这个精神领袖投靠清朝，那么天下士子就很好拉拢了。于是钱谦益就去了如皋——冒辟疆的家乡，乘轿直奔水绘园而来。

有人提前到水绘园给冒辟疆报信。冒辟疆听后左右为难起来，同董小宛商量说："论私，他是你我知交，理当隆重接待。但是论公，他是叛臣逆子，我与他势不两立，而且他这次又来意不善，我肯定不能见他，你说应该如何是好？"

董小宛说："公子洁身自好，不屑与叛臣逆子为伍。但钱某现在正春风得意，也侮慢不得。不如称病卧床，避而不见也罢。"正商议间，看门的人进来禀报："钱大人已到门外，想见公子。"此时冒辟疆已经没有时间思考对策了，赶忙进了内室。

钱谦益等了好久，见没有人来迎接就径自走入中堂，和董小宛寒暄，问："辟疆去哪了？为什么不来相见？"董小宛连忙按计回答道："公子近日感染风寒，常常发烧、咳嗽，最近卧病在床，不能见客。还望钱大人见谅。""哦？"钱谦益沉思了一会儿，估计冒辟疆是有意回避，不肯见自己，但转念一想，既然来了还是见见为好，就顺水推舟地说："我不远千里为辟疆而来，逢他染疾，更要探视一番，要不然我这个做兄长的就太不近情谊了。"接着就要小宛领他到内室去，亲自探望一下冒辟疆。

董小宛心里一急，随口就说："辟疆神志昏迷，言语颠倒，我怕他冲撞了大人您，钱大人还是不见为好。"

钱谦益听这一说，便更要辨个真假，一定要见冒辟疆一面。此时董小宛没有了办法，不知如何是好，冒辟疆却自己出来了。原来，他藏在内室听动静，知道避而不见是不行了，听到小宛说他"神志昏迷，言语颠倒"，突然灵机一动，何不将计就计，把钱谦益赶走呢？于是，他故意把衣服、头发弄乱，跌跌撞撞地走出来，嘴里还在吟文天祥的诗句："人生自古谁无死，留取丹心照汗青"，"你这奸臣逆子，我要杀了你……"

董小宛何等聪明，一见他这个样子，一下子就明白了他的用意，连忙上前扶住他："哎呀，公子怎么跑出来了？千万不可唐突了大人，得罪了大人咱们可吃罪不起呀！"

冒辟疆身子一转，两眼发直地盯住钱谦益："大人？哪个大人？莫非是坚贞不屈、为国捐躯的文丞相吗？如果是他我要和他多喝几杯，小宛上酒！"

钱谦益听了面红耳赤，只好硬着头皮连忙说："辟疆，怎么连我也认不出了？"

"哦，你不是文丞相，那一定是史阁部（史可法）了。史大人死守扬州城，壮烈殉国，凛然正气，千古长存。大人此来，莫非是邀我同赴天堂吗？"

钱谦益如坐针毡，转头向董小宛示意，要她帮自己说话。董小宛明里像在帮钱谦益说话，实际上暗中火上加油："辟疆，你弄错了。文丞相、史阁部都是前朝的大人，这一位可是本朝、你认识的……"

"本朝的？"冒辟疆揉揉眼睛，盯住钱谦益，"你是洪承畴，还是吴三桂？你们认贼作父，卖国求荣，做的是奴才官，当的是虎狼大人，怎么不怕老百姓食肉寝皮呀！"

钱谦益见他话已挑明，反而沉着下来，把脸一板，说："辟疆休得胡言！污蔑朝廷命官，传出去是要吃官司了，到时候可别怪我无理了！"

"哈哈哈，好一个朝廷命官！我看你帽顶插尾巴，衣袖像马蹄，活生生是一匹鞑子骑的走马呀！"冒辟疆说着，抢步上前摘下他的帽子，使劲去拔顶上的红缨子，差点把朝珠给弄散了。

钱谦益急了，顾不得再摆官架子，慌忙上前抢夺帽子，拉住朝珠。冒辟疆闪身一让，嘻嘻哈哈地还是拔。董小宛装出着急的样子，上前拖住他的手说："哎呀，公子千万不可失态！大人公务在身，你把顶戴还他，不要弄坏他的朝珠，进房养息去吧。"

冒辟疆点点头说："哦，是了，是了！叫他快走，我这里不是马厩，别让他玷污了园子。"说着把帽子朝地上一撂，跌跌撞撞地进了内室。

钱谦益连忙拾起帽子，气得脸色发青："岂有此理，岂有此理！"

董小宛向他施礼："辟疆病魔缠身，钱大人切莫见怪。其实我早就说过见他不得的。"

钱谦益明知道他们是在做戏，但如果点破了，倒是明明白白地受了羞辱，就当他是疯人疯语，反而能保住一点面子。于是就顺水推舟地长叹道："唉，想不到辟疆病成这个样子。本想请他赴朝为官，看来只得以后再说了。请他多加保重，告辞了！"

董小宛假意挽留，但钱谦益哪肯再待片刻，匆忙坐着轿子离开了水绘园。

直到多年后，在清朝做官的钱谦益才悔不当初，在其爱人柳如是及多方好友的劝说下，回心转意，开始暗暗投入抗清复明的活动，气节丧尽的他名声才逐渐好转。同时期内，被誉为明末"江左三大家"的钱谦益、吴梅村、龚鼎孳，纷纷降清，有损大节。据史书记载，"江左三大家"钱谦益、吴梅村等上街都要遮脸，以免被人唾弃。同样是娶了"秦淮八艳"，冒辟疆娶董小宛为妾时，世人纷纷叫好，而钱谦益却休妻后用娶妻之礼迎娶柳如是，依照明末的道德标准，士大夫涉足青楼、狎妓纳妾，会被看作是风流韵事，但要大礼婚娶妓女，则是伤风败俗、悖礼乱伦之举，被视为洪水猛兽。钱谦益全然不顾世俗偏见和礼法名器，坚持用大礼聘娶柳如是。因为他的声望实在太高了，此举让许多循规蹈矩的读书人无法接受，舆论哗然，几乎到了人神共愤的地步。于是在婚礼当天，他们结婚的画舫被路人砸进了无数的小石头。

同样是才子佳人，冒辟疆无论是逃难还是不仕清廷，董小宛都支持他、鼓励他、帮助他。而钱谦益降清时，柳如是极力反对的，几乎是以死相逼。钱谦益降清后又反清的做法，也被清朝所唾弃。乾隆皇帝即位后，坚决把曾经降清，又暗地里反清的钱谦益列为《明史·贰臣传》之首，还专门写诗挖苦他："平生谈节义，两姓事君王，进退都无据，文章那有光。"同时，下令销毁钱谦益所著一百多种著作，甚至凡有他名字的序文或列名校勘之书，都在禁止之列。钱谦益辱节降清成为他一辈子的污点，晚年时后悔不已，后人对他降清后又反清的做法总是抱着鄙夷之情，认为他"该反时降，该降时反"。与同时期这些文人相比，冒辟疆的坚定则显得难能可贵，康熙十二年征召山林隐逸，十八年开博学鸿词科，大臣及地方有司一再举荐，连老友登门邀请，他都能坚定而巧妙地谢绝，这也是他名垂千史、流芳百世的重要原因之一。

3. 文心侠骨，智斗官绅

多次拒绝出仕清朝的冒辟疆，他不惧豪强、疾恶如仇的气节，总是被后人津津乐道。

一天，一位知县来如皋赴任，在城西门外城隍庙里歇息，差人将冒辟疆找去。知县坐在神像前，见到冒辟疆开口说："先生享誉大江南北，下官心中仰慕已久。如今到此赴任，还要先生多多关照。"冒辟疆连声说："不敢当，不敢当。"知县便问："先生可知我此行有没有差错？"知县早闻冒辟疆刚正不阿，常与官府作对，一来就想出个难题，探探冒辟疆的口风。

冒辟疆微微一笑，回答道："有啊，你错在二处。身坐佛堂，背脊朝神。未曾上任，无票拘人。"知县听后一惊："对呀！自己在庙里面南背北，对神灵大为不敬。对待冒辟疆，请无拜帖，拘无传票，失礼而又枉法，这岂不正是二错？"知县出了一身冷汗，心想："我还不曾上任，冒辟疆就指出我有二错，要是任职一年半载，又将如何？"他对冒辟疆深施一礼，也不赴任，就返回原籍去了。

　　对于仗势欺人的恶霸，冒辟疆从不留情。如城东门郊外有个穷汉子名叫刘老五，清早驾牛下田耕种，牵牛走到员外王百万的府门，不早不晚，牛在府门前屙了一坨牛粪，可巧被王员外看见了，王员外一看就火冒三丈骂道："穷鬼，一大早把牛拉到我府门前屙粪，存心给我带来晦气。"吩咐家丁把牛抢了过去。刘老五眼含泪水，左思右想，去县衙告了王员外一状。

　　知县发下传票，王员外大摇大摆进了城，如皋城的百姓听后，纷纷到县衙看审。冒辟疆正与人下棋，听说后摞下棋子来到街上，问清原因后心中起怒，便找来本地几位头面人物商议了一下，结伴来到县衙。知县还未坐堂，冒辟疆上前问王员外："员外到城里来，可曾带些袋子来？"王员外不解地问："带袋子做什么？""好把你的便溺带回去，我们不让你把便溺拉在街上。"几位同来的老者接口说道。王员外张口结舌。冒辟疆说道："牛本畜生，难免到处屙粪。你本地方名士却要强抢他人耕牛，该当何罪？"

　　知县这时已到大堂，见是冒辟疆出头，案子又是如此明白，便顺水推舟，判道："王百万即刻还牛与刘老五。"到了此时，王员外也无话可说，在堂上具结承认照办。

　　同样，对于来如皋就任的地方官，冒辟疆也毫不客气。有位在京城里有靠山的人依仗权势，放了个知县到如皋任职。上任后便搜刮民财，地方民众都骂他是赃官。这天，他到冒家拜访冒辟疆，家人告诉他冒辟疆在后园伐树。知县来到后园，果见后园有一棵合抱粗的白果树，枝叶繁茂，奇怪的是冒辟疆手中拿着一把小锹，知县过来，两个见礼后到前厅叙话。

　　知县问："学兄在后园做什么？"

冒辟疆回答道："在后园伐树。"

知县又问："难道用那把小锹？"

冒辟疆说："是的，别看锹小，我在树周围来回转悠，是找树的气眼，这是它的致命所在，找到了气眼，一锹挖下去，无论树多高多大、根多坚枝多牢，总难免一死。小锹也能伐大树。"

知县听出了冒辟疆的弦外之音，红着脸与冒辟疆作别，过了不久就卸任回去了。

不仅世俗人，出家人若势利不公，冒辟疆也会忍不住仗义出手。一年正月，如皋海月寺当家和尚月朗派人请冒辟疆到庙里观光。冒辟疆听说月朗为人势利，本不想去，无奈董小宛劝他敬佛，只好勉强答应。

这天，月朗一见冒辟疆到来，连忙施礼，亲自起身敬茶，霎时间水果茶食摆满一桌。冒辟疆愣了一下，笑着说："师父如此优厚相待，肯定有什么事情吧！"月朗笑得两眼眯成一条缝儿，双手合十说："阿弥陀佛，小僧不敢相瞒。寒庙佛身年久失修，正想筹金募款。大人闻名天下，天下谁人不知，又闻施主是有名的大善人，如果能捐献浅薄银两，小僧肯定在捐募簿上开头写上您的大名，佛门必将会因此而生辉。"

正在这时，有小和尚匆匆来报，说前殿又有客到。月朗赶忙出去招呼来客，大声说："殿里请坐，殿里请坐！"并大声对小和尚说："丁八泡茶！"

冒辟疆正准备为来客让座，这时候月朗却笑着走进来说："是常来的秀才，没什么大事，只在前殿坐了。"

冒辟疆斜眼向前殿望去，只见那秀才坐在那里，冷冷清清，甚是无趣，不久轻叹一声，向旁边的侍客僧人打个招呼，起身告辞，愤愤地走了。

小和尚前来添茶，冒辟疆趁月朗不在，悄悄问："刚才客人到了，怎么月朗师父不陪客，你们也不倒茶？"

小和尚环顾四周，低声说："不瞒大人，那秀才是有事相求的。月朗师父见了这种人，便喊丁八倒茶。那就是说既不陪客，也不许倒茶，让他早走了事。因为'丁''八'凑起来就是'不'字。"

冒辟疆听了，不禁倒抽一口冷气，再也坐不住了。他走到前殿弥勒佛像前，站在那里皱起了眉头。月朗慌忙跟过来，讨好地笑着说："冒大人是想拜弥勒佛了？"

"拜佛？我还要骂他呢！"冒辟疆愤愤地，"后殿佛身落了难，他还腆着肚子只管笑，一颗巴结权贵心，一脸势利小人相。千家香火真是为他白烧了！只恨我平时光看他的外表，今天才认清他的真嘴脸。"

这一骂，惹得月朗脸上红一阵，白一阵，光顾闭着眼睛念阿弥陀佛，再也没脸看冒辟疆了。

除此之外，冒辟疆还总是点化那些不知天高地厚的豪绅。

如皋县有个衣锦荣归的李天官，用万两黄金在县城造了一座十分豪华的天官府。竣工那天，李天官大宴宾客，酒过三巡，一班帮闲清客拍马讨好，请李天官亲自为这座新造的府第写副对联。李天官被这一班人一吹捧，带着七分酒意，顿时手捋胡须说："新增华厦，高耶？矮耶？"语音刚落，众人连呼这上联妙，可是下联呢？天官老爷怎么也说不出来了。

原来，此句话本是李天官反问大家的，经大家一捧，竟成了上联，下句一时哪想得出来，在众人面前又怕失了面子，只好说："下联我暂不说出，就请诸位应对，有对仗工整者，赏银百两。"

拍马屁的人只有拍马屁的功夫，要对对子都自愧不如了。

第二天，李天官酒醒了，想起了昨日征对子的事，还不能算结束，又叫家人把写好的"新增华厦，高耶？矮耶？"贴在大门上，还在旁边贴出一张榜文："不管士庶人等，凡对出下联者，赏银百两。"这样一来，既遮盖了自己的失误，又显出天官大人言出有信的气魄。

哪知榜文贴出几天，也没有一人来应对。

一天，冒辟疆从江南归来，行至天官府门口，看到新建的官府这等豪华气派，又看到对联旁的榜文，不觉笑了起来。他回到府中，便对书童冒茗说："茗儿，你可想发财？"

茗儿说："相公，我们做奴仆的哪能发财呀？"

"现有白银一百两，你可想要？"

"想要，要不到！"

"我这就给你。"说着命书童取出文房四宝，随手写好一副下联，交给冒茗，又吩咐了一番，叫他到天官府领赏。

冒茗来到天官府外，揭下榜文，立即被门仆带到李天官面前。天官问："你这小小孩童，胆敢前来揭榜？"

茗儿答道："小的特来应对！"

"你对对看！"

于是书童便把冒辟疆写的下联呈上，李天官展开一看，不由得大吃一惊，只见上面写道："后出败子，拆之！毁之！"不但紧对上联，而且尖酸刻毒。李天官压住怒气，问道："小孩儿，这下联可是你自己所对？"

"是小的自己所对！"

"胡说！这样的下联，不是你能对得出来的。只要你说出受何人指使，我加倍给你赏银；如若说谎，将你送官府查办。"

那书童到底年纪小，一吓，只好说出是冒辟疆所对。

冒辟疆那时虽说还很年轻，他的才名，李天官却早就听说，但从未交往。现在冒辟疆对出这副下联，真叫李天官有气出不来，有火发不得。思来想去，李天官决定派家人到冒府去邀请冒辟疆来天官府一叙，以便弄清事实。

哪知一连三日冒辟疆都托病谢绝拜客，这下李天官动了火："想我堂堂天官，一连三次请你，都托故不到，未免太傲慢了。"于是亲自登门拜访，若冒辟疆再不相见，便可以把傲慢不恭和羞辱天官的罪名推给冒辟疆。

当李天官的轿子来到冒府，只见府门大开，家人领着李天官的轿子向里穿过门堂，又向里过了三进，来到一个敞厅前。这个厅堂倒也十分华丽，只见冒辟疆躺在榻上养神，并未起身相迎。

李天官下得轿来，想到厅上责问冒辟疆，当他脚踏台阶，拾级而上的时候，猛抬头向上一望，只见檐下有块横匾，上写五个大字——一片荒凉地。李天官一看，不由惊出一身汗来。他想冒辟疆原来早已看破红尘，今天繁华，明天荒凉，千百年来，有几个名臣良将之后能承其祖宗的荣耀？他急忙打轿回府，心中念着："冒辟疆啊冒辟疆，是你一语点悟了我，不愧才子也！"到了晚年，贫困中的冒辟疆依然保持着这刚正不阿的操守，精神实在让人钦佩。动乱年代的义薄云天更弥足珍贵，虽然他不是武将，而是一介文人，但他活出了文人的风心和侠骨。

4.育孤济民，德义千古

冒辟疆不仅有惊人的才华、不屈的气节，其育孤赈济灾民的德义仁心，更受人称道和爱戴。

崇祯十三年（1640），三十岁的冒辟疆赶考路过龙潭，听到婴儿啼哭，下车查看，发现婴儿旁边有个妇人，看情形应该是孩子的妈妈，已经惨死，浑身是血，身边失去母亲的两个幼儿啼哭不已。当时正是溽夏，他们母子就这样在烈日下暴晒着。围观的人越来越多，却无一人仗义相救。冒辟疆打听后才知道，这个妇人本是个有夫之妇，夫妻俩老实本分。只因这个妇人有几分容貌，当地的恶霸几番骚扰她，妇人忍气吞声，坚决不从。恶霸恼羞成怒，便气急败坏地诬陷她的丈夫偷盗，导致妇人丈夫无故蒙冤被发配边疆。路途遥远，边关险恶，虽是生离，亦是死别。妇人又急又气，无奈自己势单力薄无计可施。为了到驿站见丈夫最后一面，不顾自己怀有八个月的身孕，冒着酷暑天气，带着幼儿，日夜兼程。这时恶霸追过来逼迫她，扬言："反正你丈夫这一去肯定回不来了，你就跟我回家吧！"妇人日夜赶路，已是疲惫不堪，在恶霸的调戏下又羞又怒，忽然小产，惊惧万分的妇人随之去世。两个幼儿失去母亲，在烈日下又饥又渴，却无人照顾，只能在路旁悲怆地啼哭。

冒辟疆听后怒发冲冠，赶快吩咐身边的人，停下来一天，帮这个妇人料理后事。他先吩咐家人买了棺材、寿衣，为妇人穿衣装殓，把她安葬在江边。然后出重金在当地物色了一户好人家来收留抚养遗孤。为表达对烈妇的敬慕及对恶霸的愤恨，冒辟疆口述铭文《过龙潭有妇女以烈暴死停车一日亲相营葬口述志之》，记下这刻骨铭心的一幕。铭文的结尾，冒辟疆写道："还当觅一剑，斩奸酬其墓！"可见冒辟疆是何等的爱憎分明，疾恶如仇！一切安排妥当后，冒辟疆才离开并继续赶路。

冒辟疆一生赈灾无数，其中有四次力度较大、范围较广，在史书县志中都有详细记载。

明崇祯十四年，如皋大旱，甚至发生了人吃人的惨剧。

冒辟疆那时刚刚三十岁，从未见过如此大灾害。虽然他从小生活锦衣玉食，但他看到百姓疾苦，即使自己衣食无忧也心急如焚。应县令之托，冒辟疆开始以官绅合作的方式来救灾。冒辟疆在如皋城的四个城门共设了四个粥厂，并视赈灾如己任，亲自带着亲眷家丁一起赈灾，在四门之间来回奔波，每天发粥四千多人。不久又以高价买了五百三十多担米运到丁堰和双甸、岔河、马塘、掘港等地，请地方亭长和乡绅管理，从腊月开始发粥，直到第二年四月麦子熟了才停，历经五个多月，累计发赈百万人次，因为发粥而活下来的人有十余万。

崇祯十五年，如皋又遭受蝗灾。"飞蝗蔽天，赤地千里。"县令又委托冒辟疆组织全县赈灾，这样一来冒辟疆是连续两年救灾。冒辟疆认为："富贵之家的钱财都是取之于民，现在民生凋敝的时候如果不出手救济，反而竭泽而渔，肯定会发生动乱。皮之不存，毛将焉附？"动员全县富贵人家出手赈灾。这次他还是带领家眷和家丁亲自倡赈，在四门粥厂之间来回奔波，同去年一样每天发粥，并在全县各地设赈。这次冒辟疆更有经验，为了让赈灾有条不紊，更有效、更持久、更公正，他还制订出了详细的制度，亲自核实考察，保证了赈济无漏。制度规定如下：

1.大家同生为人，都以衣食为天，天灾难免。但家如果有余粮还不救人，就不在天而在人了。

2.富贵之家都是靠地租养活，现在灾年中的贫民饥寒交迫，如果不去救他们，他们不想死就只能做贼做盗，一旦乱起，大家还有好日子吗？

3.天下最大的善事，莫过于救人。大家同生在此大地上，同呼吸共生死，再有孝顺祖宗，敬奉天地，后人才能昌盛，不可不猛省，不可不去赈灾！

4.有钱不去救济百姓，却去"斋僧建庙"祈福，是最愚蠢的做法，也不会得到佛陀保佑的，佛家还讲"救人一命，胜造七级浮屠"呢！时至今日，贫贱之民饥寒交迫，匹夫匹妇，人人有职，一粒米、一文钱都能救人，大家有钱出钱有力出力赶快都行动起来吧！

冒辟疆第三次赈济是在清顺治九年（1652）冬天，虽已改朝换代，而且冒辟疆已然隐居在家，但他并没有忘怀世事，和辞官在家的父亲冒起宗以儒者的仁心继续关心民生。冒辟疆依旧在如皋四门设粥厂。仅仅一个西门粥厂，每天要救的饥民人数就超过四千。早晨冒辟疆常常顾不上吃早饭，便带着几个朋友和十几个家丁冒着风顶着雪，匆匆赶到粥厂，查看粥米的存量和出入数量，记录核实饥民的数量，监察仆役是否懈怠。他还派家丁到穷人家中登记，把老弱病残都记录在册，定时定量发放赈灾粮和赈灾款。三四个月里，冒辟疆总计向二十余万人分发了粥米。官钱不够发，冒辟疆把家中银两拿来赈灾，家里的钱用完了，冒辟疆就卖地，还不够就卖妻妾的衣服以及夫人的首饰，甚至把给长子娶亲用的二百两白银也换成两万两铜钱发给父老乡亲。就像《冒巢民先生年谱》中所说"辟疆捐金破产"，几次赈灾下来，冒辟疆几乎耗尽全部家产。

灾年最怕疾病蔓延，为了让那些生病的孩子和往返数十里的老人、病人在夜里有地方安身，避免他们在打粥的路上发生不测，冒辟疆就发动朋友和家丁在粥厂旁边建了一排暖室，并且让一些和尚晚间给饥民加一餐粥，供应姜汤、热水，防止他们感染风寒。除此之外，冒辟疆带领家仆，四处查看，还做了很多埋葬死尸的工作。

仲春之后，南门粥厂赈灾不力，冒辟疆又赶到了南门。这天风雨交加，冒辟疆在风雨中分发粮米。由于长期操劳，连续三个月接触不同病人，冒辟疆的体力精力消耗殆尽，他的身体已经极度虚弱，经不起霜雪，染上了瘟疫，浑身滚烫，昏迷不醒，几近死亡。

名医束手无策，无计可施。这时，县令陈秉彝来到冒府，望着眼前这位因一心救灾而累到病倒的义士才子，陈秉彝痛心疾首，伤心欲绝。

无奈之下，陈秉彝居然病急乱投医，写了一篇感天动地的《告城隍文》，在庙前祈祷上天，祈祷各路神明保佑冒辟疆起死回生。

通过陈秉彝写的《告城隍文》中的描述，我们可以得知冒辟疆救灾工作的细节：

> 每晨水米不沾，便凌风雪，给粥之外，多带家僮，躬查远近。瘗死亡、扶老幼、拯病危，倾屡岁家食之粮，散数百金娶媳之聘，馨竭施济，任劳三月有余，延救难计其数。

同时也能看到这个父母官对这位义士的尊敬和爱护：

> 若冒襄者，父母既老，二子甚幼。即冥数已尽，亦当鉴其救人血心，延纪益算。况襄半生孝友，文名德泽，中外共称。此人若死，是无天道。伏乞体上帝好生之仁，昭积善延年之理，立赐回生。庶为善之报，如影随形。感应之诚，直通呼吸矣！

或许是冒辟疆命不该绝，或许真的是天佑善人，总之，陈县令焚烧祭文之后不久，已经奄奄一息三日的冒辟疆奇迹般地苏醒了。

冒辟疆不顾生死，救民于水火的义举，不仅赢得了官府的信任，也得到了灾民的拥戴。灾后第二年春节后，他外出探视任官的父亲，被救的数千名灾民从四面八方自发赶到河边相送，初春寒气逼人，他们没有致辞，没有口号，没有组织，只有默默的深情，只有无言的感恩。其场景，令人动容。

康熙九年（1670）冬，发生了全国性的雪灾寒流，如皋亦未幸免。《如皋县志》记载："鸣雷降雪，冻死者无数。"面对灾民，冒辟疆忧心如焚，一心救济灾民，但那时他已经家徒四壁、食不果腹，几乎到了贫困潦倒、举债无门的地步，再已无力去拯救苍生、赈济难民了。

可爱民的本能让冒辟疆做不到对灾民袖手旁观。无奈之下，他只能凭借自己的力量卖字卖画，用换来的钱赈济灾民。表示"应两君之名，润笔币，爵之惠，易米十石，为粥于路，以管万人半日之腹"。

除了赈济灾民，冒辟疆还尽心竭力地为亡友抚养遗孤。明清变乱、改朝换代后，他在水绘园里收养东林、复社和江南抗清志士的遗孤。水绘园西北土冈的碧落庐，即是冒辟疆为缅怀同道好友、绝粒守节的义士戴敬夫所建。戴敬夫一次游水绘园，告诉冒辟疆自己想建碧落庐。但明亡后，他绝食而死。冒辟疆仰其气节，以戴敬夫之号为庐名建了碧落庐，以了亡友心愿，更以其情操告诫世人。

明亡后，很多抗清义士不幸殉国，冒辟疆不仅缅怀这些亡友，还收养、抚育了很多亡友的遗孤。清顺治十四年（1657）夏秋，冒辟疆以应制为由，致书殉国义士九十四位遗孤聚集秦淮。抗清烈士、复社成员后代们在明亡之后首次举行了大聚会。

这九十四人中，有反对"阉党"而受迫害、明亡后忧愤而死的陈贞慧之子、"阳羡派"词坛领袖陈维崧；有复社社员、明亡绝食而死的戴重（敬夫）之子戴本孝；有复社"五秀才"之一、抗清失败后被杀的吴应箕之子吴孟坚；有复社《留都防乱公揭》签名者、史可法按察金事、后抗清而亡的周岐之子周瑄；有《留都防乱公揭》首领沈寿民（耕岩）之子沈泌；有方以智之子方田伯（中德）、方通伯（中通）；有崇祯重臣、东林首领、抗清被俘绝食而死的黄道周同乡本家后生黄俞邰等。其他复社社友、抗清烈士陈子龙、吴易、麻三衡、黄淳耀、顾杲、陈元纶、侯峒曾兄弟、杨廷枢、万曰吉等人的子侄后辈都被通知了。

抗清殉国友人的后代九十四人应冒辟疆之邀齐聚南京，应制只是对外宣称的一个幌子，因为他们大多并不参加乡试，当然也不是为了吟诗弄文，而是抒发遗民情结。

顺治十五年，抗清烈士遗孤纷纷来到如皋水绘园投奔冒辟疆。在此后的十余年间，冒辟疆先后收养了二十多名烈士遗孤，其中有宜兴陈贞

118

慧之子陈维崧；安徽和县戴敬夫之长子戴本孝、次子戴移孝；安徽桐城方以智之子方田伯、方通伯；安徽贵池吴应箕之子吴孟坚；复社著名制艺家、湖北景陵谭元礼之养子谭籍、谭篆等。其中陈维崧在水绘园读书长达十年有余。

冒辟疆对这些烈士遗孤十分关爱，不仅供其衣食，还悉心教导，让诸子不仅皆德有所宗，更学有所成，成为清代历史上德才兼备的宗师、名家。

数十年如一日地无条件无回报支持难友、赈济灾民，很快冒辟疆就耗尽了家资，生活陷入了窘困的境地。年老的辟疆不仅患有腿病，还得了耳疾，由于贫困潦倒，不得不每天晚上在灯下写数千字蝇头小楷，早上去卖掉换来粮食。这和他年轻时锦衣玉食的生活形成了鲜明的对比。

康熙三十二年（1693）腊月初五夜里，经过了三十六天时眠时醒的折磨，冒辟疆这个风华旷代，集诗人、书法家、社会活动家、戏剧家、园林艺术家、文物鉴赏家于一身的贵族公子，从"肥甘厌粱肉"一心"雄心争逐中原"的青少年，变成了"极贱极贫极老至不可比数的人"，在如皋走到了生命的尽头。

第三章

方以智

方以智（1611—1671），字密之，号曼公，别号浮山愚者；为僧后，法名弘智，又称无可、药地、浮庐、墨历等。今安徽省铜陵市枞阳县浮山镇陆庄人。方以智和另外三位公子不一样，他不仅是明末的一位爱国者，而且是一位哲学家、思想家，更与众不同的是，他还是一位科学家。

方以智出生于名门世家，号称"一门五理学，三代六中书"。"一门五理学"指的是：方以智之曾祖方学渐、祖父方大镇、叔祖父方大铉、父亲方孔炤与方以智，一共五位，都是中国历史上赫赫有名的理学家。方学渐，字本庵，乡贡生，博学多才，重义理，一生讲学，"以布衣振风教"，世人尊称他为"明善先生"。后来，因为儿子方大镇而被皇帝封为"文林郎"。方大镇、方大铉及方孔炤都是明代进士，三人均著书立说，专宗理学。方以智家学渊源，一直延续发展。"三代六中书"是指方家三代中有六人达到"中书"官位。分别是：方大镇，官至大理寺左少卿；方大铉，官至户部主事；方孔炤，官至御史中丞，巡抚湖广；方仲嘉（孔炤弟），武举人，官至把总；方以智，官至翰林院检讨，南明礼部尚书；方兆及（仲嘉子），官至刑部郎中。

方以智幼年智力超群，据记载，他九岁能文，十五岁博览群书，二十二岁即著书立说。崇祯十三年（1640），二十九岁考取进士，任翰林院检讨。明王朝灭亡后，他在战乱中过着颠沛流离的生活。李自成攻进北京，方以智被捕，后在乱世中逃至南京。当时福王立于南京，马士英、阮大铖掌握朝政，与东林党、复社结下不解之仇，对方以智等人必欲先除之而后快。方以智不得已伪装成道士，先后逃到天台山、雁荡山中，靠卖药为生。为了反清复明，方以智四处奔波，历尽艰辛。清顺治三年（1646），桂王立于肇庆，方以智因拥立有功，桂王封他为左中允，充当经筵讲官。南明永历元年（1647）正月，清兵攻破肇庆，桂王逃到了梧州，方以智也一路跟随，随后被加封为侍讲学士、东阁大学士。不久，被太监王坤排挤罢官。这时，方以智已经亲历了南明王朝的派系纷争，他也感觉到明王朝的气数已尽，虽内心有报国大志，但无力回天，不得不浪迹源州天雷山（今湖南黔阳）、贵州黎平、天柱及湖南辰州（今湖南沅陵）、大埠（今湖南衡阳武冈）等地。清顺治五年冬，方以智返回桂林，携妻小移居广西平乐西山。清兵攻占平乐，方以智誓不仕清，削发易服为僧，但即使这样也被清兵拘捕了。

清将马腾蛟为胁迫方以智投降，说："左边是官服，右边是刀剑，你自己选吧！"选左边，是走马上任的高官，选右边就是刺死。方以智从容弃官服就刀剑，视死如归。清朝官员都被他的浩然气节给震惊了，于是得释，被允许在梧州古刹冰井寺出家为僧。顺治九年，方以智终于脱离粤西，穿越梅岭，下赣江，登庐山，在五老峰养病，在流泉飞瀑声中著成《东西均》《茶泉》等。不久，他返回家乡——浮山。

顺治十二年冬，方以智父方孔炤病逝，葬在合明山，孝顺的方以智守墓三年。在此期间，他向长子中德讲授经史，向次子中通讲授数学、天文学，向三子中履讲授医学、音韵，教侄子中发学诗文书画，后来他们各因其长皆有著述。在此期间，方以智还著有《医学会通》《药集》《五老约》。三年过后，他仍离家远游，溯江上庐山，隐居五老峰，禅游于盱江，隐蔽在荷叶山，做景云资圣祠和新城寿昌寺住持。康熙二年（1663），前往泰和做首山沟林禅寺住持。第二年，移居青原山净居寺。康熙九年，应安徽巡抚张朝珍、桐城县令胡必选、乡绅吴道新之请，又到浮山大华严寺做住持，为浮山佛教第十六代祖师。康熙十年，以智因粤案牵连被捕，押往岭南。十月初七，卒于途中。以智卒后，在青原山上建了衣钵塔，在浮山华严寺后建了爪发塔（供奉佛发之塔），肉身由其子孙安葬在浮山白沙岭。1961年，安徽省人民委员会将其墓列为重点文物保护单位。

一、家学渊源：习文韬武，尊教重义

1.先祖：笃守节义、忠贞孝悌

在中国长达两千多年的封建社会中，17世纪的朱明王朝已经垂垂老矣。明末社会的各种矛盾大爆发，是封建专制主义统治的必然结果。"大厦忽如此，一木何以支。"方以智的家族正好见证了这个风雨飘摇的封建末世。

整个桐城方氏人才辈出，仅明清两朝进士、举人就多达数十人，方以智就出生在这样一个曾经显赫的家族里。

对于方以智出生的桐城方氏一族，当代中国台湾著名学者高阳说："桐城方氏为海内有名的世家，中国第一等的诗礼之家。"梁实秋则毫不夸张地说："桐城方氏，其门望之隆也许是仅次于曲阜孔氏。"当代学者钱理群赞誉道："桐城方氏是继曲阜孔氏之后对中国文化影响最大的家族。可以说，桐城方氏家族是中国文化世家的一个绝唱，在未来社会是不可能出现的了。"

据史书记载，元朝时，方以智的先祖方德益就举家搬迁到桐城，此后开始散枝开叶、人丁兴旺。方德益及其后代陆续担任元朝地方主簿、巡检、宣抚等职，他们官位虽然都不高，但为后世子孙奠定了基础，树立了榜样。到明朝后，方德益的五世孙方法，官至四川按察司断事，被人称为"断事公"。方法品行刚正，为官清廉。"靖难之变"时，方法效仿老师方孝孺，不肯署名参贺，不久被朝廷逮捕。船到了望江这个地方时，方法看着家乡龙眠山，对看守的人说："这是我出生的地方，请您为我卸下牢具，让我在此向故乡以酒敬拜，了却我作为人子的责任。"看守的人看他说得恳切，就答应了。方法整了整衣冠，站在船头向家乡的方向敬拜，拜完后，突然一跃跳入江中。

方法的死不是自杀而是以身殉义，他的死震惊了家乡。方法死后，他的妻子郑氏悲痛万分，但是她把悲痛化为一种对丈夫大节凛然的延续。方法去世后，郑氏没有再嫁，守节四十年，死后与方法合葬于桐城龙眠山。方法有个女儿叫方川贞，到了女儿该许配人家的年龄，就把女儿许配给了盛家公子。没想到，方川贞还没过门，盛公子就因病英年早逝了，方川贞便为夫守节，一生没有再嫁。此后，方川贞和婆婆相依为命二十年，舅姑去世后，方川贞独居一室，一直到六十八岁去世。

方法的长子方懋，与金腾高、史仲宏两位高人是至交。史仲宏擅长看风水，他相中了桐城边的月山这块"宝地"，又觉得自己德行不够不敢据为己有，也不想随便埋什么人而糟蹋了这块好地方。于是先后来到金、方两家察看其子孙德行。他先到了金家，只听到处吵吵嚷嚷，孩子们有的在猜拳行令，有的在吆五喝六的赌博，史仲宏摇了摇头离开了。随后他来到方家，看到一片肃静之气，东边时不时传来女子们的纺车声，西边时不时传来朗朗的读书声。看到两家迥然不同的气氛，史仲宏便兴奋地告诉方懋说:"你的子孙将来必定富贵。"于是,就把他相中的"宝地"——月山指给方懋,并说天意不可违。于是月山就成了方家的祖坟所在地。果然后来方家人才兴旺,门庭日盛,门祚绵延五百余年,成为首屈一指的文化世家。据不完全统计,明清两朝,桐城方氏成进士者二十五人,中举者更多,而太、府、县学生(秀才)则难以计数。当然,方家后来的家族兴盛、名人辈出,并非只是因为这个风水好的祖坟,主要还是因为方懋教子有方,建立了良好的家学家风,后代子孙们勤勉努力,并让良好的家风世代相传。

方懋有五个儿子,俱为贤能之才,当时人称"五龙"。因为老三方佑成进士,老五方瓘中举人,于是吏科给事中王瑞题其门"桂林"二字。科举及第在古代被称为"蟾宫折桂","桂林"二字既是赞誉,也是祝福,即是祝愿方家今后"蟾宫折桂者,比立如林"。因此"桂林"二字也就理所当然地成了该族的光荣标志,这一脉的方家也被人称为"桂林方"。

桐城桂林方氏后裔很好地继承了家学传统,将刻苦读书、钻研学问当成人生的一种生活方式,任何情况下都不放松,并创造了博大精深的"桐城方氏学派",引领主导了一代文坛两百多年的"桐城派",发展为显赫明清、历时五百余年不衰的名门望族,被公认为首屈一指的文化世家。

除了刻苦读书,方家的后代们还继承了方法殉义沉江,其妻女苦节守寡的大义,这种大义后来转化为道德的榜样,成为桐城方氏共同的精神财富。后来方法慢慢演化为方氏后人共同祭拜的"精神始祖"。

但是,方家还有一个更重要的"精神先师",那就是方孝孺。

方孝孺是方法的老师。方孝孺曾拜著名学者宋濂为师,宋濂为明代开国元勋,是江南第一大儒,以"仁政"为理想,主张恢复古代礼乐,以德治国,反对嗜杀。宋濂非常器重方孝孺,曾把他比作"百鸟中之孤凤"。方孝孺的父亲方克勤一向清廉守法,蜚声政坛,却因为"空印案"

牵连被诛。自胡惟庸案起，受牵连的人很多，方克勤、宋濂也在其中。父亲、老师均惨遭变故，对方孝孺产生极大影响，使他逐渐形成一套以提倡仁政、反对暴政为核心的政治主张，方孝孺要用自己的仁政改变这一切，这就是方孝孺为什么对朱棣用暴力推翻自己侄子的帝位那么反感。

方孝孺入仕较早，二十六岁时就受到明太祖朱元璋的召见。明太祖见他举止端庄、学问深厚，称赞他是个不可多得的人才。但由于他主张施行仁政，与朱元璋严刑酷法治国的理念相差甚远，所以朱元璋没有重用他，只是对太子说，"此人是个人才，以后可以重用"。

朱元璋死后，朱允炆即位，方孝孺终于在年轻皇帝朱允炆那里寻找到了实现理想的机遇。建文帝的治国措施与方孝孺的仁政主张相契合，方孝孺更是受到建文帝的青睐，先任翰林侍讲，后迁文学博士，时常陪伴在建文帝左右。

方孝孺对建文帝的知遇之恩感恩戴德，无论从情感还是理念上都把建文帝视为千古一遇的圣主，士为知己者死，他将自己的命运与建文帝的命运紧紧地联系在一起。

在朱棣与建文帝争皇位的时候，方孝孺积极为建文帝进言献策。建文帝讨伐燕王的诏檄大多出自方孝孺之手。朱棣曾经两次试图以罢兵作为缓兵之计，都被方孝孺识破，并力劝建文帝不要被他迷惑，使得朱棣屡屡未能得逞。方孝孺还多次为建文帝出谋划策，甚至使用反间计来离间朱棣父子。

方孝孺的令名，燕王朱棣早在起兵时，就已耳闻。朱棣的谋士姚广孝曾对他说："臣有话要告诉您。"朱棣问："什么事呢？"姚广孝道："方孝孺在朝廷的影响极大，代表了时下江南民声，如果方孝孺肯归顺殿下您，那么其他官员自然也就会臣服。如果殿下靖难成功了，我猜想他是不会归服的，到那时候请千万不要杀他，杀了他整个天下的读书人都不会依附殿下您了，请殿下慎重考虑这件事。"朱棣点头答应，他也知道能让自己的谋士说出那样的话，此人必定非比寻常。

朱棣占领南京，抓住方孝孺后，因姚广孝事先嘱托，朱棣没有杀他，而是将他投入狱中。对于方孝孺的文名，朱棣也很敬重，那时的方孝孺已经是名闻天下的第一大儒，学识品德为四海称颂。他为文纵横豪放，能与苏轼、陈亮相比。

几天后，朱棣准备即位，想请方孝孺为他拟登基诏书，同时也希望利用方孝孺的名气为天下士人树立一个归顺的榜样，所以朱棣屡次派人到狱中向方孝孺招降。方孝孺坚决不从，朱棣又派方孝孺的学生前去劝说，反遭到方孝孺的一顿痛斥。

无奈之下，朱棣只好派人强行押解方孝孺上殿，但是方孝孺穿着一身丧服，一进来就号啕大哭。朱棣当即命令锦衣卫强行撕去方孝孺的丧服，换上朝服。

朱棣强压怒火，亲自劝解方孝孺，破例为他设座，并起身劝慰道："先生不要难过了！朕本来是要效法周公辅佐成王的。"方孝孺反问道："成王在哪里？"

朱棣说："他自焚死了。"

方孝孺再问道："为什么不立成王的儿子当皇帝？"

朱棣说："国家要依赖年长的君主来治理。"

方孝孺进一步逼问道："那为什么不立成王的弟弟？"

朱棣无法回答，只好搪塞道："这是朕的家事，先生不必过多操劳。"

朱棣暗示身边的人，强行将笔塞给方孝孺，命道："写诏书的事就麻烦先生了，不过你写也得写，不写也得写，这是命令。"

方孝孺接过笔，奋笔疾书，写了"燕贼篡位"四个字后放声痛哭，且哭且说："我就是死了，也不会为你草拟诏书的。"

朱棣发怒道："你难道不怕我灭你的九族吗？"

方孝孺愤然回答："你就是杀十族，那又如何！"

朱棣大怒，命人将方孝孺的嘴割开，从嘴角一直割到耳朵。方孝孺满脸是血，仍然痛骂不绝。朱棣厉声道："我是不会让你这样痛快死去的，我要灭你十族！"

于是，朱棣一面命人继续将方孝孺关押狱中，一面搜捕其亲戚家属等人。为了凑够十族，朱棣突发奇想地把他的学生也算在内，押解至京。那些锦衣卫当着方孝孺的面，将方孝孺的亲人一个一个杀戮。每杀一个都要追问他一声：是否回心转意了，写不写诏书。方孝孺强忍着悲痛，始终不屈服于朱棣的淫威。当弟弟方孝友被押到面前时，方孝孺看着受自己牵累的弟弟，不觉泪如雨下。

大义凛然的方孝友从容吟诗一首，安慰方孝孺：

阿哥何必泪潸潸，取义成仁在此间。

华表柱头千载后，旅魂依旧到家山。

方孝孺也作绝命词一首：

天降乱离兮孰知其由？奸臣得计兮谋国用猷。

忠臣发愤兮血泪交流，以此殉君兮抑又何求？

呜呼哀哉兮庶不我尤！

就这样，方孝孺被押到南京午门外处死，遇难时年仅四十八岁。

方孝孺的妻子和两个儿子上吊自杀，两个没有成年的女儿也一起投秦淮河自尽，受方孝孺牵连被杀的有八百多人，入狱和充军流放者多达数千，在当时的政治高压下，人人自危，自顾不暇。

历来株连也不过是灭三族，诛灭九族的也是很少了，燕王朱棣杀了方孝孺十族，创下了整个封建王朝最残暴的诛杀案，可以说是前无古人，后无来者。方孝孺不顾"灭十族"的惨况，毅然选择赴难，他的殉难，是对建文帝"知遇之恩"的报答，体现着"士为知己者死"的高尚气节。

身为方孝孺学生的方法自然也在株连的行列，后来虽被朱棣赦免，但是誓死不向朱棣上表称贺，跳江自杀。他的妻子含辛茹苦抚养几个子女，守寡四十余年。

方法殉义沉江，方川贞与其母苦节自守，均成为方氏后裔最富有感召力的一笔精神遗产。他们在政治上遭受打击、生活上发生重大变故时，往往从先祖的范例中吸取精神力量。方文、方孔炤、方以智以及方氏家族的一些妇女等，莫不如此。如张秉文妻方孟式于崇祯十三年济南城破之时，投湖自尽；方以智妹方子跃在其夫孙临抗清死难后，亦三次寻死以求效法其夫为国捐躯；明亡后，方氏家族一批人士如方文、方以智、方其义等皆以遗民自居，随时准备身殉大明朝等，这不能不说有其先祖的精神影响存在。

2. 曾祖：布衣鸿儒，倡学重教

明中晚期，教育兴盛，桐城渐渐成了文化中心，很快人才就如火山喷发似的涌现。明代自永乐到崇祯年间，桐城中进士八十人，中举人一百六十五人；清代中进士一百五十四人，中举人六百二十八人。可谓人才荟萃。民谚有"五里一进士，十里一翰林"，当时的盛况可以想见。

人才的汇聚，最终形成一股文化的激流。这股激流最终催生了中国历史上历时最长、影响最大的文学流派——"桐城派"。当然城市文化的发展绝对离不开教育的滋养。自明中叶始，朝政腐败，很多读书人报国无门，只能教书育人，方学渐就是其中之一。

方学渐，字达卿，浮山人。学者尊谥为"明善先生"。明善自幼聪慧，擅长背诵诗文，刚满十二岁时，便时常语出惊人，因此闻名乡里。当时任钧州（今河南禹州）守备的赵恒庵公赵锐，没有儿子，只有一个女儿，非常贤惠，因此对女儿的择婚之事非常慎重，他一心想为女儿招一个品学俱佳的夫君，以保女儿一生幸福。赵锐别出心裁，在全县范围内为女儿征婚，无数青年才俊跃跃欲试。明善生性散淡，不修边幅，应征之日故意以泥涂布衣前往，试探赵家是不是以貌取人。方学渐当场作书一篇、文一首，才思敏捷，赵公惊奇明善的才智，心甘情愿地把女儿嫁给了他，还厚赠田产，成为轰动一时的佳话。

不久，方学渐父母先后过世，明善按照古礼，庐墓尽孝。为了尽孝守墓，方学渐始终严守古代守墓三年的礼制，并且把家产分成五股，让晚辈们各得其所。其实方家在方学渐前几代，家道就已败落。到了学渐父亲方祉手里，家境已很贫寒，虽然以授徒为生，但家无长物，生病只能靠"鬻书易药"。可见日子过得十分艰辛。后来的方家门望之隆，实际上还是从方学渐开始的。

方学渐父亲死后，家产大约还有一百银两的样子，方学渐全部给了堂兄，而自己仅剩下一点点钱，就和岳父赵公一起生活了。他把收徒授学业的收入用来赡养岳丈，早饭晚餐恭敬地侍奉。后来他的长兄学恒家业日落，方学渐顾念兄长生活困难，索性把岳父送给自己的所有田产都转赠给了自己的大哥，并安慰说："弟笔耕自足活，藉是以奉兄耳。"就这样在二十多年里，兄弟之间怡然自乐、亲密无间。他们家门口有一棵香橼树和一棵青枫树的枝干都长连了。大家看了一致认为这是上天都被方学渐的孝悌感动了，这是昆弟之祥。明善就在树下建了一座亭子，取名"连理亭"。从此，自己以课徒授业自给，清贫淡泊却乐在其中。

在研习四书五经时，方学渐交往的都是当地的才俊，名气都非常大。当时江西人氏张甄山任桐城县教育官员，提倡以文会友，方学渐第一个拜张甄山为师，坚定地把圣贤作为学习的榜样。后来朝廷官员耿楚侗来到桐城县，颁布平民学者都可以参加考试的命令。张甄山竭力推荐方学渐为免试对象，方学渐知道此事后就躲藏起来，张甄山就到处找他，拉他去见学政耿楚侗大人，而方学渐解释说："我不敢通过别人的关照来博取功名；富贵由命，岂敢通过不正当手段与命抗衡。"张甄山知道了方学渐的志向后，对他更尊重了。1566年，方学渐参加乡试，一次就考中了。县里秀才学子纷纷来拜访他，一时间，县内的学者、士大夫聚集起来，大家组建学会，一致推举方学渐为学会之首。

虽然方学渐在文学、哲学方面都有很高造诣，但仕途却非常不顺，先后参加了七次考试，也没有考中进士，直到明万历二十一年（1593），仅考取了一个贡生。而他的长子方大镇早在明万历十七年，就考取了进士，在京城大名府任推官，后来任大理寺少卿。

中国古代读书人的志向就是"立功、立德、立言"。方学渐虽然屡试不第，终生未仕，未能"立功"，但他终身以布衣行事，以"立言"实现了自己的人生价值。当朝廷封他为文林郎、江西道监察御史封号时，他回归了家乡，在桐城创办了"桐川会馆"并将会馆的中堂取名为"崇实堂"。

那时候，方学渐以浮山为中心，常常在桐川、秋浦（今安徽省池州市贵池区）之间四处讲学。彼时大江南北，学风浩荡，四方争先恐后来此问学。方学渐对于饭局应酬从不愿露面，但凡遇到会馆有事请他主持，他总是义不容辞。当地热衷于兴办教育的还有赵鸿赐、童自澄，也都德高望重，人称他们三人是"桐川三老"。方学渐一生讲学不倦，以"崇实"的治学态度、救世精神，来反对只以猎取功名为目的、脱离社会实际的空谈玄理。此后，方氏学派一直秉承"崇实"思想主旨，到方以智时达到了顶峰，可以说"桐城派"无数学子都多多少少受到了方学渐思想的影响。

方学渐性情冲淡，虽然长子方大镇为御史，次子方大铉为进士，但他做事低调谦逊，常常一袭布衣，而且见义必为。有一个叫王叔的人，很久以前就拜他为师，人品也很好，有一天王叔的妻子死了，就安葬在方氏祖坟旁。按照当时习俗，这是对方家的大不敬行为，但是方学渐并没有责怪王叔。后来王叔为了感谢先生，买了墓田以赎自己的过错。

当初钧州公赵锐去世时，把大部分资产都给了侄子，没想到他一个好吃懒做的儿子，伙同一个恶奴把剩下的钱全都偷走了，县官知道后就要依法逮捕这两个毛贼，但是方学渐先生反倒替他们求情，并且还说："我岂能为了这几个钱与这一帮人计较。"

其实真正让钧州公赵锐子孙后代延续下来的是方学渐。四十年里，方学渐为岳父家修家谱、建祠堂、修祖坟、教育培养继承人，并且四十年如一日像照顾自己亲生父母一样侍奉着岳父钧州公，可以说他既是女婿，也是儿子。不仅如此，方学渐还省吃俭用，济养贫困之人；花钱购置墓地收埋无人收殓的孤寡老人。世人称颂他："生惠及地上之人，死惠及地下白骨。"

哥哥去世后，方学渐就把自己的两个侄子抚养起来，但两个孩子还没成人就不幸夭折了。为此，方学渐悲伤过度，大病不起。去世前，他不断嘱咐子孙切切不要忘记会馆的事和每年祭祖的事。

3. 父亲：文成武德，屡建奇功

方孔炤是方以智的父亲，字潜夫，号仁植，今浮山白沙岭陆庄人。明神宗万历四十四年（1616）进士，授嘉定知州。后来又调任福宁知州、兵部主事。天启元年（1621），方孔炤由员外郎提升兵部职方司郎中。职方司仅兵部有，掌各省传舆图，武选司才掌武官选授、品级。

当时战火纷飞，外有满洲八旗的侵扰，内有流民草寇造反，很多武将都不愿意戍边镇守。因担心不幸被选中镇守边关，将领们便纷纷贿赂魏忠贤，方孔炤实在看不下去了，对此进行了揭发检举。另外，魏忠贤准备封自己的侄子魏良卿为伯爵。那时爵位有公、侯、伯、子、男，没有功劳是不能授予爵位的，何况只是一个太监的侄子呢，方孔炤坚决反对，这就惹恼了魏忠贤，因此被免职回家，永不录用。

崇祯帝即位后，诛杀了魏忠贤，恢复了方孔炤官职，又任命他为尚宝司卿，后升任右佥都御史、巡抚湖广。

原来的两广地区虽说都是不发达地区，盗贼也不多，但好歹图个平安，也没人来闹。可是明朝末年天下大乱，动不动就是几个省好几十万人的武装大游行，且都是巨寇、猛寇，如果哪天"点儿"背了没准就被抓走了，方孔炤就是巡抚这个地方。

方孔炤刚刚到任，农民起义领袖张献忠率军就到了，像是送给方孔炤的见面礼，而且还是大礼。方孔炤当时拥有军队近万人，但驻防的地区太多，兵力分散，但他亲自上阵，激励将士英勇作战，结果连战连胜。由于张献忠势力强大，方孔炤的战友熊文灿支撑不住了，主张招降。就这样，张献忠借机假投降，被封为副将，后来诈降受抚的人陆续而来。方孔炤认为张献忠投降没有诚意，曾经八次上书说明张献忠并不是真的投降，然而他的上司均未采纳，他没有办法，只有做好防御工作，等待暴风雨的来临。

　　不久，张献忠果然再度起兵造反，他知道方孔炤有准备，不敢南下。于是向西进军，方孔炤就在他的前方阻击，并打败了张献忠，张献忠只好丧气退兵。当时朝廷派杨嗣昌代替熊文灿，传令楚、川、沅三路夹攻张献忠，然而张献忠在夜间拔营逃走。方孔炤知道张献忠"狡诈"，下令原地驻防，并不主动追击。但是其他军事主官接到杨嗣昌的命令后，率兵追击却中了张献忠的埋伏。杨嗣昌在命令军队进攻的同时，命令方孔炤进驻襄阳。襄阳距一个叫香油坪的地方有八百里，当听到军队被围的消息后，方孔炤紧急召开高级军事会议并派兵前去救援，然而当他刚刚布置好作战方略准备出击时，自己的军队却被杨嗣昌调到其他地方。巧妇难为无米之炊，没有多少兵的方孔炤只得率领本部一千余人，昼夜兼程前往营救。等到方孔炤赶到目的地时，被围困的军队已在六天前溃败。由于孤军深入，方孔炤的军队被张献忠围攻受创，遭到惨败。这是方孔炤自领军打仗以来的第一次败仗。从此以后，张献忠好比出笼的猛兽，杨嗣昌再也不能拿张献忠怎么样了。

　　香油坪之战也成了方孔炤人生的一个重大转折点，同时也在方以智的心里留下了巨大的阴影。本来杨嗣昌与熊文灿都主抚流寇，只方孔炤与他们意见有分歧。这次方孔炤战败，实际上是由杨嗣昌瞎指挥导致的，可杨嗣昌却诬陷方孔炤，借此机会弹劾方孔炤贻误军机、指挥无方，就这样方孔炤被逮捕入狱。

　　此时，方以智正以举人身份进京会试。他泣血写就《接代父罪疏》，上书崇祯帝，表示愿替父来受罪，不被理睬。方以智忧心如焚，茶饭不思。救父无望，方以智只好往返北京、南京和桐城，为救自己的父亲奔走呼喊。这时，传来他中第的消息。殿试揭晓，方以智中二甲五十四名进士，授翰林院检讨，他却没有半点喜悦之情。

为了申冤，方以智常常怀揣血疏，跪在百官上朝必经的宫门前，叩首呼号，涕泗横流，希望有人把自己的奏章上呈给皇帝，释放自己的父亲。午夜，他露天焚香，虔心祈祷，希望能感动上苍，为父申冤。就这样日复一日，月复一月，方以智的孝名传遍了整个京城。大家都知道了京城有个新晋进士是个大孝子，为了父亲，膝行于殿外，四处求告，甚至有人在传颂这事时，还不禁唏嘘落泪。终于上达天听，传到了崇祯皇帝耳中。

一日，崇祯皇帝早朝后，回到上书房，闷坐半晌，不发一言。忽然长叹一声说："求忠臣必于孝子之门。"反复念叨了几遍。近侍太监上前跪请圣意。崇祯说："早上经筵，讲书官陈某，其父巡抚河南受挫获罪，而陈某依然能锦衣熏香，展书朕前，没有一丝悲痛的样子。如此不孝者，岂能忠于朝廷！朕听说新晋进士方以智因父与陈某同罪下狱，日持血疏，膝行宫门外，哀声遍求朝中达官申救，其孝如此！真孝的人，必能忠于朝廷。儿子这样，父亲当可想象。这样忠孝的朝臣，虽有过失，朕应该给予改过自新的机会，为国家戴罪立功。"于是下诏，方孔炤出狱。

后来朝廷又任命方孔炤督理山东军事，还没有到职，李自成已攻入北京，于是方孔炤告老还乡，护送老母归隐深山，遗憾终老。

崇祯十七年三月十九日，李自成攻克北京，崇祯皇帝在煤山一株槐树下自缢身亡。崇祯皇帝死后，被抬到东华门。方以智获知后赶到崇祯皇帝灵柩前，痛苦不已，哀声如号。呼天抢地的痛哭，引来了巡逻的农民军。方以智被俘虏后，农民军对他严刑拷打，脚髁骨都露出来了，但他始终不肯投降。幸亏大顺朝短命，不久即告失败，不屈的方以智才侥幸捡得一命。

4. 姑母：博学才高，方氏三节

在方以智的家族里，不仅有方学渐、方孔炤、方大镇这样的伟男子，方家的女人们也都各个满腹经纶，学富五车、忠孝节义。

方以智的一个姑母方维仪，字仲贤。十七岁时结婚，婚后不久，丈夫就死去，生下一个遗腹女，抚养了九个月便也夭折。于是回家寡居，守志"清芬阁"，潜心研究诗画。方以智的另一个姑姑方维则是十六岁孀居，两人过往甚密，切磋诗画艺法；方孔炤的妻子吴令仪及其姐吴令则，与方维仪大姐方孟式都非常喜欢诗画，五姐妹常聚"清芬阁"，吟诗作画，推敲唱和。方维仪的诗风细腻缠绵，平俗易懂，方维则和方以智的母亲吴令仪因敬佩而推其为师。

方维仪学识高深又和蔼可亲，深受人们敬重。同辈兄弟姊妹及侄辈们都对她心悦诚服，以师礼相待。"清芬阁"简直成了一所学堂，方维仪便俨然成为"清芬阁"的女师。她的弟媳吴令仪受学于"清芬阁"，书法诗文都大有长进。吴令仪三十而亡，方维仪为她手订《秋佩居遗稿》，使之传世。方孔炤在外地做官，方维仪就亲自抚育侄儿侄女，谆谆教诲，关怀备至，尤其是对方以智，她日日悉心教导，时时督促，并经常用气节来鼓励他。《桐城方氏诗辑》中记载：方维仪"教其侄以智，俨如人师"。方以智也曾说："智十二丧母，为姑所托。《礼记》《离骚》，皆姑授也。"后来，方维仪的侄女方子耀成了书画俱佳的才女，其书画作品深得方维仪技法。侄儿方以智能够成为与顾炎武、黄宗羲、王夫之相提并论的大学问家，更与方维仪对他的早期教育及影响分不开。

方维仪精心研读文史，辑录古今女子诗作，编著《宫闺诗史》一部，另著《清芬阁诗集》七卷，都是非常珍贵的名媛佳咏。方以智为其《清芬阁集》题跋时感叹："嗟夫！女子能著书若吾姑母者，岂非大丈夫哉！"

方维仪曾经取古今女子之作，编为《宫闺诗史》，分正、邪二集。此外著有《静志居诗话》，对诗歌理论的阐述也颇精辟。著有《楚江吟》《归来叹》等，汇为《清芬阁集》七卷。她的诗作一洗铅华，归于质直。此外，她的一些诗也反映了她的凄苦身世。《死别离》即是有代表性的一篇，诗中写道："昔闻生别离，不言死别离。无论生与死，我独身当之。北风吹枯桑，日夜为我悲……"字里行间流露着悲戚之情，读来使人不禁伤感。据方孟式说，方维仪的"离忧怨痛之词，草成多焚弃之"。表现伤痛心情的作品，大多随成随弃，留存的仅是小部分而已。

方维仪在绘画技法方面，推崇唐代吴道子、宋代李公麟的白描作品。她特别擅长白描《观音大士图》，因为是怀着一颗虔敬之心绘制大慈大悲、救苦救难的观音菩萨像，以求得精神上的寄托，所以形神兼备，时人争相收藏。清代著名诗人王士禛称之为"妙品"。吴询《题清芬阁白描大士图》诗有赞曰："墨花寒卷秋潮空，毫端轻染春云笑。"可惜传世的也不多了，《观音图》《蕉行罗汉图》被北京故宫博物院收藏，《罗汉图》《大力像图》被安徽省博物馆收藏，《罗汉图》被辽宁抚顺博物馆收藏，总共不过十余件。

方维仪一生执着追求文学、艺术，七十余岁高龄时，仍坚持提笔写字作画。她的书法深得卫夫人笔风，绘画则最擅长白描。清人冯金伯《国朝画识》中，把维仪的白描大士列为妙品，认为"三百年中大方名笔，可与颉颃者不过二三而已"。维仪在多方面取得的成就表明，她不愧为女界"名士"。

方维仪十七岁守寡，八十四岁寿终，死后专祠奉祀，祠中匾曰"今之大家"。

方维仪的姐姐，也就是方以智的另一个姑姑方孟式，字如曜，也擅长诗书画，她画的观音像栩栩如生，嫁给山东布政使张秉文为妻，一直没有孩子。秉文后来就收了个小老婆陈氏，陈氏生了三个孩子，孟式对这三个孩子视如己出。这年春天，方以智经一个冬天编好了方维仪的《清风阁集》，嘱人印好，捧着飘有墨香的诗集前往"清风阁"交给二姑方维仪。

不久，清兵南侵，前方战事吃紧，朝廷让张秉文守城。离别时，方孟式和方维仪都恋恋不舍，方孟式看着《清风阁集》说："妹妹，这是给我的最好的礼物，要是想家时，这也是一个极好的抚慰。"

战事越来越紧，为了鼓励丈夫，方孟式对丈夫说："您是国家官吏，应与职守共存亡；我是您妻子，应与您共存亡。"不久，家人发现情势危急，让方孟式赶快离开避难。却遭到了方孟式的斥责："我一走，城内军民肯定会认为我丈夫没有决心守城，人心一动摇，必然坏大事！"方孟式预知事情严重，告诉随身侍女说："万一情况危急，我将跳湖殉国。"

次年正月，敌人破城，张秉文领兵与敌人展开巷战。有人向方孟式报说她的丈夫张秉文已经逃走的消息，被方孟式骂走了。她深深地相信，她的丈夫不会做这种事情，说："我丈夫岂是弃城苟且偷生之人！"没过多久，又有人来报，称她的丈夫张秉文已经战死。方孟式含泪说："这就对了！"于是告诉妾陈氏说："我不能独生，你应该保护孩子逃回家乡，为张氏留下后代。"陈氏要求同她一道尽节，她答应了。二人便一同投身大明湖中。侍女们为她俩的壮烈行为所感动，跟着投湖的有好几人。后来，朝廷赠方孟式为一品夫人，赐国祭。方孟式有《纫兰阁集》和《纫兰阁诗集》传世。

方维则，字季准，方维仪堂妹，方以智姑母，其父为明末大理寺少卿方大铉。嫁生员吴绍忠为妻，不久吴绍忠去世，方维则年纪轻轻十六岁就守寡，后来唯一的儿子也不幸死亡，她一生守志未嫁，八十四岁而终，被称为节孝。著有《茂松阁集》二卷,《龙眠风雅》录诗五首,《桐旧集》录四首,《明诗综》《御选明诗》及《正始集》各录一首,《桐山名媛诗钞》录五首。

方维仪、方维则和方孟式，三人均是年轻守寡，因方氏三姐妹都为国为家守节，后人称为"方氏三节"。巾帼不让须眉的三位姑姑，也成了方以智一生的精神财富。

二、江左奇才：博学今古，会通中西

1. 生有异秉的天才少年

1611 年，桐城方宅迎来了一阵嘹亮的婴儿哭啼声，他就是桐城桂林方氏的第十四世孙。方以智的曾祖父方学渐刚刚从东林讲学回来，听闻自己有了曾孙，乐得合不拢嘴。鹤发童颜的方学渐看着自己的曾孙，便让人拿来宣纸，写下了"东林"二字。此时方孔炤笑道："老爷子是想给曾孙子请一个好名字吧？"方学渐捋着胡须道："我就给孩子取个乳名，大名你们自己想吧。希望这孩子将来能够有出息，做一个品行高洁、忧国忧民的饱学之士。"便为他取了一个小名，也就是乳名"东林"。从此"东林""小东林"便伴随着方以智抗争的一生。方以智的名和字是他的爷爷方大镇起的，来源于《易经》："方以智，六爻之义，易以贡，圣人以此洗心，退藏于密，吉凶与民同患。"

方以智曾祖父方学渐，精通医学、理学，并且学习诸子百家到了融会贯通、自成体系的程度。方学渐除记录赴东林讲学的《东游记》外，著有《易蠡》《性善绎》《桐夷》《迩训》《桐川语》等。祖父方大镇在万历年间，曾任大理寺左少卿，著有《易意》《诗意》《礼说》《永思录》《幽忠录》等数百卷。因方学渐曾受学于泰州学派的耿定理，《明儒学案》把他列入《泰州学案》。外祖父吴应宾，精通释儒，著有《学易全集》《学庸释论》《宗一圣论》《三一斋稿》等。父亲方孔炤，万历四十四年进士，崇祯朝官至湖广巡抚，通医学、地理、军事，并且较早地接触西学，主张研习经世致用之学，著有《周易时论》《全边略记》《尚书世论》等著作，《明史》有传。《周易时论》被《四库提要》列入存目。方以智自幼秉承家学，接受儒家传统教育，他从小由母亲和姑姑一起抚养长大。姑姑方维仪是明大理寺少卿方大镇之女，姚孙棨之妻，少年寡居。方维仪颇有才气，是当时有名的女诗人。曾随父宦游，至四川嘉定、福建福宁、河北、京师等地，见名山大川，历京华胜地，阅西洋之书，颇长见识。

除了家学，给方以智授业的老师也都是当时的著名学者。白瑜，长于词赋经史，崇尚实学。王宣，专攻名物训诂与《河》《洛》之学，治学严谨，是当时治《春秋》的大家。傅海峰，当时的名医。另外，方以智家中还有个稽古堂，藏书丰富，被誉为"两间皆字海，一尽始羲皇"。在这样的环境中，少年时代的方以智受到了浓厚学术氛围的熏陶。

九岁时，方以智和父母登黄鹤楼。唐代诗人崔颢曾经写过脍炙人口的《黄鹤楼》一诗：

> 昔人已乘黄鹤去，此地空余黄鹤楼。
> 黄鹤一去不复返，白云千载空悠悠。
> 晴川历历汉阳树，芳草萋萋鹦鹉洲。

日暮乡关何处是？烟波江上使人愁。

这首千古名诗，被后人称为咏黄鹤楼的绝唱。大诗人李白路过时也曾想赋诗一首，看见崔颢的诗后也只好作罢，感叹："眼前有景道不得，崔颢题诗在上头。"

诗前有序曰："是时余少始协平仄，数行发笑犹昨作。"字里行间透露着少年无畏的勇气与自负，流露出一种非凡的凌云之气。他的父亲听了以后很是夸赞他。

方以智从小就对大自然充满了好奇。比如，云彩是用什么做的？雷电是谁放的呢？为什么会有春、夏、秋、冬呢？为什么太阳总是从东边升起，而不从西边升起呢？这些问题都在他那三岁的小脑袋里面，他很想弄明白，这些到底是怎么回事。于是就经常问祖父一些问题。听完爷爷的回答，他有时候感到满意，有时候觉得还不明白，却又总想弄明白。

"爷爷，这小河的水往哪里流呢？"

"它流到湖里了。"

"那么湖里的水会不会流呢？"

"湖里的水满了，就会流到大江大河里了。"

"那江里的水又会流到哪呢？"

"都流到大海里了，大海很大的。"

"那它为什么要流进大海呢？为什么不流进大山呢？"

"大海很大，很低，水是从高处往低处流的，就像水从山上流下来一样。"

此时的方以智似懂非懂，然而下一个问题又出来了。

"爷爷，天有多高呢？"

"天呀，我也不知道，据说有九千里呢！"

143

"九千里远吗？"

"很远很远呢。"

"那人能走上去吗？"

"不能的，天和地是不相通的。"

"哦……"

方以智又似懂非懂地点了点头。

此时你以为方以智的问题问完了，那就错了，在他那有无穷"智慧"的脑袋里又会冒出其他的问题。

方以智的爷爷方大镇以为自己的孙子问完了，刚要休息一会儿，方以智的问题又来了。

"爷爷，我怎么听说，月亮上不是有个神仙姐姐吗，她是怎么上去的？"

"哦，那只是个传说。"

"爷爷，我不信，你看现在月亮上不是有人吗？还有小白兔。"

"……"

"爷爷，我想和小白兔玩，姑姑说它很可爱。"

"……"

孙子的这些问题，让方大镇觉得不太好回答。他不知道自己的孙子为什么要问这些，为什么热衷于这些东西。一开始他只是觉得孙子是随便问问，也没当回事。后来问得多了，他知道自己的这个孙子对大自然有无穷的热爱与好奇。他颇为自己这个小孙子感到高兴，小小年纪就肯动脑筋。同时他也感到担忧，如果方以智一直热衷于这些事物，肯定是要荒废学业的。然而，担忧是多余的，因为这一切为方以智今后在物理、哲学上取得辉煌成就奠定了基础。

这一年的冬天，王宣和白瑜见面下棋，方以智在一旁伺候。王宣一边下棋一边装作漫不经心地考旁边的方以智："贤侄，《诗》该如何读啊？"

方以智不假思索地答道："回先生，礼乐之至，《诗》是寄出，《诗》有兴观群怨的功能。"

王宣非常满意，哈哈大笑道："'月离于毕，俾滂沱矣'，这句怎么解？"

方以智成竹在胸地说："回先生，这句话是说，'月亮靠近毕星时，大雨就要下个不停了'。"

王宣若有所思地点了点头："我们祖先非常聪明，很早就总结出气象规律，可是为什么我们的物理化学都没有发展起来呢？"

方以智想了一会儿，说："学生认为，是我们的文化向来重视道德而轻视科学，总把自然比附人事，而忽视了对自然本身的深入探讨造成的。"

王宣心里一惊，不由得佩服起自己的这个学生来。便告诉方家，方以智是可造之材，一定要多加培养。

作为方家长子长孙，方以智受到父、祖的重视自不待言，他们带着他各处游走，在游走的过程中培养和造就他。八岁时，在四川任上，方孔炤爱好光仪，带着方以智一起做实验。所以在科学界有这种说法：方以智的分光试验比牛顿要早三十年，他还曾与利玛窦讨论过地日中心距离，纠正过利玛窦的讹误。九岁时，他随父亲从四川迁官福建，下三峡，过汉阳，登黄鹤楼，已经能够有感而发，即兴赋诗了。在福建，他的父亲问学当地名士，探讨西学物理，小小的方以智总也跟着做。十岁时，学剑术；十三岁随父宦游京师，驰驱齐鲁，游遍名山大川。这期间，他还常随父亲、祖父返桐，沿途寄迹名胜，访贤问能；十五岁时，他的父亲因左光斗案受牵连，被削夺官职，他才在家乡桐城定居下来，并中了秀才。十七岁，在桐结婚，算是成家成人了。从此，他开始了自己的游走访学生涯。十七至二十三岁，他每年都要外出，走访结识了钱谦益、瞿式耜、杨廷枢、陈子龙等当朝才俊、文坛翘楚、复社名流。他激情四射的才华与风流潇洒的行径也在交流碰撞中为世人所识，一时间名噪楚地，声动吴门。

2. 中西合璧的学习启蒙

《清史稿》本传说："以智生有异秉，年十五群经子史略能背诵。博涉多通，自天文、舆地、礼乐、律数、声音、文字、书画、医药、技勇之属，皆能考其源流，析其旨趣。"这一评价并不为过，方以智在诸多领域都有自己独到见解。方以智自幼在书塾诵读之余，酷爱自然科学知识。明朝末年，西方的一些物理知识已经传到了中国。思想开明的方孔炤大胆吸收了西方的物理技艺，对些非常重视和喜爱，认为这些知识有利于农业生产和民用。知道自己儿子的兴趣后，他在方以智成长的过程中，总是有意无意地让儿子接触这些东西，还时常把方以智带在身边，增加方以智的阅历。另外，方孔炤还找来许多书籍，让方以智自己看，不过作为父亲能做的就只有这些了，至于学习还要靠方以智自己。方以智一些不懂的东西，父亲是解答不出来，父亲虽然喜欢西方物理知识却是注重实用，至于其中的道理父亲也是不能够解释清楚的，至于儿子不懂的东西，只好去问别人了。

方以智跟随父亲在福宁生活的那段时间，经常聆听父亲与当时的熊明遇探讨学术问题，并且九岁的他就经常直接向熊明遇请教一些自己想不通的西学问题，获得了科学知识的启蒙，为今后成长为一位出色的科学家奠定了良好基础。

一次，方孔炤带着儿子去游玩，路过一个峡谷，人只要在谷中喊一声，谷中便有七种声音附和。父子两人试了试，果然是。方以智很想知道其中缘由，而父亲却不知道，只好去请教学问高深的人。后来得知，这只是声音的折射。这让方以智感到天地万物的无穷，学无止境，更激发了他对大自然的热爱。这给方以智留下了深刻的印象，以后对于不懂的东西，他都要打破砂锅问到底，来探究宇宙的奥妙。后来，方以智在物理方面做出了很多成绩，成为学习西方物理的第一人。

方以智从小喜欢读物理方面的书，尤其是注重实践知识。可是在他那个年代，八股文横行，写文章都不让人随意发挥，更别说其他方面的书了，在学堂里是绝不允许读的，方以智只好每天放学后回家读。

有一天，学堂放学，方以智见时间尚早，便拿出当时一部中西著作《泰西水法》读了起来。时间过了中午，他仍孜孜不倦。不一会儿，老师走来，见他还在读书，心中十分高兴，笑吟吟地对他说："孩子，已过中午了，快回家吃饭吧！"

方以智一抬头，见是老师，急忙拿起书就走了。老师有点不高兴，心想：方以智平时是很有礼貌的，怎么今日连个招呼不打就走了？他又一想，也许是见天晚了，着急回家，忘记了打招呼。况且方以智又是自己的得意门生，天资聪明，学习用功，别人要学一天的内容，他两个时辰就学会了，所以今日之事也就没有在意。

第二天放学后，老师在回家的路上见方以智一个人又在读书，便走了过去，笑着对方以智说："怎么了？课堂上不是都会了吗？这两天为何老是不知道回家吃饭？有什么不明白的，我再给你讲讲！"

说着，老师便顺手把书从方以智手中拿了过来，翻开一看，脸色顿时变了："我以为你在看课本，原来你是看课外书！"

方以智辩解说："课本上的我已经全背熟了。"

老师越发生气："背过了，不等于理解了；再说，你看的是什么书？这些都是野书，是上不了大雅之堂的，也是绝不允许带进学堂的！"

方以智见老师气得脸色发青，心中不忍，只好认错说："老师，我错了，今后再不带到学堂就是了。"

老师这是平生第一次对他的得意门生发脾气，又见他认了错，便把书还了他，并且缓了缓口气说："知错改了就好。你是很有前途的孩子，以后像这类书，不许再看，快回家吧！"

老师不让把这些书带到学堂，他就利用放学后的时间在家中读，在放学的路上读。不料，后来又被老师发现了，便找到方以智家中，在他的父亲面前告了一状。虽然他的父亲支持方以智看这方面的书，以为只是课外兴趣，没想到课堂上也是这样。父亲大怒，不仅将方以智大加训斥，还强行收走了方以智的所有课外书。

自从书被收走后，方以智心急火燎，一连几天闷闷不乐，饭也吃得越来越少。对此，方以智的姑姑方维仪看在眼里，疼在心里。她十分同情侄子的处境，她也在想：老师和哥哥所认为的坏书，究竟坏在哪里？为什么不让东林读呢？难道只有那些读了能做官的书才是好书吗？但天下做官的人毕竟不多，难道大多数人因为做不了官就不能念书了吗？况且小东林对那些仕途之经已读得滚瓜烂熟，他另外多学一点有什么不好呢？基于这种想法，方以智的姑姑趁哥哥不注意的时候，又把哥哥收走的那些书悄悄弄到手，还给了侄儿。

方以智一见，高兴得流着眼泪说："你真是我的好姑姑！"

不过，方维仪又给侄儿规定："看课外书可以，不能影响学堂功课，并且不能再让老师和你父亲发现。"方以智痛快地答应了。

第二天，方以智又高兴地上学去了。在课堂上，他学得十分认真，老师提出的所有问题，他没有不会回答的。几天后，老师又跑到方以智家中，特地在方以智父亲面前将他大加赞扬了一番。父亲听了，心中自然高兴，对方以智放松了看管。不过，方维仪却发现，方以智近来每天放学都比过去晚回来两个时辰，是在学堂学习呢，还是放学后玩去了？方维仪开始留神。

有一天，在快放学的时候，方维仪去了学堂，刚巧赶上放学，只见方以智第一个跑了出来。方维仪见他没有看到自己，就跟在后边，看看方以智到底放学后去干什么。她跟着、跟着，发现方以智拐弯向后山走去。方维仪更加怀疑了。

当来到山脚下，方维仪见方以智一拐弯就没影了。于是四下寻找，可仍不见侄儿的影子，便高声喊道："东林……"然而回答她的，是山间回响。

正在她十分着急的时候，发现在一棵树的后面有一个小山洞，洞口刚好能进去一个人。方维仪找小东林心切，忘了害怕，就一步一步走进山洞里。开始，里面黑漆漆的，什么也看不见。又走了一段，便看到了亮光。再往前走，她惊异地发现，里边是个露天山洞，方以智端坐在一块石头上，借着从洞顶射进来的阳光，聚精会神地读书。

直到方维仪来到跟前，方以智才发现，不由得惊问道："姑姑，你怎么到这里来了？"

方维仪笑着说："来看看你在干什么。"

方以智得意地指着洞中说："你看，这里不但光线充足，冬暖夏凉，而且毫无干扰，清静幽雅，不正是读书的好地方吗？"

方维仪点点头说："这里是不错，不过，老师课堂上讲的你都学会了吗？"

方以智说："姑姑的话我从不敢忘记。不信，随便让你考问。"说着，便把课本递给了方维仪。

方维仪也毫不马虎，真的接过课本，一课一课地提问起来。方以智胸有成竹，对答如流。方维仪非常高兴，一把将方以智揽在怀中，很是欣慰地说："好聪明的东林，这样，姑姑就放心了。"

方以智就是从这天开始，每天放学后都要在山洞里学习两个时辰。节假日，方维仪为了让方以智多一点时间学习，便把饭给他送到洞中吃。

一晃三年过去了，不论是刮风下雨，还是天寒地冻，方以智没有一天不来洞中学习的。这为他今后在物理学上的成就奠定了基础。就是在这小小的山洞里，方以智不仅熟读了《泰西水法》等书籍，而且还从中吸取了大量的营养，他后来撰写的《物理小识》风靡海外，成了畅销书。

就这样，少时中西合璧的教育启蒙让方以智后来在哲学和科学两方面都取得了巨大成就。

他在自然科学上的成就，主要集中体现在著述《物理小识》中。该书内容十分广泛，内分天、历、风雷雨旸、地、占候、人身、医药、饮食、衣服、金石、器用、草木、鸟、兽、鬼神、方术、异事等十七类，共十二卷，是一部自然科学方面的百科全书。其中涉及的物理知识，有光学、电学、磁学、声学、力学诸多方面。《四库全书总目》称其"考证奥博，明代罕与伦比"。日本学者认为这部书是"当奈端（牛顿）之前，中国诚可以自豪的著作"。如书中关于光学实验的记载，比欧洲要早一个多世纪。《物理小识》的成书时间和伽利略《关于托勒密和哥白尼两大体系》这一西方科学巨著的出版时间（1632年）几乎同时，其科学理论水平与西欧著名科学家相比毫不逊色。

在天文学方面，方以智结合中国传统的天文学和当时传教士传入的西方天文学，讨论了地心学说、黄赤道、岁差、九重天说、日月食、星宿、历法等天文学问题。例如他在讨论天体运动轨道问题时，就曾根据西方用望远镜观天发现金星有周相变化的事实，提出了金星、水星绕太阳运行的正确猜测。

方以智接受西方科技知识时都是辩正地接受，而不是盲听盲信。比如他听到西方地圆说时，并非不加思考地相信，而是首先考察了地圆说赖以成立的观测证据，然后才予接受。当时进入中国的传教士曾说，太阳半径为地球半径的一百六十多倍，而太阳与地球的距离是一千六百多万里，方以智凭借自己的天文学知识指出这是错误的，因为按照这个标准来计算的话，太阳的直径将近有日地距离的三分之一大，这显然是不合乎常理的。他运用自己的"光肥影瘦"理论，解释了这个问题，指出人眼所看到的太阳圆面比实际发光体要大，因此按几何方法进行测量得出的数据并不准确。为了证实自己的观点，他还做了小孔成像实验，并且努力用自己的理论去解释常见光学现象。所有这些，在物理学发展史上，都是很新鲜的。后来《历象考成》的作者就接受了他的这一理论。

在物理学方面，方以智更有创见，提出一种朴素的光波动学说。他从气——元论自然观出发，认为光的产生是由于气受到了激发。由于气彼此间无任何空隙地弥漫分布于所有空间，气被激发后必然要与周围静止的气发生相互作用，"摩荡嘘吸"，将激发传递出去，光的传播因此而形成。方以智所描述的是一种朴素的光波动学说，被称为气光波动说，以与近代光的电磁波动说相区别。

方以智从气光波动说的角度出发，提出光不走直线的论点，他称此种现象为"光肥影瘦"，认为光在传播过程中，总要向几何光学的阴影范围内侵入，使有光区扩大，阴影区缩小。并且他还指出，正是因为"光肥影瘦"现象，所以基于光线直进性质进行的测量所得结果都不准确。他说："物为形碍，其影易尽，声与光常溢于物之数，声不可见矣，光可见，测而测不准矣。"

另外，他对于光的反射和折射，对于声音的发生、传播、反射、隔音效应，对于色散，对于炼焦、比重、磁效应等诸多问题的记述，均领先于同时代人。

在生物医学方面，方以智也有诸多建树。他在其《物理小识》一书中，记述了大量动植物的生态学内容和栽培、管理等知识。他引述了传教士"脑主思维"之说，介绍了关于人体骨骼、肌肉等方面的知识，认为中西之学各有所长，他曾经说西医"详于质测而拙于言通几"，所以引用了汤若望的《主制群征》中西医之解剖学介绍给国人，但剔除了传教士所说的"全能的上帝创造世界"之类的内容。他对传统医学也素有研究，撰有多种医学著作。遗憾的是这些著作传世无几，已难以窥其全貌。

方以智著书数百万言，中西学皆有涉猎，而且在国外也产生了深远的影响。除《通雅》《物理小识》《药地炮庄》已收入《四库全书》外，《通雅》一书早在清嘉庆、道光年间，就已经传到日本、朝鲜等国。他的主要著作有：《易解》二卷、《物韵声源》一卷、《通雅》五十二卷、《物理小识》十二卷、《药地炮庄》九卷、《医学会通》《诸子燔》各若干卷、《几表》若干卷、《东西均》一卷、《浮山前后集》二十二卷、《浮山前后编》十六卷。

1961 年，安徽省博物馆为纪念他诞辰 350 周年，举办了他的著作和生平事迹展览；1973 年，中国台北"故宫博物院"举办了他的书法展览；1974 年，香港中文大学举办了他的画展。1986 年，安徽省有关部门在桐城县莲花湖宾馆召开方以智诞辰 375 周年纪念会，并到浮山拜谒了方以智墓。他的学术成果日益受到中外学者的高度重视。

3. 家庭政治的双重影响

方以智的父亲经常告诫他："少年人要知谦虚，不可肤浅张狂。"

方以智在学习诗文以外，还苦练作文。他有着大多数儿童的通病，那就是容易骄傲自满，并且做出了一些张狂之事。

方以智幼时偏爱汉赋，一心模仿扬雄的文章。大家都知道，汉赋要求用词华美，讲究对仗，并且富有韵律，让人读起来有一种朗朗上口的感觉。此时的方以智经过一段时间学习后，觉得自己已经写得不错了，于是他就拿了几篇自己写的赋先让自己的妹妹看。在他看来，自己虽然比不上扬雄，那也是扬雄第二。然而妹妹却说："你不害羞，扬雄如果那么好学，岂不是人人都可以做扬雄了。"方以智气不过，就失手打了妹妹，又拿着文章去见父亲。

父亲看了以后，见他一味地模仿，只注重形似却没有注重内涵，就对方以智说："文赋讲究气韵，你只顾注重外表装饰，内容却很空洞，和扬雄相比还是相差很远。"听了父亲的讲评后，方以智依然不服气，又拿着自己的"得意之作"去找母亲。

他的母亲认认真真地看了儿子写的赋以后，也指出了他的毛病，但同时说出了每个人小时候都喜欢听的话："扬雄在你这么小的时候，是绝对写不出来的，你比小时候的扬雄强多了。"听了母亲的话以后，方以智脸上才露出了久违的笑容，并且向自己的妹妹道歉。

母爱是无私的，她让自傲又气馁的儿子看到了前进的方向。不过对于一个不到十岁的儿童来说，既学习经史，又学习诗文，已经不容易了，但方以智想把一切能学的东西都学到，但凡是能学的，他都想学会。就这样，方以智在父母的教导下，慢慢地长大，等待他的是更漫长的路和未知的人生。

天启二年，也就是 1622 年，那是方以智最痛苦的一年，同时也是方以智走向学术殿堂的一年。

1622 年，深爱东林的母亲去世了，这件事情对方以智打击很大，尽管此时的方以智才十二岁，然而早熟的他与不懂事的弟弟妹妹们不一样，他心里深深地感受到了失去母亲的痛苦和极大的悲伤。那年他的母亲才三十岁，正值盛年，他实在想不通深爱他的母亲竟然离他而去，在他十二年的生涯里，善良、仁爱的母亲给了他许多做人的教诲和母爱。在他看来，母亲是他最亲近、最依恋的人。而现在病魔却夺走了他的母亲，他再也得不到温馨无比的母爱，也没有机会报答慈母的养育之恩了。

方以智在他母亲去世的那段时间里，经常以泪洗面。无奈他的父亲看到几个孩子的孤独凄惶，就把他们交由几个妹妹抚养，方以智则是和他的姑姑方维仪一起生活，他的姑姑把一切能教的都传授给了方以智。

在姑姑那里，方以智不仅学到了以前他从来没有学到的东西，而且他再一次得到母爱。尽管方以智从小受到了良好的家教，并不像其他公子哥一样有明显的恶习，但是难免也有一些公子哥的毛病，再加上他喜欢猎奇游玩，小小年纪常以风流自喜。在姑母的严格教导下，方以智改掉了身上的不良习气，而且方维仪支持方以智任何学习上的事。

由于其祖辈都直接或间接同东林党有关系，他从小也养成了关心时事的习惯。十四岁时，独自徒步到离家八九十里的县城去应考童子试，以此来磨炼意志。县城的人们看见他大老远地走来，都笑他傻，他却回答说："天下将乱，士君子当习劳苦，将来方可担当大任。"足见其经世抱负。

在方以智十五岁那年，他随父亲来到京城北京，那时候正值魏忠贤及其党羽横行，朝廷局势发生重大变化之时，一些趋炎附势之辈和奸佞之臣纷纷投靠了魏忠贤，助纣为虐，朝廷中正直德望的东林党人遭到罢黜或杀害。方孔炤既是正直人士又是东林党人，对朝局的变化痛心疾首，忧愤不已，在家中谈话的内容以及对晚辈的教育，总不离阉党的卑鄙残暴和东林党人的高风亮节与忠勇忠国之事。那一年，方以智在北京经历了明末三大案之一的"移宫案"。

万历、泰昌两朝，皇位更迭，宫廷突变，对于万历帝的长孙、泰昌帝的长子朱由校来说，简直就是一场噩梦。在明军大败于萨尔浒的当月，朱由校（天启）的母亲王才人病逝。王才人原来是在东宫伺候皇太子朱常洛的宫女，直到生下朱由校后才封为才人，因长期遭到朱常洛宠妃李选侍的凌辱和朱常洛的冷落，抑郁而死。她曾说："我与李选侍有仇，如果有机会的话我希望自己的儿子能为我报仇。"第二年七月，朱由校的祖父万历帝驾崩，接着朱由校的父亲泰昌帝驾崩，朱由校接连失去三位亲人。特别是他的父亲泰昌帝即位一月就死了，举国上下，乱作一团。那一年，他十六岁。

这时的朱由校，还没有被祖父万历帝立为皇太孙，也没有被父亲泰昌帝立为皇太子，更没有出阁读过书。万历帝在世时，他始终不肯立这位长孙为太孙，也不肯让长孙出来读书。直到临死前才留下遗嘱：皇长孙宜即时册立，出来学习治国之道。几天以后，泰昌帝即位，册立朱由校的仪式自然应该从皇太孙变为皇太子。但是泰昌帝并不热心册封太子，后来在大臣的一再请求下，才下旨："于九月九日设立太子。"但人算不如天算，九月初一，泰昌帝竟然驾崩。朱由校皇太孙未做成，皇太子还没来得及做，书本一天也没正式读，竟然要继承皇帝大位。这样的皇位继承者，有明一代，仅此一人。

朱常洛在宫中暴毙，朱由校及其同父异母五弟朱由检，自幼由李选侍照管。朱常洛死后，李选侍却仍住在皇帝、皇后的寝宫乾清宫，丝毫不想搬出乾清宫。按照明代的制度，外廷有皇极殿，内宫有乾清宫，都是皇帝、皇后专用的。而李选侍是想借年仅十五岁的光宗长子朱由校掌握朝政，坐镇乾清宫，进而干预朝政，过一把武则天的皇帝瘾。

　　朝中大臣们见此状况，都猜到了她的心思，于是都在心里暗暗担忧。给事中杨涟对其他大臣说："宗庙社稷事关重大，李选侍并非先皇托孤辅佐幼帝的妃子，应该移居慈庆宫。"众人听了，均深有同感，便一起去见辅臣方从哲。群臣商量过后，又一起奔向皇宫，杨涟率先奔进后宫，却被太监拦了下来。杨涟怒斥说："皇帝想见我，你们却让我等在这里，是何道理，你们难道想违抗圣命？"

　　太监们一时不知所措，只得让开，大臣们这才进入。众位大臣见了光宗朱常洛的灵位，都痛哭了一番，然后就请求拜见皇长子朱由校。李选侍将朱由校留在暖阁，不让他出来。宫里耿直的老太监王安哄骗李选侍，这才让朱由校出来，众人连忙叩头，齐呼万岁。

　　朱由校站在那里，不知道是怎么回事，嘴里只是说："不敢当！不敢当！"群臣上书请朱由校移驾文华殿。朱由校登上一顶小轿，一干大臣抬轿，仓促前行。没想到刚走了几步，太监李进忠三次奔来，传李选侍的命令，召皇长子回宫，并呵斥诸臣说："你们想把殿下挟持到什么地方？"杨涟怒叱李进忠，簇拥着朱由校登上了龙辇。

　　进了文华殿，群臣行大礼拜见，并请朱由校现在就登基。朱由校不同意，只答应过几天登基。大臣进奏说："现在乾清宫有李选侍住在那里，您住在那儿不方便，就请殿下暂且住在这里吧。"吏部尚书也说："现在殿下的身份已经非比寻常，如果您想到乾清宫吊唁先帝，须等群臣来齐了才能祭拜，殿下您是承继大统的，您的祸福关系天下的黎民苍生。"

　　朱由校见形势如此，也知道事态严重，就点头同意。杨涟这时对随行的太监们说，外面的国家大事有诸位大臣帮忙，照顾殿下的饮食起居就全靠诸位了。朱由校毕竟还只是个十六岁的小皇帝，也没有什么主意，他不想封李选侍，但又下不了决心。朱由校身边宠幸的太监王安，这时躬身跪倒说道："皇上，可不能再这样下去，陛下可立即下诏逼迫李娘娘搬出乾清宫。"朱由校听了，陷入沉思，那可是养自己的母妃呀，自己怎么能够忍心呢。太监王安答应群臣一定尽职尽责规劝皇上，众人这才退去。可是最后，大臣们合议，还是得赶快登基才行，让内官进奏，朱由校还是不允。

众人便在殿中坐等。这时吏部尚书周嘉谟又联合众臣上书进奏，请求李选侍移出乾清宫，迁往别宫。御史左光斗指出，殿下今已十六岁，内有忠直老成的内官辅佐，外有朝中重臣辅佐，没有必要让李娘娘陪在身边像照顾婴儿一样照顾您。因此，还请陛下早下决断，如果李娘娘借抚养之名趁机干预朝政，那武则天之祸就不会太远了！左光斗用武则天来比喻李选侍，一则不希望出现后宫专权的情形，二是担心朱由校血气未定，把持不住，步当初唐高宗纳父亲后妃武则天之后尘。这确是一番肺腑忠言。

朱由校听了，觉得甚是有理，便发布上谕，让李选侍即刻离开乾清宫，至于册封贵妃一事以后再说，应该让礼部商量后再请商议。

当时有一个监察官员却毫不保留地说："皇长子即将登上大宝，上有百灵呵护，下有群工拥戴，为什么要用这样一个女人呢！而且李选侍并非忠君爱国，若被册封为贵妃，如果专制，到时恐难以抑制呀。"好在宫中忙乱，没人理会，这一番话并未引出宫廷风波。

然而李选侍那边却正听取心腹李进忠的主意，邀朱由校和她同宫，还扬言要逮捕杨涟、左光斗。

这时，杨涟在宫门遇见李进忠，询问李选侍何日离宫。李进忠摇手说："李娘娘非常生气，现在母子两人在宫里正追究左光斗的武氏之说！"

杨涟怒叱说："失误呀，幸亏是遇到我。皇长子已今非昔比，李娘娘应该住到别的宫殿。况且皇长子年长矣，对这种事更应该慎重考虑。"李进忠被逼问得默然无语。

有的官员听了这件事也大惊失色，说今日李选侍要垂帘听政，下旨逮捕左光斗。杨涟立即驳斥说，没有这样的事情！宫里的人一时人心惶惶，谁也弄不清楚是怎么回事，皇帝是亲近李选侍对付朝臣还是倾向于朝臣疏远李选侍，大臣们一个个狐疑满腹。

过了几天，李选侍还是住在乾清宫逍遥自在，根本没有移宫之意。杨涟便直言上奏，说先帝过世，人心惶惶，都说李娘娘假借保护之名，阴图专权之实，现在殿下暂居慈庆宫，请李娘娘搬出乾清宫，殿下明天就要登基了，哪有天子偏处东宫之理！这移宫一事，请殿下慎重考虑。

随后，杨涟又去拜见方从哲。方从哲起初认为这件事不用太着急，晚两天也没什么关系。杨涟却说，太子明天就要登基了，难道登基为天子后还要回到东宫的住处吗？李选侍今天不愿离开乾清宫，难道以后就会主动离开了吗？方从哲最终被杨涟说服，两人统一了意见后，又去请求太子颁下严令。

于是，朱由校登基时下令，命李选侍移出乾清宫，住到别的宫殿。他还下令逮捕李选侍身边的几个亲信太监，理由是他们涉嫌偷盗大内库藏，贪赃枉法。在这种情况下，势单力孤的李选侍还是敌不过皇帝的一纸诏书，只好同意离开乾清宫。这时，群臣们倒反过来劝皇帝，看在昔日光宗旧宠的分儿上，应善待她们母女。小皇帝虽然对李选侍往日咄咄逼人的态度十分不满，但还是接受了群臣的意见。

最终，在大臣的严词逼迫和宫中太监王安的恐吓之下，李选侍终于无奈地决定移宫。李选侍抱着女儿，徒步从乾清宫走向宫中宫妃养老处——仁寿殿。于是，这件震动宫闱的明朝三大疑案之一"移宫案"终于落下了帷幕。李选侍以失败而告终，如果她的目的实现了，也许明朝就要先出一个"慈禧太后"了，幸亏有左光斗、杨涟等东林忠臣力挽狂澜，才挽回了局势。就这样，明熹宗朱由校如主乾清宫，登上皇帝宝座。

方以智在了解了"移宫案"的细节以后，对东林党的正直忠臣大加赞赏，这也为他以后主盟复社抗争佞臣奠定了基础。

4. 飘摇乱世的精神榜样

更让方以智印象深刻的是：左光斗面对阉臣魏忠贤的殴打誓死不改初衷、忠国英勇的事迹。

左光斗和他的朋友杨涟一心一意想整顿朝政，但是明熹宗朱由校是个昏庸透顶的人。他宠信宦官魏忠贤，认为魏忠贤忠于朝廷，让魏忠贤掌握特务机构东厂。魏忠贤凭借手中特权，结党营私，卖官鬻爵，干尽了坏事。一些反对东林党的官僚就投靠魏忠贤，结成一伙，称为"阉党"。杨涟对阉党的胡作非为气愤不过，大胆上了一份奏章，揭发魏忠贤二十四条罪状，左光斗也大力支持他。

这一来可捅了马蜂窝。1625 年，魏忠贤和他的阉党勾结起来攻击杨涟、左光斗，罗织罪状，把他们打进大牢，严刑逼供。左光斗被捕以后，他的好友们急不可耐，每天从早到晚，在牢门外转来转去，想找机会探望左光斗。可阉党把左光斗看管得很严密，不让人探视。

左光斗在牢里，任凭阉党拷打，始终不肯屈服。他的学生史可法听说左光斗被折磨得快要死了，不顾自身的危险，拿了五十两银子去向狱卒苦苦哀求，只求见老师最后一面。

狱卒终于被史可法的诚意感动了，想办法给史可法一个探监的机会。当天晚上，史可法换上一件破烂的短衣，扮成捡粪人的样子，穿着草鞋，背着竹筐，手拿长铲，由狱卒带领进了牢监。

　　史可法找到左光斗的牢房，只见左光斗坐在角落里，遍体鳞伤，脸已经被烧得面目全非，左腿血肉模糊都露出了骨头。史可法见了，一阵心酸，走近前去，跪了下来，抱住左光斗的腿，不断地抽泣。

　　左光斗满脸是伤，睁不开眼，但是他从哭泣声里听出史可法来了。他举起手，用尽力气拨开眼皮，愤怒的眼光像要喷出火来。他骂着说："愚蠢！这是什么地方！国家的事到了这步田地，你还来干什么！我已经完了，你还不顾死活地跑进来，万一被他们发现，将来的事靠谁做？"

　　史可法还是抽泣个没完。左光斗狠狠地说："再不走，我现在就干脆收拾了你，省得奸人动手。"说着，他真的摸起身边的镣铐，做出要砸过来的样子。

　　史可法不敢再说话，只好忍住悲痛，从牢里退了出来。

　　过了几天，左光斗和杨涟等人被魏忠贤杀害。史可法又花了一笔钱买通狱卒，把左光斗的尸体埋葬了。他想起牢里的情景，总是情不自禁落下眼泪，说："我老师的心肠真是铁石铸成的啊！"

　　有其师必有其徒。史可法在老师的影响下，也成为一名忠诚正直的臣子，在以后抗清中留下了可歌可泣的英雄悲歌。

　　左光斗被害那年，方以智十五岁，他心里暗暗发誓："要以左光斗为榜样，做一个铁骨铮铮顶天立地的真正男儿，干一番轰轰烈烈留名青史的事业；后来，他和复社的陈贞慧、冒辟疆都来到史可法的军中充当幕僚，积极为抗清献言献策，直至扬州城破。

　　在恩师左光斗的影响下，史可法铭记恩师教诲，一心为国，上演了一幕幕悲壮的讴歌史。

崇祯帝在煤山上吊自杀的消息传到南京，大臣们一片慌乱。他们立了一个逃到南方的皇族、福王朱由崧做皇帝，在南京建立了政权，历史上叫作南明，朱由崧被称为弘光帝。

弘光帝朱由崧是个迷恋酒色、昏庸无能之人。凤阳总督马士英和一批魏忠贤的余党利用弘光帝昏庸，操纵了南明政权。弘光帝和马士英根本没想抵抗清兵，而是过起了荒淫作乐的生活。

南明政权的兵部尚书史可法，原本不赞成让朱由崧做皇帝，为了避免引起内部冲突，才勉强同意。弘光帝即位以后，史可法主动要求到前方去统率军队。

那时候，长江北岸有四支明军，叫作四镇。四镇将领都是骄横跋扈之人。他们割据地盘，互相争夺，放纵兵士残杀百姓。史可法在南方将士中威信高，他到扬州后，那些将领不得不听他的号令。史可法亲自去找那些将领，劝他们不要自相残杀。接着，又把他们分配在扬州周围驻守，自己坐镇扬州指挥，大家称呼他史督师。

史可法做了督师，以身作则，跟兵士同甘共苦，受到将士们的爱戴。

一年大年夜，史可法把将士都打发去休息，独自留在官府里批阅公文。到了深夜，他感到精神疲劳，把值班的厨子叫了来，要一点酒菜。

厨子回报说："遵照您的命令，今天厨房里的肉都分给将士过节，下酒的菜一点也没有了。"

史可法说："那就拿点盐和酱下酒吧。"

厨子送上了酒，史可法就靠着几案喝起酒来。史可法的酒量本来很大，来到扬州督师后，就戒酒了。

这一天，为了提提精神，才破例喝了点。一拿起酒杯，他想到国难临头，又想到朝廷这样腐败，心里愁闷，边喝酒边掉热泪，不知不觉多喝了几盅，带着几分醉意伏在几案上睡着了。

第二天清早，扬州文武官员依照惯例到督师衙门议事，只见大门还紧紧地关着。大家不禁奇怪，因为督师平常都是起得极早的。后来，有个兵士出来，告诉大家说："督师昨晚喝了酒，还没醒来。"

扬州知府说："督师平日操劳过度，昨夜睡得这么好，真是难得的事。大家别去惊动他，让他再好好休息一会儿吧。"他还把打更的人找来，要他重复打四更的鼓（打四更鼓，表示天还没亮）。

史可法一觉醒来，天已经大亮，侧耳一听，打更人还在打四更，不禁勃然大怒，把兵士叫了进来说："是谁在那里乱打更鼓，违反我的军令。"兵士把原委告诉他，史可法才没处罚那个士兵，赶快接见官员，处理公事。

从那天起，史可法下决心不再喝酒了。

没多久，清军在多铎的带领下，大举南下。史可法指挥四镇将领抵抗，打了一些胜仗。可是南明政权却起了内讧。驻守武昌的明军将领左良玉为了跟马士英争权，起兵进攻南京。马士英害怕得要命，急忙将江北四镇军队撤回，对付左良玉，还用弘光帝名义要史可法带兵回南京保护他。

史可法明知道清军压境，不该离开。但是为了平息内争，不得不带兵回南京，刚过长江，知道左良玉已经兵败。他急忙回江北，清兵已经逼近扬州。

史可法发出紧急檄文，要各镇将领集中到扬州守卫。但是过了几天，竟没有一个发兵来救。史可法知道，只有依靠扬州军民孤军奋战了。

清军到了扬州城下，多铎先派人到城里向史可法劝降，一连派了五个人，都被史可法拒绝。多铎恼羞成怒，下令把扬州城紧紧包围起来。

扬州城危急万分，城里一些胆小的将领害怕了。第二天，就有一个总兵和一个监军背着史可法，带着本部人马，出城向清军投降。这一来，城里的守卫力量就更薄弱了。

史可法把全城的官员召集起来，勉励他们同心协力，抵抗清兵，并且分派了守城的任务。他分析形势，认为西门防线最重要，就亲自带兵防守西门。将士们见史可法坚定沉着，都很感动，表示一定要和督师一起，誓死抵抗。

多铎命令清兵没日没夜地轮番攻城。扬州军民奋勇作战，把清兵的进攻一次次打回去。清兵死了一批，又来了一批，形势越来越危急了。

多铎下了狠心，开始用大炮攻城。他探听到西门防守最严，又是史可法亲自防守，就下令炮手转向西北角轰击。炮弹一颗颗在西北角落下来，城墙渐渐塌下，终于被轰开了缺口。

史可法正在指挥军民堵缺口，大批清军已经蜂拥着冲进城来。史可法眼看城已经没法再守，拔出佩刀往自己脖子上抹。随从的将领们抢上前去抱住史可法，把他手里的刀夺了下来。史可法还不愿走，部将们连拉带劝地把他保护出小东门。这时候，有一批清兵过来，看见史可法穿着明朝官员的装束，就吆喝着问他是谁。

史可法怕伤害别人，就高声说：“我就是史督师，你们要杀就杀我吧！”

公元1645年4月，扬州城陷落，史可法被害。

多铎因为攻城的清军遭到很大伤亡，心里恼恨，竟灭绝人性地下令屠杀扬州百姓。大屠杀延续了十天才结束。历史上把这件惨案称作“扬州十日”。

大屠杀之后，史可法的养子史德威进城寻找史可法的遗体。因为尸体太多，天热又都腐烂了，怎么也认不出来，只好把史可法生前穿过的袍子和用过的物件，埋葬在扬州城外的梅花岭上。这就是保存至今的史可法“衣冠墓”。

扬州失守后几天，清军攻破南京。南明政权的官员投降的投降，逃跑的逃跑，弘光政权很快就被消灭了。

清兵继续南下，还颁布一道剃发令，强迫百姓在十天之内，改依清人的习惯，一律剃掉前半部头发，留下一条辫子，违抗命令的处死，实行"留头不留发，留发不留头"。这一来，更加激起了江南百姓的反抗情绪。江阴军民在典史阎应元的率领下，顶住二十多万清兵的重重包围，坚守了八十多天。城里男女老少，没有一个投降，清军死伤惨重。嘉定军民坚持抗清斗争三个月，被清军屠城三次，牺牲两万多人。历史上把这次惨案称作"嘉定三屠"。

史可法是好样的，他用他的实际行动，用他的生命向自己的老师左光斗交了份满意的答卷。史可法是民族的魂，是民族的脊梁。方以智心里也升腾起一种家国天下的英雄情怀。

5. 意气风发的江左狂生

"人人以我等狂生，我等亦谓天下狂生"，方以智在诗文中也多以"狂生""江左狂生""龙眠山下一狂生"等自称。他从青少年时代就表现出与众不同的思想和学术风格："作诗不入时人眼""操笔是非，举止异趣""好不祥之言""喜悲歌""仗剑而行"，不为同时代的人所理解，可谓时人眼中的"狂生"。

"少壮几时能起舞，何为空坐食胶牙？"年少轻狂地把自己比作圣人，诗如李白，文如王勃。信奉"人不风流枉少年"信条的他很自负，他想在文坛上博得诗名引领风骚，又想成为学有建树的学者，还想立豪杰之志建一番青史留名的功业。如果让现在的人来看，他就是一个自负无知的青年。然而他却用自己所学，重现了诸葛亮早已失传的"木牛流马"。那是发生在一个夏天，方以智做了一件让所有人为之好奇而又赞叹不已的事情。

那年夏天酷暑难当，有一段时间里，家里人发现方以智整日什么都不干，除了偶尔去家中藏书房找出几本书看看，其他时间就独自一个人坐在那里静默思考，这和经常嬉嬉闹闹、游山玩水的方以智判若两人。本来他是一个非常爱热闹的人，平常没有事的时候总要找家里人说说话、唠唠嗑，从来不会一个人坐在那里。而且方以智喜欢看书，手里面经常会拿一本书，即使酷暑难耐的夏天，也会在凉爽的上午看一会儿书。家里人一时弄不明白方以智最近是怎么了。去问他，他也不说，有时候理都不理，还嘱咐人不要再来打扰他。

就这样一天一天地过去了，家里人看他经常画画算算，过去一看像是工匠们画的设计图纸，一张张纸上全都标注部件的说明。问他还不说，还是那副爱理不理的样子，让大家觉得好奇又纳闷。

夏天一过，他吩咐下人找来了几个技艺高超的木匠师傅，在自家的后院里，开了一个小工场，整天在那里敲敲打打，而且每日炉火熊熊。方以智除了一天三顿饭，其余时间都在工场上督造。家里人到这时也不知道他们的方大公子究竟想要制造什么，方以智也不肯说，于是更加好奇。工场那边忙忙碌碌的，干得热火朝天。而家里人包括佣人都在猜想他到底在制造什么，几乎每一个人都去看过，却没有一个人能够看明白，大家只有好奇地耐心等待，等待他做成的那天。

终于有一天，制作完成了，家里人终于看到方以智忙活了一夏天制造出来的物件。那东西似马非马、似牛非牛，有头有脚、威风凛凛地矗立在那里。大家议论纷纷，却不知道这是一个什么物件，是用来做什么的。

大家兴奋地问道："木畜是用来干什么的？"此时有人抢着回答说："想必嫌家里的牲畜不够用，用来托运货物的吧。"说完大笑起来，众人也都跟着笑了起来。

不想方以智却说："你们猜的都没错，这就是用来送东西的，这就是失传已久的'木牛流马'。"

站在旁边不说话的方维仪突然说道："难道这就是古时候传说诸葛亮发明的'木牛流马'？"

方以智自豪地说："正是，这就是'木牛流马'。"

他吩咐众人让开，在木畜上搬弄了几下，那物件体内咯吱咯吱地响着，四条腿在众人不可思议的眼神中走了起来，那木畜走了一会儿才停下来，大家纷纷称好。

说起"木牛流马"，那是三国时诸葛亮造出的运送粮草的运输工具。千百年来，很多人都想复制，没有一个人能够成功。然而，方以智却发挥对物理的爱好，凭借自己的物理知识和绝顶的智慧，硬是把失传已久的"木牛流马"给造了出来。

少年轻狂，少年不狂枉为少年，方以智狂有狂的资本，傲有傲的本钱。

方以智虽然自负，但和历史上的那些名人年纪轻轻已经建功立业相比，他却蹉跎无成，不免觉得惭愧遗憾。那时候方以智觉得自己应当踏踏实实地去用点功，做点实用的东西。

随着年龄的增长，方以智褪去了少年时的狂傲，一心读书，十几岁的年纪就几乎读遍了历史、传记之类的书。他拜王宣和白瑜为师，向他们学习阴阳象数、观星望气、医卜星象、阵法兵学、音乐发声等。后来他开始编撰《物理小识》，考察自然现象，搜集农、医、手工业的先进技艺，做一集大成的总结。随后，他不甘心偏居江北桐城，想周游全国，增长阅历和知识，他曾载书游览江淮吴越，遍访藏书大家，博览群书，交友结社。

他曾经有一个理想，用五年时间在诗词上打下基础，用十年时间为国家贡献自己的一份力量，再用十几年时间攻读经史，然后和当时著名的"驴友"徐霞客结为朋友周游世界，了解人文知识，探访山地野景。他曾经是那么热血奔涌，希望自己有一天能纵马沙场奋勇杀敌，或憧憬自己能够列班朝堂、进言献策。然而理想很丰满，现实却很骨感，世事多变，他的理想全部化为泡影。

三、愤世青年：政争激荡，风雨飘摇

少年方以智随祖父、父亲到京城读书，并结交了一大批正直人士。阉党的专横跋扈以及崇祯帝的励精图治但急于求成，都对当时的诸多人事产生了深远的影响，而兴起的奢靡之风、谈兵之风等也都对处在成长期的方以智影响甚巨。因为家世的关系，方以智结交了当时一大批名声卓著的文人，为其以后的声名远播打下了很好的基础。家世及年上成名的经历使得方以智养成了"不耐寂寞"的性格，这样的性格对其一生之抉择影响甚大。

后来前往南京参加乡试，虽然落榜，但是后来参加结社、主盟复社、抵抗阮大铖、徘徊秦淮河畔等，为其创下了偌大的名声。

1. 主盟复社，仕途遇挫

中国古代以士、农、工、商将天下人等分为四个等级，以入仕为首选，在明朝中后期固然出现了诸多新的社会气象，但是参加科举考试然后做官仍然是上上之选。而想要进入仕途最简便也最风光的途径，就是参加科举考试。虽然方以智很不喜欢八股文，觉得八股文枯索无味，用八股来选拔是不可能选拔出出色人才的。心气比较傲的方以智甚至一度想放弃科考，另外择业。然而当时清廷在东北，李自成在西安，张献忠在四川，战祸不断，百业凋零，只有科举考试才是快速报效国家的方式。

明代科举中的乡试由南直隶、北直隶和各省举行，考试地点设在南京、北京以及各省的省会。乡试三年一次，时间一般都是在秋天八月份，那时候不像现在有火车、汽车、飞机等快速交通工具，赶考的举子们为了能够从容应考，一般都提前到达，一些家庭条件好点的甚至春天就来到了南京。

方以智四月份便来到了南京，他没有向亲戚朋友们借宿，而是在距离考场不远的地方——秦淮河畔，租了一间比较清静的房子住了下来。

在方以智动身来南京的时候，他的父亲告诉他，到了那里以后要好好复习，不要光顾着玩，要把以前学过的再温习一遍，千万不要浮躁，这样会影响考试的。一开始他的确是按照父亲叮嘱做的，但方以智的性格是耐不住寂寞的。随着考试的日子越来越近，他的那些朋友也都来了。方以智再也淡定不下了，扔掉课本就和一些认识的人交游去了。他非常喜欢交游，结识复社、几社的一些朋友后，结交东林、参与政治的意识已经明确树立。大家都知道方以智是瞧不起八股文的，他觉得自己能够通过复社，结交一些志同道合的朋友，以此来实现自己的政治理想。

让他没想到的是，这次科举考试居然聚集了许多他早就听说却无缘结交的人。就是在那个时候，方以智认识了侯方域、冒辟疆、陈贞慧。他们这些朋友频频聚会，有时伴游访问，谈论诗学，饮酒载歌。而更多的时候，他们这些"愤青"满怀忧国忧民之情，评论时政，筹划报国方案，发誓要以自己的三尺身躯报效国家，书生意气，慷慨激昂。说到动情的地方，方以智便拔剑起舞，引吭高歌。整日和这些朋友们诗酒唱和，慢慢地盛夏已经过去，考试的时间就快到了，他一点都不在意。

后来陈贞慧对众人说，我等士子聚集于此，为何不结成文社呢，现在有张溥建立复社领导江南文社，我们为何不能效仿呢？大家听了以后都觉得这是个好主意。于是众人推荐方以智来主持这次结社大会。

方以智有点意外，他没想到众人会推荐他主盟此次大会。便推拖："小弟何德何能，能得到大家的信任来主持此次大会，小弟先行谢过，在座士子的才能都十倍于我，我岂敢号召江南士林。"方以智并不是一个虚伪的人，能够做文坛领袖是他从小的夙愿，但现在他确实有些顾虑。这些年，他虽然已经有了不小的名气，但年纪太小，尤其是在复社，他仅仅是一个新人，比起那些结社元老来，方以智的资历太浅了，怕是不能够服众。

一干人等见他推拖，纷纷劝说方以智，让他主盟此次大会。大家言辞恳切，说实话，论方以智的家世人品、才学声望以及交游的广泛，的确是此次结社的合适人选。像陈子龙、吴应箕等人，虽然在文人士子中有一定的影响力，却不如方以智具备各方面的条件。此时，复社中有影响力的张溥不在南京，所以方以智成了各方面都很优秀的青年领袖。方以智见这种情况，也就当仁不让，大家相约考完试以后就举行结社大典。

众人定下聚会的时间，以及相关事项就散了。毕竟这些士子都是来考试的，还幻想着科举中榜，光宗耀祖。

在这里介绍一下乡试考试的相关规则，乡试总共分为三场：第一场考《四书》，第二场考策论，第三场考时务策。考试成绩第一名为解元。

然而，科举考试对于十年苦读的考生们来说，这三场考试是人生最重要的关头：如果幸运地中了举人，那么功名在握，仕途在望，飞黄腾达，出人头地指日可待，人生将是另外一种景象，这就是传说中的"鲤鱼跳龙门"。如果不幸名落孙山，只能苦读三年再来考试。不过每年来参加乡试的有那么多人，录取名额仅有寥寥百人。有的考生一战再战，甚至从青春少年考到两鬓飞霜，熬干了心血，也挣不到那一个举人的身份。有明一代能够在乡试、会试、殿试中取得解元、会元、状元的少之又少。因应考人数太多而取中名额有限，很多考生为求得功名连考十几甚至数十年，也只能望榜兴叹。面对残酷无情的考试关口，一般人想想都会害怕，心底透凉，进入考场的十有八九就像上了刑场一样。

但方以智第一次参加乡试，却自信满满，轻松镇定地进了贡院，又轻轻松松地走出考场。他没什么好怕的，从小就博览群书，满腹经纶，肯定不会被考场上几篇文章难住的。事实上，考试的时候他也没有觉得有什么棘手的，除了那死板的八股形式让他有些不爽外，这次考试也没什么难度。考试过后他休息了几天，就忙活结社的事情去了。

结社那日，天高气爽，阳光温暖灿烂。卸掉考试包袱的士子们聚集在结社的地方。开社仪式简单而隆重。参加这次盛会的人员都是当时的一些青年才俊，都听说过方以智，但真正了解却是在这次大会。他们想不到方以智是那么的年轻，更让人想不到的是这个年轻人不但才学惊人，而且非常有见识。大家都被方以智的英俊才华所折服，也都接受了这位年轻的文坛领袖。方以智成了名副其实的名人。

沉浸在扬名中的方以智非常兴奋，日夜与朋友们诗酒唱和，慢慢到了揭榜的日期。但是到了那天，他只是让自己的书童去看看，而自己却和朋友游玩去了，好像一点都不放在心上。

多少年寒窗苦读，为的就是今日能够博取功名，光宗耀祖。那一天，整个南京城的人都在关注这一件事情，某某考中了，某某是今年的解元呀。方以智在去游玩的路上，听到阵阵的贺喜声，传进他耳中的名字，有他认识的也有他不认识的，虽然没有听到自己的名字，但他一点都不介意。在他看来，自己肯定会金榜题名的。临走时他还不忘给书童一些碎银子，打发那些报录的人。

方以智的书童早早地来到放榜的地方，自信的书童坚信自己的主人以这样的文章才学，不说中个举人，就是考个进士状元的又有什么难度呢。等到皇榜张贴出来，书童挤进人群，查看自己主人的名字，先看第一名……不是，第二名……不是，第三名……还不是，他把整个榜单看了个遍，也没能看见自己主人的名字。书童以为自己看错了，他来回看了四五遍也没能找到自己主人的名字。他像被泼了一盆冷水，又像被霜打的茄子——蔫儿了。他惶恐不安地回到住处，来南京的时候，老爷和少奶奶都嘱咐过他，照顾好少爷的饮食起居，还要时刻提醒少爷好好学习，不能贪玩。可是方以智自打来到南京，非但没有好好学习，反而整天会友玩乐。这要是中了，自然没他什么功劳，那是方以智的才学，应该的。如今落榜了，书童觉得自己回去肯定是要受责罚了。

当方以智听到自己落榜的消息，第一反应他不相信这是真的：他方以智怎会落榜呢？他刚刚主持过结社大会，名声大噪，怎么会名落孙山？可眼前的事实又不得不让他相信这是真的。迷惘、懊悔涌上了方以智的心头。

那天晚上，他第一次尝到了人生挫折的痛苦。一个举子，再看不上八股文，如果你不能在试卷上写出考官满意的文章，即使才高八斗满腹经纶也是枉然。

方以智很骄傲，他常以匡济天下为己任，忧愤国事衰微，然而此次考试却落榜了，让他匡扶天下的雄心壮志破灭了，每当想到这时他都会感到羞愧和遗憾。想想自己青春鼎盛之年，却只能做个舞文弄墨的书生而不能实现报国之志，方以智觉得愧对自己，愧对家人对自己殷切的盼望，更愧对他的姑姑方维仪。

想当初，方以智早早地来到南京，准备应考。也许就是因为来南京时间比较早也比较长，当侯朝宗、冒辟疆等一帮才子陆续到南京考试的时候，方以智却已在士林妓家如鱼得水，俨然一"风流教主"。一会儿把这个才子介绍给那个名姬，一会儿又把这个名姬介绍给那个才子，忙得不亦乐乎。

孙临（字克咸）是方以智的同乡同学，因为志趣相投，以智就把妹妹方子跃嫁给了他。一次雅集，孙临迷上了珠市姬王月（字微波）。当时秦淮风月场分为三个档次，珠市比旧院要差点，是"打工者"集聚地，但也有"殊色"。崇祯十二年（1639）七月初七，方以智做东，举办了一次选花案活动，目的竟是帮妹夫捧红这个珠市姬。

在南京赶考时，方以智还捉弄过一个从山东莱阳到南京赶考的考生姜垓。当时姜垓在秦淮流连时迷上了李湘真李十娘，整天泡在人家家里，足不出户。方以智和妹夫孙临决定去戏弄这个朋友一下。二人都才兼文武，有"能屏风上行"的功夫。二人扮作盗贼，夜深人静时，入室直扑姜垓与十娘卧房。姜垓以为盗贼，下床跪求："大王饶命！不要伤了十娘！"方、孙二人扔刀大笑，说："三郎郎当！三郎郎当！"三郎，姜垓行三，郎当，笑他胆小护花。玩笑过后，三人呼酒极饮，尽醉而散。深更半夜悄无声息地蹿上人家房顶，摸进人家卧室，突然就推门拍板地闹将起来，吓得主人跪地饶命。搞完恶作剧后，方以智很开心，回家还洋洋得意地说给太太潘翟听，绘声绘色地讲起姜垓跪地求饶的样子时，还忍不住地哈哈大笑。岂料大户闺秀的太太，早就不满丈夫不思功名、沉湎酒色，这下终于找到了机会，"教育"了他一通。方以智讨个没趣，反思一夜，给太太留下一首《赠内》诗：

少年挟剑走江湖，

近在秦淮傍酒垆。

难道读书千万卷，

只宜努力作狂夫？

方以智的反思还是取得了成效，在经历两次落第的沮丧之后，终于在崇祯十三年（1640）中进士，姜垓也同科中举。从正史的视角看，他们比秦淮河畔其他士子要幸运。

2. 洁身自好，宁静自守

秦淮河因其特殊的历史地理位置，历代文人无不趋之，往之。而更多的仰慕者却难以望其项背，青衫湿透。文人泼墨挥毫，怀古凭吊，把他们的情感写进秦淮的舞榭歌台，也把他们的故事留在了秦淮河的角角落落。

烟花柳巷，常是妓院的代指，秦淮河边妓院在明末清初非常繁华，最鼎盛的时期应是明末。而让秦淮河声名远播的应是明末清初时的金陵“秦淮八艳”，以知名度排名，陈圆圆应是第一，其次是李香君。她们和政治都有些关联，前者是吴三桂“冲冠一怒为红颜”的主角，后者是怒斥情郎“血溅桃花扇”的女中英豪。第三位柳如是，当是八艳中最有才的，诗词书画都甚好。第四位当然就是董小宛了，她和冒辟疆的爱情故事成就一对才子佳人的千古佳话。其他四位是顾横波、卞玉京、寇白门、马湘兰。八人除马湘兰外，七位艳女都经历了由明到清的改朝换代大动乱。

174

面对连天的战火，轰鸣的战鼓，此时的方以智只能对酒当歌，甚至想效仿阮籍，感叹"穷途之哭"，这一切的一切和当时方以智的凌云壮志相差甚远。

方以智曾想自己可以效仿五柳先生"采菊东篱下，悠然见南山"，或者是大隐于市。然而，南京自古就是繁华之地，他怎能拒绝频繁的宴集和朋友的诗词往来呢。方以智自幼习惯了钟鸣鼎食的生活，和他交往的人都是社会名流和社会贤达，自称狂生的方以智怎么可以摆脱纵乐秦淮的日子呢。

内心纠结的方以智随着时间的流逝，当夜深人静的时候，他只能面对苍穹自问，我当时所学竟一点也用不上吗？自己的人生之路究竟该如何走下去呢？

科举失败，时局混乱，一心想以自己所学为世所用的方以智更加彷徨。在迷失中，方以智找到了自己的老师。看着自己曾经的得意门生，昔日是那么张狂有为，如今却如此憔悴不堪，不免为他惋惜。他把自己毕生所学都传授给了这个得意弟子，他知道自己的学生是在为自己的前途、为这个国家的前途而焦虑。方以智的老师只告诉他："出淤泥而不染，洁身自好。面对乱世，要静静自守，切不可浮躁过度。收敛自己的性格，以后行文作诗不要学杜甫那样低沉苍凉和老气横秋，而是应该多向王维、孟浩然学习，追求超远、旷逸，勤勉著述。"

在这兵荒马乱的年月里，方以智曾梦想班列于朝，做一个正直敢言的忠诚臣子，或者统领千军万马驰骋疆场，做一个威名赫赫的将军。可现实中的方以智只能纵乐秦淮，放浪江湖。

听了老师的一番教导后，方以智心中的激情再次被点燃，他要把自己有限的生命，投入无限的著作中去。

迷茫对于狂生来说只是暂时的，因为希望又一次从方以智的内心深处冉冉升起，思想一旦转过弯来，看问题的角度就会有很大变化。就是因为这一次改变，让中国少了一个放荡不羁的纨绔子弟，多了一个著作颇丰的宗师学者。这一次的改变对于方以智来说影响深远。十几年后，当方以智从最初轻衣肥马的贵族公子变为流离辗转的苦行僧，从灯红酒绿到黄卷青灯，从入世到出世，虽然这一过程并非是他最初想要追求的，但他还是默默地接受了。

　　面对政治和社会的理想与抱负无从实现，就像他十几年前迷茫时一样，他把全部精力转入著书立说的学术生活中。在流离中缺乏图书资料，他自己说：“作挂一漏万之小说家言，岂不悲哉。愚道人今年三十六矣，读书亦有命。”就是在这样的艰苦条件下，他还是完成了《物理小识》《切韵声原》《医学会通》《删补本草》等书。直到几年后，他纵身一跃，在汹涌的江水中，得到了永恒。方以智始终牢记老师的话，“洁身自好，宁静自守”。

3. 声讨乱贼的生死兄弟

　　“明末四公子”他们不同于“战国四公子”，“战国四公子”为各自的国家互相争斗，有时会大打出手、兵戎相见。然而“明末四公子”他们四人互为挚友，诗酒唱和，狂笑天下，谈论天下风情。那么四公子是怎样认识的呢？下面就说说他们的故事。

　　方以智在第一次南京乡试的时候结识了才华横溢的年轻士子陈贞慧。那一年陈贞慧带着自己的儿子，陪同父亲游历金陵名胜，遇见了放浪秦淮、不归故里的方以智，两人一见如故，结为好友。

后来陈贞慧在南京读书，与复社人员往来密切，和方以智等名流士子在秦淮河畔诗酒辞赋、歌咏风月。经方以智的介绍，陈贞慧认识了媚香楼主人——名妓李贞丽，并结为知己密友。李贞丽虽然是个女流之辈却非常豪爽，她媚香楼中的客人大多是一些文人雅士和正直忠耿之臣，李贞丽也认为自己是半个复社中人。方以智和复社名流一致认为陈贞慧与李贞丽是绝配，且两人的名字中都有一个"贞"字，有忠贞之节气、不渝之情操。明亡以后，李贞丽与陈贞慧隐居山林不问世事，活脱脱一对世外仙侣。

方以智生性随和，他交朋友不论年幼，只要脾气对路，酒逢良友，文遇知音，都可以成为他的朋友。年纪比他大的如陈贞慧、陈子龙都成了他的知己好友，就连比他小的侯方域也成为方以智的莫逆之交。侯方域比方以智小七岁，在秦淮的文人圈里，就是个娃娃，显得格格不入。结识侯方域，这就要从侯方域参加乡试说起。

那一年侯方域来南京参加乡试，他首先找到了陈贞慧，因为侯方域的爷爷与陈贞慧的父亲同朝为官，都是东林党人，而且对侯家照顾有加。如果算起来，陈贞慧与侯方域还有三代四辈的交情呢。而且陈贞慧早听说侯方域很有才气，十五岁的时候童子试考了第一名，名震乡里，而且侯方域读的书很多，博闻强记，很珍惜自己的名节。陈贞慧的父亲经常在他面前夸赞少年侯方域。陈贞慧亲眼一见，发现父亲说得果然没错。陈贞慧和侯方域二人的友情，一直延续到后代子孙，侯方域的女儿嫁给了陈贞慧的儿子陈宗石。陈贞慧把侯方域介绍给复社的朋友。因为侯方域的加入，复社的气氛变得活跃起来了。这些年轻人相见，如多年不见的老朋友一样，相谈甚欢。后来方以智得知自己的父亲和侯方域的父亲为同榜进士，同朝为官而且私交还不错，亲眼见侯方域才华横溢，年轻有为，于是就和侯方域结成了生死兄弟。方以智与侯方域在忧国忧民时结下的真挚情谊，成为千古传诵。

关于方以智与侯方域，民间还流传着他们之间的一些奇闻趣事：

方以智曾经赠送侯方域一件衣服，后来两人不能相见，因为思念好友，睹物思情，侯方域每天把那件衣服穿在身上，后来即使脱线掉色也舍不得脱下来修补、浆洗。明朝灭亡以后，这件衣服不适合在清朝穿了，就用水小心地喷洒这件衣服，并放在上座。每天吃饭睡觉的时候，都要对着这件衣服叹息，以表自己思念之情。他的妻子对他说："你既然喜欢这件衣服，我就按照清朝的服饰给你裁剪一下不就好了，那样就又可以穿在身上了。"侯方域连忙制止说："其他衣服都可以修剪，唯独这件不可以呀，这是我的生死兄弟方以智送我的呀。如果哪一天我能够见到他，一定要按照原来的样子穿给他。"

这个故事听起来让人唏嘘不已，生死之交，莫过于此。

方以智在南京游玩时除了结识陈贞慧、侯方域以外，他还认识了如皋的才子冒辟疆。方以智的同宗伯父方拱乾与冒辟疆的父亲为同年进士，方以智与冒辟疆也相识于南京乡试，再加上两家又是世交，这就为方以智与冒辟疆两个人频繁交往提供了条件。

此时西北流民起义，烽烟四起，东北清廷八旗侵扰不断。而此时偏安一隅的南京城依旧繁华，不知今夕是何夕，灯红酒绿，丝竹管弦。陈贞慧、冒辟疆、方以智、侯方域结伴相游，沉迷于这笙歌宴集之中。

阮大铖是桐城人，作为桐城流民也来到了南京城，起初复社君子们不知道阮大铖的恶劣行径，经常与他来往，他还经常参加复社士子的宴会。其实阮大铖是阉党余孽，为了博取好的名声，在南京蓄养戏班，造访名流创办江社。

陈贞慧来到南京以后，痛揭阮大铖的伤疤，复社士子开始认识到了阮大铖在阉党逆案中的恶劣行径。方以智受陈贞慧的影响，过去只是有意疏远，现在也开始有意识地"恶阮"。方以智有个叫钱澄之的同学曾加入阮大铖所创建的江社，方以智知道后，就对这位同学进行了劝阻。在他看来，阉党的走狗即使学识再高，创建的团体也有腥臊味，即使爱国，也有私利在里面。

经过他一番苦劝，他的这位同学立即就声明退出江社。不但退出江社，还去参加方以智、陈贞慧的社团，并且以后凡江社的会期都辞谢不赴。要知道，阮大铖也是个读书人，并且书读得非常好，况且，对社团来讲，他是元老级的人物，被方以智这样一个毛头小子抢走了自己的社员，他如何肯咽下这口气呢？于是，他就开始对方以智有了仇恨之心。

此时的阮大铖只能在心里发怒，因为自己曾经跟从阉党干了不少坏事。他敢怒不敢言，感觉自己的境遇越来越不妙，意识到周围复社士子的一切举动都是在向他示威，后来他的灾难真的来临了。由公子班头陈贞慧口述，东林遗孤顾杲提倡，秀才领袖吴应箕执笔起草的《留都防乱公揭》很快就出炉了。为了让读者了解真实情况，现将《留都防乱公揭》照录如下：

为捐躯捋虎，为国投豺，留都可立清乱萌，逆珰庶不遗余孽，撞钟伐鼓，以答升平事。杲等伏见皇上御极以来，躬戡党凶，亲定逆案，则凡身在案中，幸宽铁钺者，宜闭门不通水火，庶几腰领苟全足矣。矧尔来四方多故，圣明宵旰于上，诸百职惕厉于下，犹未即睹治平，而乃有幸乱乐祸，图度非常，造立语言，招求党类，上以把持官府，下以摇通都耳目，如逆党阮大铖者可骇也。

大铖之献策魏珰，倾残善类，此义士同悲，忠臣共愤，所不必更述矣。乃自逆案既定之后，愈肆凶恶，增设爪牙，而又每骄语人曰："吾将翻案矣，吾将起用矣。"所至有司信为实然，凡大铖所关说情分，无不立应，弥月之内，多则巨万，少亦数千，以至地方激变，有"杀了阮大铖，安庆始得宁"之谣。意谓大铖此时亦可稍惧祸矣。乃逃往南京，其恶愈甚，其焰愈张，歌儿舞女，充溢后庭；广厦高轩，照耀街衢。日与南北在案诸逆，交通不绝，恐喝多端。而留都文武大吏半为摇惑，即有贤者，亦噤不敢发声。又假借意气，多散金钱，以至四方有才无识之士，贪其馈赠，倚其荐扬，不出门下者盖寡矣。

大铖所以怵人者，曰："翻案也。"曰："起用也。"及见皇上明断，超绝千古，以张捷荐吕纯如而败，唐世济荐霍维华而败，于是三窟俱穷，五技莫展，则益阳为撒泼，阴设凶谋，其诪张变幻，至有不可究诘者，姑以所闻数端证之，谓大铖尚可一日容于圣世哉。

丙子之有警也，南中羽书偶断，大铖遂为飞语播扬，使人心惶惑摇易，其事至不忍言。夫人臣狭邪行私，幸国家有难以为愉快，此其意欲何为也？且皇上何如主也，春秋鼎盛，日月方新，而大铖以圣明在上，逆案必不能翻，常招求术士，妄谈星象，推测禄命，此其意欲何为也？杲等即伏在草莽，窃见皇上手挽魁柄，在旁无敢为炀灶丛神之奸者，而大铖每欺人曰："涿州能通内也。在中在外，吾两人无不朝发夕闻。"其所以劫持恫喝，欲使人畏而从之者，皆此类。至其所作传奇，无不诽谤圣明，讥刺当世。如《牟尼合》以马小二通内，《春灯谜》指父子兄弟为错，中为隐谤。有娘娘济，君子滩，末诋钦案，有"饶他清算，到底糊涂，甚至假口为咒嗒天关，陇住山河，饮马曲江波，鼾睡朝玄阁"等语，此其意抑又何为也？夫威福，皇上之威福也。大铖于大臣之被罪获释者，辄攘为己功，至于巡方之有荐劾，提学之有升黜，无不以为线索在己，呼吸立应。即如乙亥庐江之变，知县吴光龙纵饮宛监生家，贼遂乘隙破城，杀数十万生灵，光龙奉旨处分。大铖得其银六千两，致书淮抚，巧为脱卸，只拟杖罪，庐江人心至今抱恨。又如建德何知县两袖清风，乡绅士民戴之如父母，大铖使徐监生索银两千两于当事开荐。何知县穷无以应，大铖遂暗属当事列参褫职，致令朝廷功罪淆乱，而南国之吏治日偷。至于挟骗居民，万金之家，不尽不止，其赃私数十万，通国共能道之，此不可以枚举也。

夫陪京乃祖宗根本重地，而使枭獍之人，日聚无赖，招纳亡命，昼夜赌博，目今闯、献作乱，万一伏间于内，酿祸萧墙，天下事将未可知，此不可不急为预防也。迹大铖之阴险巨测，猖狂无忌，罄竹莫穷，举此数端，而人臣之不轨无过是矣。当事者视为死灰不燃，深虑者且谓伏鹰欲击，若不先行驱逐，早为扫除，恐种类日盛，计划渐成，其为国患必矣。夫孔子大圣人也，闻人必诛，恐其乱治，况阮逆之行事，具作乱之志，负坚诡之才，惑世诬民，有什焉者！而陪京之名公巨卿，岂无怀忠报国，志在防乱以折中于春秋之义者乎！

杲等读圣人之书，附讨贼之义，志动义慨，言与愤俱，但知为国除奸，不惜以身贾祸，若使大铖罪状得以上闻，必将重膏斧锧，轻投魑魅。即不然，而大铖果有力障天，威能杀士，杲亦请以一身当之，以存此一段公论，以寒天下乱臣贼子之胆！而况乱贼之必不容于圣世哉！谨以公揭布闻，伏维勠力同心是幸。

《留都防乱公揭》发布以后，复社君子群起攻击阮大铖，那时候的阮大铖成了过街的老鼠——人人喊打。阮大铖受不了这些读书人的"偏见"，无奈之下，只好跑到南京城外的牛首山躲了起来。后来因为时局混乱草草收场。阮大铖对此恨之入骨，在心底埋下了疯狂报复的种子。

如果明朝不亡，方以智的前途虽然谈不到光明，但绝对可以一帆风顺。然而由于明朝灭亡，他的流亡生涯也就随之而来。马士英与阮大铖在南明共同主持朝政以后，日夜密谋，大兴文字狱，要杀尽复社中人，复社四公子陈贞慧、冒辟疆、方以智、侯方域首当其冲，复社其余人等被抓的抓，杀的杀，逃的逃，躲的躲。在以后的斗争中，他们面对屠刀毫不退缩，向奸臣发起了一轮又一轮的进攻。

4. 忧心危局，仕途多舛

崇祯十七年（1644），这个刻骨铭心的年份，李自成攻入北京，那些平时慷慨激昂的文武百官顿作鸟兽散。方以智正以翰林身份在北京城中帮助皇帝料理政事，当他得知崇祯皇帝杀死后宫嫔妃后带着一个太监在煤山上吊自杀，顿觉五雷轰顶。后来他跑到百姓家先躲了起来。

李自成表现得非常"仁慈"，命人把崇祯皇帝的尸体从山上搬下来，还装模作样地为其设了灵堂，让那些明朝旧臣前来祭拜，以彰显自己的王者胸怀。方以智得知后，不假思索地就跑到崇祯灵堂前大哭不止，李自成的部队活捉了他。

李自成大顺王朝破灭后，方以智逃出北京城，装聋作哑，乞讨南下。真是"屋漏偏逢连阴雨"，在逃亡的途中，方以智又遭遇盗贼，把仅有的几件御寒的衣服也给搜去了。好在方以智平常并不怎么养尊处优，经过一番磨难后终于来到了南京城。一路上仇恨悲痛、焦虑与愤怒，都在不停地撕扯着他的心，激荡着他的思想，使他恨不得早日来到南京。那时南明兵部尚书史可法还统领着数十万大军，在左光斗被杀的时候，方以智就和史可法认识了，两人是关系很好的朋友，他希望将北京的真实情况告诉史可法，让史可法尽快出兵北伐收复失地。当方以智望见那高大熟悉的城墙和那巍巍的钟山时，流下了悲喜交加的眼泪。逃难中的方以智没有直接进城，而是直奔明孝陵，在朱元璋的陵庙前放声痛哭。

这个时候已经是清顺治二年（1645）了，南京已经有了弘光小朝廷，而阮大铖通过关系，买通了马士英成为兵部尚书，开始对大批东林后人以及复社成员进行报复。

那时候，方以智刚刚从北京跑到南京城，刚进城就被抓了个正着。阮大铖是一个"优秀"的小人，他对满人并不愤恨，相反，正是由于满人的入侵才让他有机会翻身，他倒很感激满人，要不是满人他不可能东山再起，说不定到死也要背着逆臣的骂名。方以智本来也没有什么大的罪过，可小人阮大铖非要置他于死地不可。他给出方以智必须死的理由是：当时崇祯皇帝已死，你在北京，却不跟着去死，这就是不忠。这比岳飞当年在风波亭被杀的罪名还要冤，方以智毫无办法，只好狼狈而来，狼狈而走，扮成老头模样逃出南京城。

一代翩翩公子从此以后，就成丧家之犬，北京抓住要杀，南京抓住也要杀。不过朱明家族非常大，在南京有弘光皇帝，在广东肇庆就有永历皇帝。永历皇帝对这位满脸沧桑的翩翩公子很是看好，就任命他为当朝首辅。

可方以智看出来了，永历皇帝虽然想振兴江山，可实力不允许。整个朝廷乌烟瘴气，鱼龙混杂，官员们心志不齐、争权夺利，而那些影响朝局的权势人物，在军国大事等重大决策上表现出来的迂腐顽固、心胸狭窄、政治短见和不顾全大局的意气用事，让方以智感到失望和不满。方以智曾经为这个政权感到激奋，他希望这个政权可以担负起抗击外敌收复失地的重任。然而，随后发生的一切，让他对这个政权感到失望透顶。

就在方以智为是否辞官摇摆不定的时候，一件事让他下定决心离开这个让他失望的政权。

一天，永历皇帝和朝臣们商量如何选拔一些有名望和有才干的人入朝辅政。朝臣们正在商量的时候，司礼监太监王坤却抢先推荐了一大批人。这让在一起商讨的大臣感到诧异和愤慨，因为明朝规制中太监是不能参与政事的，现在王坤竟然在朝堂上公然推荐起朝廷命官。顿时，很多朝臣对王坤的这一举动大加斥责。事后，有人给永历帝上书，说太监不能推荐朝廷命官，这样有悖于祖制，天下的饱学之士正在观望，如果太监当道，对于国家选拔人才非常不利。上书言辞犀利，很有文采。永历皇帝把这篇上书拿给王坤看。王坤看过之后非常恼怒，认为方以智就是幕后主使，对他严加迫害。

方以智想起了在南京城的时候，阮大铖对他的迫害曾让他欲死不能，这给他留下了很深的伤痕。他曾想依靠永历帝抗击外敌收复失地，重振国家，一展自己报效国家的抱负。然而，此时永历小朝廷和广州的绍武政权同室操戈，兵戎相见，两个政权竟然放弃战略要地置清兵于不顾内斗起来了。再加上明代历朝宦官干政的恶习又重现，方以智对这个政权彻底失望了。

心灰意冷的方以智摇头叹息着离开广东，跑到广西街头卖起了字画。

但卖字画只是谋生的手段，他仍然没有忘记自己的志向——反清复明。为了这个事业，他到处联络反清力量，希望用自己的方式完成反清复明大业。

作为一个以天下为己任的爱国人士，方以智未敢飘然于尘世外，他给永历帝上书并提出革新中兴的建议，然而永历政权中的朝臣们正忙于党争，哪里还顾得上国家大计呢。方以智对永历小朝廷彻彻底底地失望了，他从此不再抱任何希望。

几个月后，清兵攻陷桂林，桂王逃往南宁。主张抗清的方以智为了躲避清兵的追捕，改姓易名，逃入深山，躲在朋友家里。后来被人举报要抓他，为了不连累自己的朋友，方以智选择了出家，做一个世外僧人。

方以智说，自从崇祯帝在煤山驾崩以后，他已经是心如死灰，在乱世中向往自由，逍遥物外。但是，方以智一生注定了他不能成为一个世外闲人，因为他的心属于大明，他的血管里流淌着大明的血液，即使明亡，也要抗争到底。他用出家保住了自己的志节，以僧人的身份进行明亡以后的反清复明。直到1671年惶恐滩旁的那纵身一跃，为他的生命画上了完美的句号。

四、宗师老者：剃发为僧，不忘初心

1. 皈依佛门，讲经说禅

方以智世代习儒，遁入佛门为不得已之举。在佛家的外衣下，他继续着自己的追求。

明清易代之初，江南一带的精英士人曾表现出焚儒服、哭祖庙、不入城等极端行为，有的甚至是近乎"自毁"般的行为。还有一种独特而决绝的选择则是"托隐逃禅"，他们穿戴袈裟，以方外之人的身份表达自己的愤怒、对异族的蔑视，以及对清初削发令的抗议，最低限度也是一种政治态度上的"不合作"。

方以智不愧为精通易学的高人，他出家也出得与众不同。有人出家是被动的逃脱世俗，有人出家是参禅苦修，而方以智出家则是致力于哲学研究，即以思想学术的精神教化世人、拯救社会。在晚年出家时期，他秉承当时佛教曹洞宗前辈觉浪的学养，把早年家传的《周易》象数之学与佛、道思想综合起来，先后撰写了大量的哲学著作，如《东西均》《药地炮庄》等。闭关高座寺看竹轩时，写作了《象环寤记》，以寓言体裁杜撰了赤老人（指祖父方大镇，代表儒教）、缁老人（指外祖父吴应宾，代表佛教）、黄老人（指王宣，代表道教）的对话，指出三圣人所创之教都有偏颇的地方，而他的理念就是三教归易，烹三教之旨于一炉。

方以智晚年还曾驻锡青原。青原山是禅宗七祖行思禅师得法之处，有佛学圣地、禅宗祖庭之称。1664年，方以智遵照觉浪法师的嘱托，接继笑峰大然禅师住持青原山净居寺。

方以智刚到寺里没几天就发生了一件奇事：曹洞开山者七祖行思曾倒插一根枯荆，千年后竟忽然冒出了三枝新芽，并且还是在寒冬时节。大家都称："奇！"于是他重新整顿净居寺：要求僧众不要随处化财，他以身作则带领大家务农，并凭借他个人的影响，不断获得自愿捐施。在住持净居寺期间，方以智一方面广交方外僧俗、遗民士儒，一方面修建佛堂、复兴讲学，三教并隆，蔚然成风。青原的这处丛林兼具弘扬佛法之道场和研讨儒学之场所的双重功能，被称为"荆杏双修"。方以智称："吾将聚千圣之薪，烧三世之鼎，炮之以阳符，咀之以神药。"显示他试图疗救天下之志，他由此改号为"药地老人"。

青原山自唐代开元二年（714）禅宗六祖慧能派弟子行思到这里开辟道场以来，讲会之风大盛。但几经兴废，讲会风光不再。此番经过药地大师的振起，又重放光芒。方以智在青原期间，常以阴阳五行八卦说禅，以道说禅。他还引用儒学经典《中庸》《孟子》《论语》说禅，如用"匹夫不可夺志"的儒学观点，来印证佛徒坚信佛法等。他的这些学说，不仅得到了僧徒的赞同，也得到了广大儒士、道家的认同。各地名流学者、高僧老道，纷纷前来青原山，同方以智探讨学问。路经吉安的名士，也常常绕道青原，去拜访这位药地大师，时人多以结识药地大师为荣。

当时很多人认为只要认识宗门教义，就算功德圆满了。在方以智看来，那还只是停留在一般见识上。禅宗自从达摩传入中国，就逐渐融入本土文化之中。禅宗和其他宗派最大的区别，是"明心见性"，"即心即佛"的体认方式。要达到这个境界，未必和读经、坐禅有太大的关系，但是和日常生活却有关系。历代禅师都讲求从生活中"悟禅"，那才是最直接的"悟"。方以智在江西讲学期间，就很重视这个问题。他要求弟子们劳作自食，从劳动生活中去寻找"禅理"。同时，这也符合曹洞宗门的"即事而真"、于事上见理的思想方法。

方以智作为曹洞宗的传人，并没有拘泥于门派，而是采取广泛吸纳融合的态度。据方以智好友李元鼎记述，啸峰和尚曾著《传灯正宗册》（已佚）。未写完啸峰已逝，方以智继其后而替他完成。

方以智在康熙七年（1668）应安徽官宦及诸多乡绅的邀请，住持浮山华严寺。之前，方以智的外祖父吴应宾就曾作为浮山佛教的护法，合多方力量恢复浮山的"一寺五岩"。吴应宾自号"三一老人"，主张三教并弘。受外祖父影响，方以智很久以前就有着弘扬浮山佛法的愿望。这次又收到各方的诚挚邀请，方以智深感盛情难却，一心前往，无奈短时间内还不能脱手在青原的事务，于是提前安排高徒山足来华严寺监院，并再三嘱托他编修《浮山志》并为华严寺建造藏经阁。

方以智本计划在第二年春天回归浮山华严寺，却在康熙十年受到"粤难案"的牵连而被捕。在从江西押往广东的途中，方以智殉难。

方以智早已将生死置之度外，他担心的只是自己的死轻如鸿毛，不得其所。这回他因不愿苟且于清廷，也不愿牵累家人，所以视死如归。净居寺门横额"青原山"三字为文天祥手书，正气凛然，方以智对文天祥的高风亮节倾慕已久，曾多次寻找文天祥墓不得，这次效法文天祥，殉节于惶恐滩，他也死而无憾了。

2. 暗中抗清，谋求大义

明亡以后，反清的人很多，但谈得上能够重振河山的力量却寥寥无几。中原人一旦遇到外族入侵，并已成定局之时，就很难翻盘。这倒是一个很有趣的现象。金人入中原，北宋立即灭亡。蒙古下江南，南宋也立即灭亡，还有这一次的满人入关，仿佛是几次三番的历史重演。南宋保住了半壁江山，而明一步步被清廷蚕食，以至于最后让清统一全国。

"天地会"三个字，恐怕是妇孺皆知。无论如何，我们都不可能把明末清初最伟大的思想家之一方以智和这个天地会组织联系到一起。但是通过各种记载来看，方以智可能是天地会的第一代大哥。

天地会，通称洪门，外称天地会，因会内成员"拜天为父，拜地为母，拜日为兄，拜月为姊"而得名，载于正史的有"三点会""小刀会""袍哥会""哥老会"等十多个别称，是近世华人世界最大的民间社团组织，"青帮"也只是天地会的一个分支。

一百多年以来，研究天地会可不是那么容易的。由于天地会本身留下的文字资料极少，关于它的创始人，就有郑成功说、殷洪盛说、朱洪英说、洪二和尚说等，源地也先后有福建、广东、台湾、四川、山西等不同说法，几乎遍及全国各地。更为蹊跷的是：学者们对天地会的研究也彼此牵绊对立，最后竟陷入一个越研究越复杂的沼泽泥潭。

19世纪中叶，天地会一些成员下海出国，成为近代中国最早的华侨。天地会对中国近现代史走向发生过深远影响：孙中山先生1904年去美国檀香山，经人介绍加入洪门。辛亥革命中的同盟会员很多是天地会会员（洪门成员），如著名的"黄花岗七十二烈士"中就有六十九人是洪门中人。

辛亥革命也可看作一场天地会革命。在马克思笔下，天地会还是中国最早与共产国际发生过组织联系的民间社团。1949年，美洲天地会致公堂堂主司徒美堂因率领爱国华侨支援祖国抗战的巨大贡献，应邀参加过开国大典。民主党派中国致公党的前身也是洪门的一支。

　　说了这么多天地会，我只是想说方以智绝对不是一个安分的和尚，他不会独守青灯一心礼佛，他还没有忘记自己的事业——反清复明。

　　方以智虽然是和尚，但人际关系很是复杂。方以智的父亲方孔炤明亡前曾任湖广巡抚，是曾与绰号"曹操"的农民军罗汝才一起打下八战八捷战绩的明末名将。后仅因一次失利就被下狱，楚地和粤地多散落有方孔炤的军事旧部。在广西时，他们还曾想推举方以智出任军师。这样的身份和经历，纵使匿身寺庙，清政府也断然不会对他掉以轻心，因为方以智身后反清复明的能量太大了。

　　后来方以智被人中伤，牵扯到了"粤案"当中。清政府不久就下了命令，方以智作为"粤案"的要犯，要押到岭南。这对于一个年过六旬的老人来讲，无论是精神还是肉体上，都是一个极为严酷的打击。方以智也许厌倦了这一切的抗争，为了不连累自己的亲戚朋友，方以智亲自到官府自首，被押解到了惶恐滩前。

　　时值秋冬之交，一个阴晦之夜，在清兵靠杀戮征服中原近三十年的时候，曾作为清王朝的政治对手，但已避世出家二十年的方以智，一代天纵英才的方以智，在父子双双由江西押解广东对质的途中，站在惶恐滩边，此时的方以智非但不悲伤，反而非常高兴，嘴里还不停地吟着"惶恐滩头说惶恐，零丁洋里叹零丁"。因为惶恐滩是遗民的圣地，更是方以智的归宿。他要为心目中丽日西斜的大明王朝举行最后一次凄艳的葬礼，让臻于烂熟的汉文化浴火重生，日月幽而复明。

　　方以智一个从小立志要做诗人、思想家、哲学家的宗师学者，却因国家形势的改变，投笔从戎，反清复明，用自己书生孱弱的肩膀扛起了明朝遗民所有的希望。方以智从一个放荡不羁的少年变为一个挽救大明王朝的愤世青年，从一个乱世文人学士再到与世无争的尘外高僧，最后，他以一个理想者的身份跳到了湍急的赣江之中。

他是一个思想者，更是一个明朝遗民的典型代表，他所言所行从来没有一致过，然而他用他的行动点燃了大明黑暗中的启明。一方面，他出世剃发为僧；另一方面，他却入世去反清。历史上，每一新旧朝代的更替，都会引起社会的剧烈动荡和政治力量的重新组合，有为新朝顶礼膜拜者，也有为旧朝尽忠殉难守节者，还有藏身于残山剩水之间，拒不合作者。他们头上顶着义愤与责任，他们在共同期待着，但等待的却是永远不可能做到的事情。

他们，就是一群最可怜的帝国遗孤。在整个明朝遗民史上，方以智以自己的特立独行占有重要的一席之地。因为他的确用"出家"的方式保住了自己的晚节，并且矢志不忘复兴大明。他创建了天地会这一反清复明的社团，他用他自己的生命向世人证实了，他是大明的人，一个普通的学者，是"真忠臣、真才子、真佛祖"。

方以智无悔。

第四章

侯方域

　　侯方域（1618—1654），字朝宗，明末清初文学家，河南商丘人。明末清初士大夫的领军人物，当时誉满文坛。侯方域少年时很有才名，参加复社，与东南名士交游，时人把他和陈贞慧、方以智、冒辟疆并称为"明末四公子"。侯方域擅长散文，以写作古文雄视当世，清初又与魏禧、汪琬共称为"古文三大家"。他与李香君的爱情故事感人至深，一曲《桃花扇》传遍天下，两人的爱情故事因此剧而成为传颂千古的爱情佳话，后世百唱不衰。

一、江山岌岌，大厦将倾

有明一代，一共有二百七十六年，传到崇祯帝时被李自成的农民军所灭。后来，一些明朝遗老遗少为了延续明朝的根脉在南方建立了几个小朝廷，几个小朝廷决心重新振作，无奈内忧外患，即使有力挽狂澜的人物却也力不从心，在清军的铁蹄下，成为历史的烟云。这几个小朝廷中，有像弘光帝那样的昏庸之辈，也有像隆武帝那样锐意进取的勤政之王，无奈地处东南边陲，又被郑成功控制，再加上清王朝处于蒸蒸日上的态势，失败在所难免，所以明朝难逃亡国之运。

1. 万历怠政，朝政危机

说起历史上最懒的皇帝，那就要首推万历皇帝朱翊钧了，他打破了他的爷爷嘉靖皇帝保持了十多年的纪录，创下了三十年不上朝的"吉尼斯纪录"，可谓前无古人，后无来者。

万历皇帝如果锐意进取的话，开创万历中兴也未可知，可结果是全国土地兼并、党争纷乱、少数民族反叛，这究竟是为什么呢？原因是万历当皇帝时还是个小孩子，他的母亲李太后垂帘听政。也许李太后觉得自己不是治国的那块料，就全权委托张居正来管理。也许是上天的护佑，整个大明在张居正的领导下居然焕发新机，有条不紊地振作起来了。大明良性运转了整整十年，但张居正耗费了太多的精力，不久就去世了。而万历已经在母亲、大伴（陪皇上玩的太监）冯保、张居正三人的教育下逐渐长大，一心想接管这艘巨大的"航母"，摆脱他们三人对自己的控制和影响。

在张居正死后的几年里，万历皇帝还能保持对朝政的兴趣，继承张居正正确的治国策略，锐意进取、奋发向上。万历皇帝最重要的政绩就是进行了"三大征"，即先后在明王朝西北、西南边疆和朝鲜展开的三次大规模军事行动，三役分别是平定蒙古人哮拜叛变的宁夏之役、抗击日本丰臣政权入侵的朝鲜之役，以及平定苗疆土司杨应龙叛变的播州之役。

在"三大征"中，非凡的万历皇帝表现出一定的魄力和能力。但是后来万历皇帝并没有在此基础上更进一步，而是居功自傲，怠于政事。

万历皇帝采取非常手段，摆脱张居正、冯保和李太后的影响和控制。在这一切都完成后他觉得天下大权已尽在掌握之中，就对内阁大臣谎称自己身体不行需要休息几天，并告知几位大臣在自己休息期间，一切军国大事由内阁首辅牵头，阁臣通力合作就行了。

诸多大臣都以为皇帝累了需要休息几天，过几天甚至几个月后皇上还会总领朝政的。但是当时抱有这种想法的人没有等到皇上再次出来临朝听政的那一天，直到三十年后万历皇帝驾崩，群臣才见到了他们久违的皇帝。

阎崇年的《明亡清兴六十年》一书中，把万历皇帝怠政的表现总结为"六不做"，即不郊、不庙、不朝、不见、不批、不讲。上朝理事和批阅朝臣奏章是皇帝了解政局、执掌朝政的主要手段，不朝、不见、不批，相当于与朝臣断绝了联系，成了一个隐居皇帝。万历皇帝身体胖，他给太后请安，要"膝行前进"。胖易懒，使他更加厌倦政事。

起初大臣们以为皇帝不上朝是怕累，不想上朝暂时休息几天也可以理解，那么大的一个国家忙起来真的让人身心俱疲。不上朝这都好说，你总不能不祭祖吧，古代封建王朝是很重视这个的，北京天坛就是万历帝的祖先们修建，专门用来祭祀祖宗的，祭祀太庙也不亲自前往，这实在是有点说不过去。

当时的几位大臣都没有张居正当政时的魄力，那时皇帝小，国家没人管理，张居正就来管理。张居正不怕自己的事情多，就怕自己权力小。继任的几个朝臣可就不行了，累了几天后纷纷辞官回家养老了，整个大明王朝"航母"的巨轮在近三十年中渐渐地搁浅了。

万历皇帝的母亲李太后年纪渐大，对明神宗也实在无力再管束，就连死去的张居正也被从地下请出来暴尸，冯保更惨，抄家后流落街头饿死他乡。

自万历十六年后，朝臣经常看不到万历帝。万历帝整日在深宫中不理政事，沉浸在花天酒地之中，每年还进行选美。万历皇帝经常大兴土木，在他二十一岁时就开始筹建陵园，寻找百年以后的归属。

万历十七年元旦后，万历帝以日食为由免去元旦朝贺。此后每年的元旦万历帝也不再视朝。万历帝还派矿监和税监搜刮民间财产，导致多处发生民变。

由于万历帝不理朝政，缺官现象非常严重。万历三十年（1602），南北两京共缺尚书（部长）三名，侍郎（副部长）十名，各地缺巡抚三名，布政使、按察使等六十六名，知府二十五名。万历帝不理朝政，百官党争于下，中央政府完全陷入空转之中。

万历怠政时，官僚队伍中党派林立，互相倾轧，如东林党、宣党、昆党、齐党、浙党等名目众多，他们之间的争论却不是如何改良朝政、振兴朝纲，只是争权夺利排除异己而已。

最后，万历帝三十年不上朝，只在万历四十三年（1615）勉强到金銮殿上看了一眼。许多朝臣自从做官以来就没见过皇帝一面，此时大明国力已日渐衰退。

万历帝在位期间，有两项严重败坏朝纲的事件，一是东林党争，二是国本之争。东林党源于顾宪成组办的东林书院。"东林党"一词则起源于万历三十八年的一次人事变动事件。起因是内阁缺人，顾宪成极力主张颇有政绩的淮扬巡抚李三才入阁，结果被反对李三才入阁的势力给黑了，东林党因此而起。东林党兴起后，朝中其他各党便集中火力攻击东林党。阉党专权后，东林党更受到严重打击，直到崇祯初年东林党才重新被起用。

另外一项政争是国本之争。主要是围绕着皇长子朱常洛与郑贵妃所生的儿子福王朱常洵。

万历帝迟迟不立太子，令群臣忧心如焚。朝中上下也因此分成两个派别。直到万历二十九年，朱常洛才被封为太子，朱常洵被封为福王。但是福王迟迟不肯离京就任藩王。直到梃击案发生，舆论对郑贵妃不利后，福王才离京就藩。

那么，什么是"梃击案"呢？

这件事源于1615年，一名三十多岁的男子手持枣木棍，误打误撞地闯入大明太子朱常洛居住的慈庆宫。进入慈庆宫以后，他见人便打，击伤守门官员多人，看来是一位武林高手呀，那么多人都招架不住。

这位牛人一直打到殿前。此时整个宫内乱作一团，到处都是呼喝声、喊叫声。一位太监手疾眼快地将持棍男子抓获，整个宫内才平静下来，这就是明朝有名的"梃击案"。

大白天，手持木棍闯入戒备森严的皇宫并且击伤多人，这要是放在现在，肯定是特级治安事件了。太子朱常洛不敢耽搁，马上把此事报告给了万历皇帝。在此之前，虽然这位老皇帝已经多年不上朝了，可听说自己的亲儿子差点被人给打了，他立即命令有关部门审问那个牛人。

巡城御史刘廷元按法律审讯那名男子。审讯得知那名男子名叫张差，可还没等说上几句话，那男子就开始颠三倒四，活脱脱的像一个疯子。

御史多次讯问，可张差总是胡言乱语，东一句西一句的，说什么吃斋呀、讨封呀，反正乱七八糟，就这样一连问了好几个小时，也没将实情问出。再没有脾气的审判官也被他气得有脾气了，审判官审得不耐烦了，就把他交给了刑部定论。交到刑部后，相关人员又重新审问张差。

这时张差似乎清醒了些，回答："我被邻居给欺负了，他们不仅打我，还把我的柴草给烧了，我找他们评理他们还打我，我的诉状在当地没人受理，就打算到京城来告状。我是上个月来到京城。我是从东门走进来的，但我不认得路，只好一直往西走，半路上遇到两个男子，看穿戴像是富家公子，他们给了我一根枣木棍，并且告诉我拿着这根枣木棍就可以申冤了。当时我也不知道怎么回事，可能一下子犯迷糊了，就走到皇宫门口了，还打伤了许多人，最后被捉住了。"

刑部仍然难下结论，他们认为张差是个疯子，于是把情况上奏了万历皇帝。

刑部看管牢狱的官员看出了这个犯人有些不对。

有一天，他在为牢中犯人分发饭菜，觉得张差不像是什么疯癫之人。于是他决定再次审讯张差。为了让他说出实情，他对张差说："你要说实话，就给你饭吃，要不然就饿死你。"

张差低头不语，过了一会儿才说道："我不敢说，我怕说了以后有性命之忧。"

这位官员立刻让牢中的其他闲杂人等出去，只留两名工作人员在旁边帮忙。在威逼利诱之下，张差终于说出了实情，牵出了惊天阴谋。

原来是这件事牵连到当今太子。

太子朱常洛是万历皇帝长子，但不是皇后所生，是万历皇帝与一位王姓宫女所生。万历皇帝并不喜欢这个宫女，他真正宠幸的是郑贵妃。郑贵妃在十四岁的时候就成为万历皇帝的宠妃，她不仅漂亮会讨万历皇帝喜欢，同时还能倾听皇帝诉苦，她为皇帝生的孩子中，万历皇帝最喜欢皇三子朱常洵。因此，万历皇帝也真心希望朱常洵能够继承皇位，但是依照当年朱元璋定下的祖训，应当册立朱常洛为皇太子。

万历皇帝三十多年不上朝，大臣们怕皇帝有什么万一，就纷纷上书，要求皇帝早立太子，免生祸乱。

后来，朱常洛被正式立为太子，此时他已二十岁。朱常洵也被封为福王，但郑贵妃的那一班人并不死心，没有按祖制立即离开京城，到自己的属地洛阳。这时太子朱常洛的地位并不稳固，双方明争暗斗，直到发生张差持棍大闹慈庆宫。

根据张差的供词，他本名叫张五儿，父亲已经去世，家里也没有什么亲人了。有一天，有两个人让他跟着一个不知道姓名的老公公办事，并且承诺他如果按照他们的要求去做，完事后就能给他三十亩土地。对于一个普通人来说，这诱惑实在是不小。于是他就跟老公公到了北京，有一位老公公请他吃饭，并告诉他说："你先冲进宫里，见一个，打一个，即使杀了人也没有事，我们会救你的。"

起初张差还不相信，在金钱的利诱下，终于答应了，就这样发生了上面所叙述的那一幕。

万历皇帝一听，觉得这背后应该还有其他隐情，就命人再次审问张差，并引诱他：如果你能说出谁指使你干的，并画出当时出入宫门的线路，不仅可以免除你的罪过，而且还可以给你三十亩地。

张差信以为真，于是说："那两个人，一个叫马三道，另一个叫李守才，他们都住北京城郊。他们逼我拿着棍子打进宫里。如果能打到太子，吃的也有了，穿的也有了，他们保我荣华富贵。和他们一同密谋的还有另外一个，我不记得他叫什么名字了。"随后就画出入宫路线。

相关人员马上派人调查取证，逮捕了马三道等人。经过核实，张差说的基本无误。那几名太监都是郑贵妃的人，难道这件事是郑贵妃背后指使？一时间朝野哗然，矛头纷纷指向郑贵妃，大臣们纷纷猜测郑贵妃想要谋杀太子，以便让福王当太子。消息传开后，太子和郑贵妃先后赶来见万历皇帝。

万历皇帝看到太子和郑贵妃不和，就指着郑贵妃说："你犯下的过错，我也帮不了你，你去求太子吧。"

朱常洛还是比较聪明的，看到父亲生气，就和气地说："这件事错在张差一人，让他承担就可以结案了。把这件案子让刑部赶快办理赶快结案吧，不能再牵连其他人了。"

万历皇帝听后，顿时眉开眼笑，点头说："还是太子说得对，就按照太子的意思办理。"

万历皇帝见自己的宠妃牵扯到这件案子里，就不想再追查下去。最后，只有张差被处死了，一场"梃击案"就这样不了了之。

"梃击案"看似一场闹剧，实际上是以太子为首的太子党和以郑贵妃为首的贵妃党之间一场争权夺利的斗争，这一系列的斗争削弱了明朝的国本。

万历帝怠于政事，导致政府瘫痪，党政激烈，勤于搜刮又导致上富民穷，民变四起。纵观其当政时期，形势每况愈下，社会矛盾已经积重难返，国家离败亡越来越近了。

2. 自毁长城，崇祯亡国

万历四十七年，有一名叫袁崇焕的士子在三十五岁的时候中了进士，被任命为福建邵武知县，很快又被调入北京，在兵部任六品主事。如果运气好的话，袁崇焕也许会凭着自己的政绩一步步往上爬，甚至还有可能入阁拜相。

可是没想到他的人生轨迹发生了变化，导致这一切都源于他的推荐人。推荐袁崇焕的是东林党人侯恂，侯方域的父亲。

机会总是留给那些有准备的人，这句话说得一点没错。在召入兵部前还没有被侯恂这个伯乐相中的时候，袁崇焕就敢谈论边事，进了兵部更是如此。所以，惧怕"虏酋"的大明高官们把他荐举到了山海关，让袁崇焕在那吹吹边风。

到了辽东，先后在这里主事的两位边帅熊廷弼和孙承宗，都很赏识他。能够被上级领导赏识是件幸事，而且这两位领导都很牛，没有他们明朝的灭亡很可能会提前几十年。不过令两位老领导没想到的是，自己的这位部下后来所创功绩会超越他们，比他们更牛。

当时大明军队的统帅担负着国家的安危和兴亡责任，这一点，袁崇焕比谁都清楚。他觉得自己的才能和智慧有了用武之地。

自万历十二年（1584）努尔哈赤二十五岁时以十三副金甲起兵到天启六年（1626），四十余年无往不胜。他的八旗铁骑横扫松辽平原后，又挥师攻击山海关。天启皇帝临死的前一年，警报再度传来，大明朝野惊悚万分——蛮军要杀到北京城了，而且是四十多年战无不胜的努尔哈赤！

任职辽东的袁崇焕临危受命，出关守卫"废城"松山。而这时的山海关辽东主帅已经不是熊廷弼和孙承宗了，已经换成了高第。这个阉党委派的庸人别说打仗了，以前都没到过边关。高第见八旗兵来势汹汹，既不敢出关御敌，又不敢去解救被群狼围困的松山。

袁崇焕为了能够死守松山，置之死地而后生，把老母和妻女接进这个孤城。他向守城兵将跪拜，表示自己以死相守，不怕城破灭门。在袁崇焕的鼓励下，他的士兵以一当十，修葺坚城利炮，英勇打败了八旗铁骑，并让英雄一世的努尔哈赤送了老命。

这是几十年来大明军队打的第一次胜仗，史称"宁远大捷"。

没过多久，天启皇帝驾崩，崇祯皇帝粉墨登基。这是个自认为天纵英明，幻想"中兴"的皇帝，重用了袁崇焕。

一年后，皇太极接替努尔哈赤，领兵再次攻打宁锦。袁崇焕第二次力挫了皇太极，两代枭雄都输在一个广东书生的手下。这次大胜，史称"宁锦大捷"。

又过一年，不敢正视袁崇焕的清廷八旗，不怕麻烦地多跑数百里，绕过山海关，直击北京城。收到警报以后，袁崇焕率领九千关宁铁骑星夜驰救京畿，在德胜门外打退皇太极的虎狼之师。

袁崇焕三次以一当十，以命相拼，一再获胜，这对朱明王朝来说既空前又绝后。

然而，清廷的军队突然进攻北京惹得朝野震动，人心惶惶。崇祯帝更是急得心慌意乱，不知该怎么办才好。后来听说袁崇焕带兵赶到，心才略定一些。他亲自召见袁崇焕，慰劳了一番，说了一些让袁崇焕奋勇杀敌的安慰话。但是魏忠贤的余党却散布谣言，说这次后金兵绕道进京，完全是袁崇焕引进来的，说不定里面还有什么阴谋。

崇祯这个小皇帝是个猜疑心极重的人，听了这些谣言，也不禁怀疑起来。正在这个时候，有一个被后金兵俘虏去的太监从金营逃了回来，向崇祯帝密告，说袁崇焕和皇太极已经订下密约，要出卖北京。这个消息简直像晴天霹雳，把崇祯帝惊呆了。

原来，明朝有两个太监被后金军俘虏去以后，被关在金营里。有天晚上，一个姓杨的太监半夜醒来，听见两个看守他们的金兵在外面轻声地谈话。

一个金兵说："今天咱们临阵退兵，完全是皇上（指皇太极）的意思，你可知道？"

另一个说："你是怎么知道的？"

一个又说："刚才我就看到皇上一个人骑着马朝着明营走，明营里也有两个人骑马过来，跟皇上谈了好半天话才回去。听说那两人就是袁将军派来的，他已经跟皇上有密约，眼看大事就要成功啦……"

姓杨的太监偷听了这番对话，趁看守他的金兵不注意，偷偷地逃了出来，赶快跑回皇宫，向崇祯帝报告。

崇祯帝听了也信以为真。他哪里知道，这个情报完全是假的。两个金兵的谈话是皇太极预先安排的。

崇祯帝命令袁崇焕马上进宫。袁崇焕接到命令，也不知道发生了什么事，匆忙进了宫。崇祯帝拉长了脸，责问说："袁崇焕，你为什么要擅自杀死大将？为什么金兵到了北京，你的援兵还迟迟不来？"

袁崇焕不禁怔了一下，这些话都是从哪儿说起？他正想答辩，崇祯帝已经让锦衣卫把袁崇焕捆绑起来，押进大牢。

有个大臣知道袁崇焕平日忠心为国，觉得事情蹊跷，劝崇祯帝说："请陛下慎重考虑啊！"

崇祯帝说："什么慎重不慎重？慎重只会误事。"

崇祯帝不听大臣劝阻，一些魏忠贤余党又趁机诬陷。

在中国几千年的谋略兵法中，"空城计最无奈，反间计则最可耻，也最弱智"，但恰恰反间计却屡屡得逞。在反间计得逞后的一年多里，崇祯皇帝命厂卫严审袁崇焕，但是前后查了一年多，在明朝刑罚手段空前发达的条件下，虽百般重刑，各种刑罚手段用尽，袁崇焕却矢口不认其罪，东厂的一帮狗子们拿他也没有办法，上报皇帝定夺，到了崇祯这里，直接判处"凌迟处死"。

这个十九岁的少年皇帝令人匪夷所思地下令把袁崇焕凌迟处死。据说袁崇焕被整整剐了三千五百四十三刀，在万人空巷之下，大约有近万人抢到了崇焕之肉而生食之，并以此炫耀为能事。

袁崇焕死了，崇祯小皇帝痛快了，然而大明王朝却悲剧了。

一个王朝由于一些人的死，往往注定了一个家族帝国的没落与消亡。崇祯帝杀袁崇焕是一例，赵宋王朝杀岳飞也是一例。

一切都那么令人难以置信。

十几年后，崇祯帝在煤山上吊而死，陪伴他的只有一个名叫王承恩的太监。此时的崇祯帝也许会为自己年轻时的自毁长城，杀掉袁崇焕而后悔吧。

二、家道中兴，不辱门风

1. 商丘侯氏：本为戍籍，忠孝传家

侯家是大明的大姓、大族，所以在大明有"侯半朝"之说，历史上吴三桂、耿精忠、左良玉、袁崇焕等均是侯恂手下副将、偏将。而侯恂也是东林党的一员，他的一生起起伏伏，曾经被李自成从狱中救出，也是大明三品官员中唯一被李自成看中的人物。

侯氏家族的势力相当大，包括了大同边兵、蓟镇和辽东，侯家军到处都有势力，因为人数众多，将领也多，便形成了明末一股规模很大的侯家军。

商丘侯氏祖先本为"戍籍"，所谓"戍籍"，就是指户籍为戍守的士卒。但有一点让人想不通的是，这一并不十分光彩的身份，甚至是让人觉得可耻的身份，侯家后人却不以为然，甚至在自己作品中，往往毫不避讳地说自己是"戍籍"。就连大文豪侯方域在文集中，也多次提到"吾

家出戍籍……往吾父司徒公佐司马，力能去其戍籍而不肯曰留以警吾子孙也"，不仅一点都不避讳，反而在自己发达以后仍然清醒地保持着贱民的自称，这大概就是为了警醒自己不要忘本吧。

商丘侯氏起源于明代初年，一个叫侯成的开封人被调往商丘成为"戍籍"，后来他就成为商丘侯氏始祖。令他没想到的是，他的子孙在商丘地面上传承了六代，大都是些碌碌无为之人，没有什么大的故事可以说，也就没有多少事迹传承下来。而侯氏一门迎来自己的辉煌中兴则是来源于侯进生。侯进生有两个儿子，分别是侯瓒和侯矶，而侯矶很早就去世了，留下一子即侯执蒲，也就是侯方域的祖父。侯瓒于是收养了侄子侯执蒲，让侯执蒲与自己的儿子侯执躬一起读书上学。

在侯瓒的言传身教以及兄弟二人的努力之下，侯执躬、侯执蒲都取得了非常大的成就。他们不但学识渊博，而且颇有才干，于万历十六年，兄弟俩同时中了举人。第二年，侯执躬又考中进士，十年后侯执蒲也登进士第，先后步入仕途，从此改变了商丘侯氏的命运。

因出身贫寒，再加上自己身份低微，侯执躬兄弟勤奋谨慎，努力进取，逐步升迁，后来都位列九卿。

侯执躬曾任湖广参政、四川布政使，后为光禄寺卿。侯执蒲曾任山西御史、监察御史，后任太常寺卿。为官一任，造福一方，侯执蒲兄弟两人都严于律己，以清廉著称。

明代晚期的政坛可以说就一个字"乱"，东林党、阉党两党之争波及朝野，就在魏忠贤为首的阉党权势炙手可热之时，侯执蒲就曾不畏权贵勇于直谏，坚定站在东林党阵营一旁。这个政治选择，对侯氏家族影响深远，侯方域与李香君后来卷入南明政治漩涡，也就是从这时开始的。

天启年间，阉党气焰嚣张，魏忠贤竟想代天启帝行祭天大典。那时祭天是天大的事，侯执蒲时任太常寺卿，掌管国家祭典之事，他事先得知魏忠贤的意图，觉得在自己任上绝对不能发生这样的事情。于是他趁魏忠贤还没有去之前，就先上了一道奏折，来一出指着和尚骂贼驴的戏。这可把魏忠贤给气得不轻，看后气得直跺脚，将侯执蒲贬职返乡。这就是侯氏子孙直言抗争阉党的开始。

侯执蒲这样做不仅自己丢了官，还让魏忠贤迁怒于他的儿子。那个时候，他的儿子侯恂、侯恪都已入朝做官。与侯进生一样，侯执蒲也是一位非常成功的父亲。他常对自己的儿子们说："不要忘了我们自己以前卑贱的身份，我们要以此为戒，好好做人，廉洁做官。"

在侯执蒲鼓励下，侯恂、侯恪考取了同榜进士。侯恪被任命为翰林院编修，负责为明神宗修实录。侯恂则做了御史。父子三人同在朝中做官，这在当时很少见。两兄弟与父亲政见相同，也都是响当当的硬汉，在朝上看不惯阉党的所作所为，在很多事情上都与阉党针锋相对。

侯执蒲被罢官后，有人劝他向魏忠贤认罪，依附于魏忠贤，他却宁愿丢官而不丧失气节，毅然辞官回乡。他们父子都是与阉党作对的东林党人，侯恂几次不失时机地弹劾阉党，为被迫害的东林党人鸣冤，虽然受到阉党残酷迫害以致下狱，却仍然矢志不渝。后来李自成农民起义军攻进北京，推翻了明朝，将其从狱中救出，请他任义军的兵部尚书，他婉言谢绝。侯恪也曾因弹劾阉党被罢官，阉党想拉拢他做党羽，对他说只要重新表态站队，就让他官复原职，他愤怒地拒绝了。"人生贵识大义，恪岂恋一官，负天下才哉！"最终也没有屈服。侯氏父子忠君爱国为天下人敬仰，一时"商丘侯氏"的忠义之举成了全国上下的热门话题，影响深广。

孝道也是侯氏家族文化的一个重要组成部分。侯执蒲说，侯禹为让父母长寿，平时千方百计讨父母欢心，一点也不违背父亲的教训，"晨昏求之，未尝不在侧"，父亲有什么需要总是不辞辛劳，想方设法满足。他常教育子弟百善孝为先："孝，善事父母者。"后人以他为榜样，将"孝顺父母，尊重长辈，不惹父母生气"写入《侯氏家训》，代代相传。侯恂做了兵部侍郎后想改变家族的戍籍，这对当时的他来说本是件极容易的事，他却不敢自行做主，向父亲侯执蒲请示。父亲不同意，说："若人以为苦，如国家何？若吾以为辱，如祖宗何？"侯恂以为不遵父命便是不孝，只好作罢。

虽然侯家不忘自己戍籍的身份，平时都"以勤以俭"，但在灾荒年月却慷慨解囊，极力救助灾民。饥荒年间，广施钱财，救活了上千人。捐钱为乡里修建桥梁，遇到鳏寡孤独、残疾和无依无靠的人，侯家也会分钱分粮，乡亲们无不赞扬侯家的义举。

优秀的家风可以产生巨大的力量，令人奋发，以致后来侯方域被称为"为天下持大义者"的四公子之一，"壮悔"后成为举世闻名的文学家，其《壮悔堂文集》和《四忆堂诗集》一问世，竟然出现了商丘纸贵的局面，足见侯氏家族文化的辉光。

2. 父亲侯恂：慧眼识将，破格提拔

阉党覆灭，侯恂与侯恪复出之后，两兄弟仕途顺利。此后，侯恪一直担任科举考官，门生故吏遍布天下。侯恂后来担任兵部右侍郎，成为领兵一方的统帅。

说实话，侯恂的军事指挥才能并不怎么样，但是他却有一双火眼金睛，不少被他提拔的青年将领日后都成了领兵一方的镇关大将，这其中就有袁崇焕和左良玉。

袁崇焕在明末光芒万丈，成为大明朝最后的长城，但被崇祯帝冤杀。侯恂赏识的另一个将军就是在明末手握重兵、桀骜不驯的左良玉，左良玉对侯家、对侯方域影响极大。

左良玉曾在辽东当了一个中级军事官，那时候的大明朝外有后金扣关，内有农民起义，再加上灾荒遍布全国，军饷无以为继。

身为边关将领的左良玉，没有多余的银子给士兵发饷，就干一些没有本钱的买卖。有一次竟然抢了兄弟部队的饷银，这下可闯祸了。

左良玉以前来个"劫富济贫"，他的上司都睁一只眼闭一只眼，现在竟然把自己人都给抢了，按照当时的法律是要杀头的。不过左良玉平时对自己的部下都挺不错的，他的那帮弟兄也很讲义气，就把全部责任承担下来了。

左良玉虽然保住了性命却把自己的官给丢了。官位没了，那也得活呀，左良玉就到侯恂的军帐里当了一个小小的侍卫兵。

那时候辽东整天打仗，有一天清廷骑兵又来闹腾，辽东总兵手下无将就想起了左良玉，侯恂当机立断，经过简单地调查，决定破格提拔。

侯恂当即命令总兵前去找左良玉，随后自己又亲自前往。左良玉听说总兵亲自来了，还以为自己抢饷银事发，无奈之下就急得钻到了床下。

辽东总兵把他拉出来，说明来意，此时的他还不是以后手握重兵、意气风发的左良玉，只见他胆战心惊地跪在总兵面前，七魂六魄已经跑了六魂五魄了。随后侯恂赶到，再次讲明是让他出任大将军，领兵作战，左良玉才知道自己不是做梦。

左良玉出征的时候，侯恂亲自为他送行，嘱咐他好好干，国家以他为荣。如果哪一天建功立业了，他以前犯的过错就既往不咎了，还告诉将士们要听左良玉的话，好好拼命，现在左良玉的命令就是我的命令，如果有谁不听话，就砍谁的头。

左良玉听了，非常感动，在率兵出征的时候他对着辕门叩首，发誓以后如果不能建功立业，就自杀谢罪。这次打破常规的用人，取得了极好的效果，左良玉此行战功卓著，被提拔为总兵，从此成为事关明朝安危的大将。

有了这层关系，才有后来侯方域写信劝阻左良玉攻掠南京——"清君侧"，侯方域却因此被阮大铖陷害，被迫逃到史可法军中。

3. 士林巨子：生而颖异，扬名海内

在大明朝走向没落的时候，也有奇葩存在。侯氏一门最为人所称道者，就是侯方域了，顶着"明末四公子""清初三大家"的光环，《桃花扇》的流传让这位贵族公子多了些神秘色彩，他与李香君的爱情故事更是百年传唱，至今不衰。

侯方域生活在一个官宦之家，现在商丘人提到他，直接称"侯才子"而不是说名字侯方域。侯家原为开封人，但后来在归德古城（商丘）这块土地上生活了六代，家族中有二人考中进士，历史上兄弟同榜高中进士的并不多见，侯家重教育培养后人的传统可见一斑。侯方域自幼颖异过人，也得益于侯家的教导有方。有关他的一则故事广泛流传：侯方域少年时曾随家人去江南买了整整一船书，坐船北归时，他每天坐在船头看书，看完一本扔一本，回程过半，书已所剩无几，艄公越看越纳闷，忍不住问他回去如何交代。侯方域拍了拍肚子说，书全在这里边呢。回去后一本本写出，竟一字不差。这个故事杜撰成分很大，但是侯方域的颖异，不仅表现在博闻强记，更在于他的见识超群、才华横溢。

这个故事也间接说明了侯方域嗜书如命，幼时的侯方域读书如醉如痴，常常夜以继日、废寝忘食，他的父母怕他累坏了就特别限制夜间读书的时间。为了能够读书，侯方域想尽了一切办法，和父母玩起了躲猫猫的游戏。

　　有一次，他在自己家的锅灶里留下火种，等父母都睡了，他再出来点灯看书。为了不让父母发现，就把屋子里能透光的地方全部用布遮挡起来。书读得越多，侯方域懂得就越多，他就越发显得聪明，当地人都称颂他为"小神童"。学校的老师都夸奖侯方域是个了不起的孩子，他以后的成就不可小觑呀。

　　侯方域书读得比较多，懂得也比同年龄的同学多。有一次，老师让侯方域给大家讲授《尚书》，他却因为前一天读书读得太晚过于劳累，第二天睡过了头。醒了以后便匆匆忙忙地带着课本跑到了课堂，到了课堂他才发现自己拿的不是《尚书》。情急之下的侯方域只好边背诵、边讲解，就这样一连背了好多篇，却没有背错一个字。事后大家知道了这件事，都为他的记忆力叫绝。

　　由于侯方域的良好家教和他自己的聪颖好学，侯方域八岁时就能背诵《诗经》，读懂艰涩难懂的《尚书》。1627年，地方官万元吉倡导当地的文人名士成立雪苑社，一时人才济济。侯方域也列身雪苑社，虽年仅十岁，但他所作文章已令很多人折服，名士们"无不人人引为小友，文名不胫而走"。十二岁侯方域就成为翰林院的学生。十五岁时，他回家乡考秀才，府、县皆为第一。当时名士蒋鸣玉在侯家做塾师，看到侯方域的诗文，"大惊，以为天才艳发，有不可一世之慨"。于是把侯方域的诗文推荐给了所有朋友。很快，他的文采卓识倾倒了一大批文人名士。十七岁时，侯方域代父草拟《屯田奏议》，详细分析了明代官屯、军屯、兵屯、民屯、商屯、腹屯、边屯的历史、现状和对策，提出考课、信任措施。虽然此时大明天下已现败象，这种情况下屯垦根本无法实施，但一个十七岁的少年写出这样的经世治国之策，确实是一件了不起的事。

他父亲的好友听说他是一个神童，就特地从外地赶过来看看这位小神童，这当然免不了当场考考侯方域。他让侯方域背诵五经中有关章句并解释其中的含义。侯方域口若悬河，令他大吃一惊，就对侯恂开玩笑说，商丘并不是什么繁华的地方，却出了这样一位神奇的人才，有朝一日必将成为国家的股肱之臣。

三、才堪经纬，生不逢时

　　年少的侯方域跟随祖父、父亲到京城里读书，在那里他认识了许多热血青年，并立下誓言，一心报国，别无他求。在那个时候，阉党的专横跋扈以及崇祯帝的励精图治都对当时的诸多人事产生了深远影响，而兴起的奢靡之风、谈兵之风等也都对于处在成长期间的侯方域影响很大。

　　侯方域前期努力读书被称为"神童"，且随父亲经历了大风大浪，后来前往南京参加乡试，虽然因为文辞犀利而落榜，但他参加复社交游、抵阮大铖、结识李香君等，让侯方域的名字传遍全国。

　　科举考试后又在家乡主持雪苑社，他的名气越来越大。李自成的农民军攻破商丘后经历家破人亡，随后举家搬到南京。后来不甘心学识被淹没，跟随父亲来到军中，然而计策不被采纳，又回到了南京，流连于秦淮河畔。

1. 交游名士，激浊扬清

侯方域才华横溢、风流倜傥，有很强的政治组织能力，他虚己择友，广结兰交。侯方域结交之人对他后来的政治选择、文学创作和生活等方面有着很大影响。在和侯方域结交的人物之中就有夏允彝和夏完淳父子、陈子龙、吴应箕，还有复社的另外三位公子。

侯方域少年读书时，因为他的父亲在北京做官，就随父亲游于京师、商丘两地。侯恂当时名气甚高，是东林党领袖，所以侯方域和他的父亲有"两世东林魁"的赞誉。又因为侯恂和叔叔侯恪的关系，天下名士大都愿意与他交往，这就为侯方域在跌宕起伏的明末斗争中几次脱险提供了人脉基础。

说到侯方域结交的人物中，我们首先得提夏允彝、夏完淳父子。夏完淳，字存古，乳名端哥，别号小隐。虽只享年十七岁，却参加了如火如荼的抗清斗争，表现出不屈不挠的民族气节，留下了震古烁今的爱国诗篇。

1645 年夏天，扬州陷落，史可法壮烈殉国，不久弘光政府便瓦解，清廷兵不血刃地占领南京、苏州、杭州等重要城市。

江南人民，从农民、工匠、书生，到商人、地主、绅士，纷纷自发地举起义旗，拿起武器，保卫乡土，反对残暴的民族掠夺和压迫。夏允彝、夏完淳、陈子龙、阎应元等人，是这场斗争的主要领导人。

不平常的时代，造就出不平常的人物。国家民族的危难，促使早熟的夏完淳提前进入社会，投入波澜壮阔的反民族压迫的斗争洪流中。

打仗不是仅靠几位文人就可以的，必须有自己的军队才行。夏允彝有个学生吴志葵，手下还有一些兵力。他们就说服他一起抗清，吴志葵答应了，派出一支人马担任先锋队攻打苏州。一开始打得挺顺利，先锋队攻进了苏州城，但是吴志葵临阵犹豫不决，没有及时派兵增援，结果进城的义军被围全部殉难，吴志葵的主力在城外也被清军击败。

后来，清军围攻松江，夏允彝父子和陈子龙冲出清兵包围，到乡下隐蔽起来。清兵到处搜捕，还想引诱夏允彝出来自首。夏允彝不愿落在清兵手里，就投河自杀了。他留下遗嘱，要他的儿子夏完淳继承他的抗清遗志，同清廷抗争到底。父亲的死让夏完淳悲痛不已，也更激起了他对清廷的仇恨，他和陈子龙继续组织义军抗清。在后来的抗清斗争中，陈子龙也不幸遇难，夏完淳由于叛徒告密也被捕了。

清军派重兵把他押到南京，在监狱里被关押了80多天。这期间，他给亲友写了许多可歌可泣的诗篇和书信。死亡的威胁并没有使他恐惧，让他感到伤心的是没有实现保卫民族、恢复中原的壮志。主持审讯的是洪承畴。洪承畴知道夏完淳是江南出名的"神童"，想用软化的手段使夏完淳屈服。

南京旧朝堂上，洪承畴高坐，装出一副温和的神气说："我看你小小年纪，未必会起兵造反，肯定是受人指使，只要你肯说出幕后指使人，我就可以放了你。只要你肯归顺我大清，我就给你大官做。"

夏完淳不为所动，反问洪承畴："你是什么人？"

旁边站着的衙役大声叱喝："这就是洪大人！"

又有看监狱的人在夏完淳旁低声告诉他："这就是洪亨九（洪承畴）先生。"

夏完淳仍旧假装不知道上面坐的是谁，厉声说："我听说我大明朝有个洪亨九（洪承畴的字）先生，是个豪杰人物，当年他在松山、杏山与北虏（清廷）血战，直至战死，成为我等后辈仰慕的楷模。我仰慕洪亨九先生的忠烈，我年纪虽小，但是杀身报国，怎能落在他的后面！"

这几句话把洪承畴说得啼笑皆非，满头是汗。夏完淳字字戳到他的灵魂痛处，使这个变节之人如万箭穿心一样难受。食君之禄忠君之事，食禄数年的大明重臣洪承畴，反而不如江南一个身世卑微的十七岁少年。

旁边的士兵还以为夏完淳真的不认识洪承畴，提醒他说："别胡说，上面坐的就是洪大人。"

夏完淳没有接兵士的话，"呸"了一声，又说道："我们大明朝也有一个牺牲的先烈叫洪承畴，您不会与那位大人同名吧？我大明朝的洪先生为国牺牲，天下人谁不知道。崇祯帝曾经亲自祭拜他，满朝官员都为他痛哭哀悼，举国上下吃素三天。你们这些叛徒，怎敢冒充先烈，污辱洪先生呢？真是是可忍孰不可忍"！

说完，他指着洪承畴骂个不停。洪承畴被骂得脸色像死灰一样，不敢再审问下去，一拍惊堂木，喝令兵士把夏完淳拉回监狱。

在被拉出去的时候，夏完淳大声唱出他的《别云间》：

> 三年羁旅客，今日又南冠。
> 无限山河泪，谁言天地宽！
> 已知泉路近，欲别故乡难。
> 毅魄归来日，灵旗空际看。

1647 年 9 月，夏完淳等三十多名抗清义士在南京西市慷慨就义。手提鬼头大刀、凶神恶煞般的刽子手，面对自己面前昂然站立的这位少年，他害怕了，他那砍掉无数人头颅的双手，也不由自主地发颤发抖，最终只能闭眼咬牙才敢砍下了那一刀……

夏完淳牺牲了，他留给侯方域的震撼与莫名的崇拜不是能用言语来形容的。

216

在和侯方域交友的人中还有另一位抗清英雄——陈子龙，也是一位文学家，字卧子，号大樽，南直隶松江华亭人。崇祯十年（1637）进士，曾任绍兴推官，后来凭借功劳升任兵科给事中，可惜任命刚刚下达大明朝就灭亡了。

清兵攻陷南京以后，他以文弱之躯和太湖民众武装组织联络。他不仅变卖了所有家产，献给义军作军饷，还充当起义军参谋，制定作战计划并和义军一起开展轰轰烈烈的抗清活动。失败后，明王朝余众涣散，没能统一起来，结果被清王朝一一击败。

陈子龙见山河破碎，生灵涂炭，而自己作为一个读书人却无力回天，非常气愤又不愿意落入清朝的魔掌，最后投水殉国，以死明志。作为陈子龙好友的侯方域听后伤心欲绝，写下了哀辞《兵科给事中青浦陈子龙》，内容尽显惋惜哀伤之情。

> 黄门晚节更抽簪，寄兴鲈莼秋水潭。
>
> 海峤自从传斧钺，王师无乃重椒楠。
>
> 九峰炼药曾遗灶，三泖渔翁一卧岚。
>
> 庾信老年最愁绝，徒将诗赋望江南。

2. 疾恶如仇，意外落榜

1639 年，二十二岁的侯方域到南京应乡试。此时，很多豪门公子及复社名士也聚集在南京。在南京，侯方域再一次见到了以前的好朋友方以智，又认识了很多名人志士，如陈贞慧、冒辟疆、吴应箕、张自烈、黄宗羲、沈士柱、梅朗中等人。侯方域还特地拜访了夏允彝、夏完淳父子以及其他官员。他所结交的名士大都是东林党人和复社文人，在这些好友的影响下，侯方域也加入了明末最大的文人社团复社。侯方域在南京加入复社并结交了大批有志之士，使他声名鹊起，但是作为一个有理想、有抱负的年轻人，交游不可能是他的终极目的，他最终的目的就是以交游为手段提高自己在政治、社会上的话语权，提高自己在政治生活中说话的分量。

侯方域和他的这些文人朋友仿效复社，成立了国门广业社，这个小团体虽然没有复社、文社那么有名、正规，但是有了这些名人士子的参与，在相当一段时间里成了这些前来南京应考的士子一个相互交流、相互认识的平台。侯方域和这些士子在这些团体里提高了自身的知名度，同时也在社会上有了一定的影响力。

不管是交游还是结社，都不是侯方域这次来南京的主要目的，他的主要之目的还是参加南京乡试，祖父两代四进士的辉煌还等着他去延续呢。

在明清的政治体系中，不管你的名声有多高，有多么地远见卓识，作为文人，如果你不能在科举考试上留下浓重的一笔，话语是缺乏权威的，真材实料还得到科举这个大熔炉里去磨炼。

对于这次考试侯方域还是有信心的，自己生平所学就是为了有朝一日能够鲤鱼跳龙门登进士第，继续延续侯家的荣耀。

以文章闻名天下的侯方域参加科举考试，正可以施展自己的才华，写出锦绣文章正是他最擅长的事。天时、地利、人和，这三个条件侯方域都具备了，高中肯定是没有问题了。

虽然侯方域有着其他年轻人一样的草率与鲁莽，但这些都是可以避免的，如果不出意外中个举人还是没有问题的，然而意外却在他的身上发生了。等到发榜的那一天，满心欢喜的侯方域发现自己落榜了，连个副榜也没上去。

考试过后，侯方域才从好友那里得知自己落榜的原因。放榜前的那晚，副主考又拿着侯方域的卷子来找主考官："如果录了这个生员，我们恐怕都要惹上麻烦！"

听了这话，负责批阅侯方域卷子的主考很不高兴："如果真有什么事，本官愿一肩承担。"随后主考官一言不发，反复审阅侯方域的卷子，良久才开口说话："有什么事的话，我们不过是降级、罚薪而已。不要录这个生员吧，这是为了保全他。"

主考官的意思是说，如果上榜，试卷就要刻印出来，广泛流传，那样的话，侯方域将获重罪。

主考官的话并非全是遁词，而是确有道理，这份卷子批逆龙鳞，对崇祯有深刻的批评。

侯方域的文章针对时局大肆褒贬，虽有可取之处却犯了科举考试最大的忌讳。明清的科举考试俗称八股取士，这种文章不仅规定了考试范围，还严格限制考生自由发挥，并且还规定考试的格式和步骤，如果不按照规定写，即使写得再好，阅卷人员也只能遗憾地舍弃。

当时复审侯方域卷子的那位副主考，也是下了很大的决心，才把侯方域的功名给取消了，那么侯方域到底写了什么呢？

据记载，当时侯方域一共写了五篇论文，第一篇的题目是：天子之德。侯方域大谈当今皇帝刚愎自用、优柔寡断，自以为是从古至今的第一位开明皇帝，殊不知饿殍遍地、朝局混乱、政局不稳，任用佞臣。天下形势，外有少数民族骚乱，内有流民造反，崇祯帝还感觉良好。崇祯帝不思阉党当政能祸乱一方的教训，宠信宦官。

考前许多好友劝他写文章要低调、含蓄，言辞不能太犀利了。在考场的时候，侯方域觉得还不解气，接下来又写了几篇惊世骇俗的文章。

侯方域在另外两篇文章里大谈科举取士，说现在的八股文不利于士子的思想解放，应该让士子自由发挥，这样才能选拔出有用之才。现在看来侯方域的思想是非常前卫的，都提到蔡元培在北大主张"思想自由""兼容并包"的思想了。

不过，侯方域也不想想200年前崇祯帝的老祖宗朱元璋定的这个制度就是为了束缚文人的思想，为的就是防止文人造反。侯方域却给当今皇帝提意见改变这一切，别说崇祯帝不愿意，就是愿意，祖宗家法不能改的训诫，犹如一把利剑悬在崇祯帝的头上，他也不敢呀。

侯方域在接下来的文章里说，当今许多制度不行，必须根除宦官当政才能根除宫廷纷乱，即使不能根除也要严防宦官势力变大。文章里还说皇上应该效仿唐太宗李世民虚怀纳谏，不拘一格选拔人才，不能过于注重科举考试，等等。

在侯方域的五篇文章里有两篇谈论科举取士，两篇讨论天子的德行，还有一篇是讨论边境忧患的。虽然这五篇写得比较符合实际，那位副主考也比较欣赏侯方域的才学以及对时局的洞察，然而为了自己头上的乌纱帽，也为了帮侯方域保命，他最终还是没有让侯方域中举。

就这样，侯方域落榜了，和他一起落榜的还有陈贞慧、方以智和冒辟疆，那一夜注定是他们四个的不眠之夜。虽然他们四人都极有才华，不可能为一次落榜就心灰意冷，但他们都是心高气傲之人，这次落榜也成了他们心中永远的痛。

四、海誓山盟，生离死别

1.绣球一抛中名士，佳人才子初定情

明朝末年可以说是中国历史上比较黑暗的一段历史，面对清朝的铁骑和高官厚禄的诱惑，有些人为了民族大义，誓死不屈，也有些人经不住威逼利诱，苟且偷生。

然而令人欣慰的是，在这个特殊年代，却有这样一群女人，她们不甘心就这样堕落，立志抗清。她们和历史上一些漂亮的女子也不一样。她们既不是花木兰，也不是穆桂英，而是一群出身于社会最底层，为了生计被迫流落红尘的女子，这些女子坚贞自守，誓死不做亡国奴的骨气，给了那些懦弱的男人一记响亮的耳光。她们就是生活在南京城里的"秦淮八艳"。秦淮河边的八个女子，八个载入史册的奇女子，她们用自己的方式经历着一个王朝的没落。

李香君女士就是"秦淮八艳"之一，而且是最突出、最著名、最有

骨气的一个奇女子。她不仅有着沉鱼落雁、闭月羞花的容貌，而且琴棋书画样样精通。

她是一位集才情美貌于一身的美女子。就这样一个乱世红颜，一个敢爱敢恨的女子，在大明朝即将落幕前，她没有像前代歌姬那样隔江犹唱《后庭花》，生活在醉生梦死的日子里，她以鲜血为曲，以生命为歌，谱写了一曲千古绝唱——《桃花扇》，为了爱情，她血溅桃花扇，用命殉情，用生命放歌。

历史上的女子历来不被人们重视，翻开二十四史几乎没有这些女子的身影，很多艺妓不知道自己出生在什么地方，自己的爹娘是谁更是无从得知。她们不论在野史里，还是坊间相传里，一出场就在青楼里。

李香君也不例外，她生活在秦淮河边一个叫媚香楼的青楼里。说起媚香楼那可不是一般的小楼，它是秦淮河边最有名气的青楼。李香君也不是一般的妓女，她是秦淮河最有名气的艺妓，也是身价最高的艺妓，只卖艺不卖身。而且她只在一个重要的日子公开亮相，那就是媚香楼一年一度的绣球大会。绣球大会在桃红柳绿的时节举行，来自四面八方的人们，把媚香楼对面那条并不怎么宽阔的街道围挤得水泄不通，凡是能看见媚香楼的地方都是人山人海。媚香楼旁边的街坊、酒肆、货铺的楼道上也挤满了热情高涨的看客。无论尊卑贵贱，大家你推我搡，企图挤占到最好的位置，以便能近距离地一睹绣球小姐的倾城之貌。

这位绣球小姐当然就是李香君。

1639 年，已有妻室并生育女儿的侯方域来南京参加乡试，为了能够和东南名士更好地交往，他入乡随俗来到南京贡院对面"繁荣娼盛"的秦淮河畔。

那天，秦淮河畔非常热闹，人们从四面八方赶过来，拥挤在一座精致的小楼周围，只要是能看见那座小楼的地方，都挤满了人，就连附近的饭铺、街坊的楼道里，摩肩接踵，同样挤满了人。他们都在翘首企盼着那激动人心的时刻，就是为了一睹李香君的芳容，如果足够幸运的话还能接到绣球，得到李小姐的亲自接待。

侯方域早就听说过李香君，只是无缘结识，陈贞慧几次给他牵线认识，侯方域都借故推辞了，自古英雄难过美人关，何况侯方域还不是一个英雄呢。这样一个奇女子，在那样的环境里却能洁身自好，这是什么样的一个女子呢？自己能看一下她的容颜也算是今生有幸了，这是侯方域没有见到李香君时心中真实的想法。然而令他没想到的是，自己刚来到秦淮河边就碰上了李香君一年一度的抛绣球盛会。

今年的绣球大会，比以往任何一次都热闹。精彩的舞狮大会暂时平息了无数颗躁动的心。但远处的人们由于看不到舞狮大会的情景，只能眼巴巴耐着性子，期待着那关键一刻的到来。

李香君环视了一下楼下翘首以盼的男子，没有一个是她看上眼的。然而这些躁动的男子却一个个摩拳擦掌，早已做好了争抢绣球的准备，如果谁要是有幸接住李香君的绣球，就有机会和她单独相处一晚。

李香君闭上眼睛，就把绣球抛了下去，希望自己心中的那位白马王子能够接到自己抛下去的绣球。

等到李香君睁开了眼睛，她发现一位身穿白纱长衫的翩翩公子接住了绣球。见到那位公子的一刻，李香君心里轻轻一动，这就是她梦中多次出现的白马王子吗？

两个人就那样站立着，一个人在楼上，一个人在楼下，相隔几百米，四目相对，却无言语，就在那一瞬间他们之间的爱情诞生了，一股暖流涌上了李香君的心头。面对眼前的帅哥，李香君痴了，同样痴的还有那位白衣男子，而这位帅哥就是侯方域。

本来侯方域是抱着看热闹的心来的，没想到一颗绣球竟然砸中了自己，自己竟然成了李香君的意中人。李香君虽然流落红尘，但精通琴棋书画、诸子百家，而且身体与名声都很清白。尘世中所看重的金钱、地位、容貌等庸常的择偶标准在她眼里都不是重要的，她看重的是男女间心灵的契合。侯方域与她在容貌性情上极为相配，李香君一眼就看中了侯方域。

在那一刻，整个欢呼声都是在为他们两个祝福。

有时候我们不得不相信缘分，不得不相信一见钟情。侯方域本来是看热闹的，可没想到绣球砸到了他的手中。他也正纳闷呢，怎么绣球就偏偏落在自己手上呢？自己站的地理位置也不太好呀，可是他已经没有太多的时间来想这些事情了。他被一群美女簇拥着上了媚香楼，接着那些美女们就把他领进了李香君的闺房。

李香君的闺房让人感觉一点也不像是一位艺妓的房间，里面的家具放得整整齐齐，颇有一种大家闺秀的格调。

正在这时，侯方域被房间里的一幅画给吸引住了，也许有人问：侯方域为什么不看人而看画？难道是侯方域对李香君不感兴趣吗？肯定不是这个原因，见到美女谁能熟视无睹呢？这或许是侯大才子为了避免初次见面的尴尬，故意做的掩饰吧。

侯方域很喜欢这幅画，看了很久。而当他看画的时候，李香君却在背后看他。侯方域被画给迷住了，李香君却被侯方域的背影给迷住了。

这是一种说不出的感觉，只有置身其中才能真正体会到那种奇妙的感觉，只有热恋中的情侣才能够感受到。就好比情侣中一人问另一个人："你为什么爱我？""我不知道但我就是爱你。"此时，李香君就是这种感觉，她感觉不到眼前这位帅哥有什么好，就是隐隐觉得眼前这位大帅哥和别的好色之徒不一样。别的公子来了以后总是盯着她的脸蛋看，而侯方域却只盯着一幅画看。单凭这一点，换作任何一个人都会对侯方域产生好感。更让她心动的是，这幅画就是她闲得无聊时画的一幅画。侯方域欣赏这幅画，就等于欣赏她的素颜，李香君对侯方域的好感又提升了一个层次。

侯方域问这幅画是谁画的，李香君听到后，羞涩地说，是她自己平时随便画的。

听到这样的回答，侯方域大吃一惊，没有想到一个青楼女子竟然有如此高的艺术造诣。如果说刚开始见面的时候，侯方域只是为了一睹李香君容颜的话，那么现在，侯方域对眼前这个奇女子则是又爱又敬了。

于是两个人就从这幅画聊起，最后越聊越开心，彼此倾心。一个是怀春少女，一个是多情少年；一个是倾国倾城的绝色佳人，一个是风流倜傥的翩翩公子。两个来自不同阶层、门不当户不对的年轻人一见倾心。侯方域临走前作了一首诗题在自己扇子上，并送给李香君作为初次见面的礼物。

2. 慌不择路急筹钱，血溅桃花灼成扇

爱情是需要物质基础的，也是需要代价的，侯方域就向老鸨许诺改日定会来为李香君赎身，除去李香君的乐籍。

侯方域要想把李香君娶回家，必须得经过几套手续才能办成。一位青楼女子要想摆脱乐籍需要一个梳拢仪式。什么叫"梳拢"呢？如果哪位客人在青楼里看中了某一位女子，只要出资举办一个隆重的仪式，再给青楼老板一笔重金，这位女子就可以专门为这一位客人服务了，这个仪式算是对女人的一种尊重，这一整套手续称为"梳拢"。梳拢所需的

资金则根据各个艺妓的身价而定。如果是明星大腕、天后级别的，所需要的"梳拢"金就非常高；如果只是一些不出名的二三流明星，只需几两银子即可。

侯方域这下可作难了，因为他这次是来南京参加考试的，虽然来的时候也带了不少银子，但经过几个月的花销也剩得不多了。他想回商丘家里要钱，无奈路途遥远，他怕再出什么变故，美人被别人抢走就得不偿失了。就在这个时候，他的朋友杨龙友给了他一大笔钱。因为太想跟李香君在一起，想想初次见面，那种面红耳赤的感觉是侯方域从来没有过的。所以，侯方域也没有问这样一大笔钱是从哪里来的，对杨龙友千恩万谢后就接受了，只说日后一定加倍偿还。

几天后，已经抱得美人归的侯方域才想到，杨龙友的家里虽然不贫困，但是也不至于一下子富裕到如此地步，怎么能弄到这么一大笔钱呢？几经询问，杨龙友才告诉侯方域这钱是阮大铖给的。阮大铖为了掩饰自己的贼名，试图拉拢侯方域，结交复社，好让侯方域替他在复社公子面前美言几句，让那些公子放过自己。

侯方域了解真相后十分气愤，他决定立刻把钱还给阮大铖，但是一时间他又筹集不到那么多钱。就在他犯难的时候，贴心的李香君很快察觉了他的心事，了解事情的经过后，李香君变卖了几件平时舍不得戴的首饰，又从她的那帮姐妹那里借了些钱，总算是筹够了银子。

当时媚香楼的老板是李贞丽，很多复社公子都会来媚香楼做客谈论天下大事，久而久之李贞丽也受此影响，李贞丽还常常说自己是半个复社中人。李香君就是李贞丽的干女儿，在母亲的耳濡目染下，也极具侠女风范，属于那种豪爽的女子。李香君见情郎面临这么大的困难，就毫不犹豫地拿出所有积蓄。

侯方域让杨龙友把这些钱还给阮大铖。当阮大铖看到退回来的钱，气愤不已，觉得自己很没有面子，大骂："那小子太不知道天高地厚了，等有朝一日老子东山再起，再和你算总账，真是气煞我也！"这也为以后报复侯方域埋下了种子。

世事难料，不久后，天下大乱，李自成率军攻进北京城，走投无路的崇祯皇帝自杀，福王朱由崧在一帮明朝旧臣的拥护下，在南京建立了弘光王朝。

弘光帝不理朝政，不思进取，日夜狂欢，继续过着纸醉金迷、荒淫无耻的生活。小人得势的阮大铖成为兵部侍郎，不久又继任兵部尚书。再次大权在握的阮大铖开始清除当时反对过他的人，复社中的很多人都被他逮捕入狱。

李香君希望侯方域能够建功立业，报效国家。"好男儿志在四方，你不能在我这里消磨了你的豪情壮志，你应该成为英雄。"李香君含着泪说，虽然她有千般的不舍、万分的依恋，还是让他出门远征。侯方域看着面前那楚楚可怜的美人，下定决心投奔史可法为国效力。临走前，侯方域把自己的白绢扇留了下来让李香君作为一个念想。

侯方域走了，远走就意味着分离，此时，这一对小情侣在一起还没有多久，两人纵使有千般的不舍，为了前途还是要分开一段时间。前方道路到底是什么样子，侯方域也不知道。对于这次离别，他们多久才能够再次重逢，谁都不知道，也不敢想。作为一对热恋中的情人，他们对未来感到害怕，又憧憬着未来的生活，对于分离，两个人有着很多说不出的情感涌上心头。对于这次分离，李香君虽然心中有太多的不舍，她多么希望情郎能够留在自己的身边，但是她还是给了侯方域鼓励。

侯方域就这样来到史可法的军帐里，做一名军队文书为国效力。侯方域父亲侯恂对史可法有提携之恩，因此在军队里，侯方域得到了很好的照顾。

李香君在侯方域走后，每天幽居闺房，对着白绢扇思念情郎。每每想到深处，她都禁不住泪流满面。她每天都在痴痴地等待着自己的情郎回来。可是她不知道什么时候侯方域才能再次回到南京，再次和自己团圆。

在李香君看来，人生一世，草木一春，最难得的就是"缘分"二字，最难得的就是轰轰烈烈的爱情。与侯方域的这份缘，是上天赐给的，也是她十六岁时上天送给她最好的成人礼，纵使两人的感情不能长久，两人最后也许没有结果，但她也要用心来守候这份情，用自己的身心好好地保护它、爱护它，绝对不能让任何人来玷污自己。

苦苦等待中的李香君没有等来侯方域，却等来了她最不想见、最痛恨的人——阮大铖。

李香君虽然闭门谢客，但因为她的名气太大了，很多达官贵人都对她垂涎三尺。这时金都御史田仰来到了南京，他很早就听说过秦淮河名妓李香君的芳名，想趁机把她收为自己的侍妾。阮大铖本来也想把李香君占为己有的，可有贼心没贼胆，无奈自己家里有一位母老虎，阮大铖平时都怕得要命，怎么敢再领一个小妾回去招惹自己的老婆呢。还有阮大铖之所以能够日后东山再起，也全靠自己的老丈人。为了自己的前途，阮大铖只好忍了。这次，田御史来到南京，阮大铖恰好借这次机会打击报复侯方域和李香君，同时刻意讨好御史大人。只可惜这时侯方域不在南京，阮大铖就把自己所有的怒火倾泄在李香君身上。

田仰没啥爱好，就爱美女。这就把阮大铖给乐坏了。阮大铖谋划着把李香君送给田仰做妾，这样一方面可以讨好田仰，一方面也可以拆散了侯方域与李香君，发泄自己心中积聚已久的怨恨，对他来说这真是一箭双雕的好计策呀。

阮大铖说干就干，在请示了田仰以后，第二天，敲锣打鼓并携带重金来替田仰迎娶李香君。田仰对于阮大铖这种讨好的行为当然是欣然受之。

阮大铖苦口婆心地说了半天，先劝李香君："跟了田御史以后有享不尽的荣华富贵，吃穿不尽的玉食锦衣。"不过毫无悬念地被拒绝了，阮大铖见软的不行就来硬的——直接强娶。阮大铖让一帮人大闹媚香楼，李香君被逼得无路可走，就假装答应下来。说这么重要的事情她要回房间好好打扮一下，不能让田御史看见自己憔悴的容颜。阮大铖信以为真，于是和他的手下在楼下静静地等待。

李香君为了保住自己对侯方域的那份真情，被逼无奈只好选择割腕自尽，她的旁边还放着那把侯方域赠送给她的白绢扇，上面也溅上了斑斑血迹。

本来是喜事，结果闹出了人命，阮大铖吓得赶紧逃走，娶亲的人也吓得抬着空花轿回去了。此时，李香君晕倒在地，她用她的坚贞刚烈吓走了这些恶徒。而她的那把白绢扇也静静地躺在她的身边，上边的点点血迹更加映衬了李香君的贞洁，这让在场的所有人都唏嘘不已。

杨龙友不禁为李香君的贞烈品性感动，他拿起纸扇回到家中，思忖良久，就把扇子上的几处血迹着墨画成了鲜艳欲滴的红色桃花，不一会儿一幅灼灼动人的桃花图便完成了。杨龙友又思考了一会儿，在扇面上写下了三个字"桃花扇"，这便是著名的桃花扇来源。

当时，李香君只是晕倒了，没有什么大碍，经过一段时间的休养，伤势总算是痊愈了。此时，田仰早已离开南京。

然而李香君的厄运却没有结束。

那时候的弘光政权，马士英和阮大铖倒行逆施，弄得朝政腐败不堪。清兵南下，扬州城破。弘光小皇帝不思国难反而日夜沉浸在声色犬马之中，他嫌宫中歌姬所唱内容单调乏味，阮大铖便大献殷勤，自己作词谱曲，而且还跑到秦淮河畔的歌楼妓院里挑选出色的歌伎给弘光帝唱歌。

等李香君伤愈后，阮大铖立即假传圣旨，把李香君征入宫中充当歌姬。宫门一入深似海，她一个青楼女子，哪里敢违抗圣上呢！只是何时才能再见到日夜思念的侯郎呢？处在深宫之中的李香君过着生不如死的日子。整天陪伴她的，就是那把被自己的鲜血染红的桃花扇。

不久，清兵南下，攻入南京，弘光皇帝逃得比兔子还快。李香君也趁机和一批宫女逃了出来，那时候南京城一片混乱，到处都是逃亡的人群。

李香君本来想回到自己的家，可不曾想等她赶到的时候，却看到媚香楼已经变成了一片灰烬。李香君感到绝望了。她本来就是一个流落红尘的女子，媚香楼就是她的家。现在媚香楼没了，她还能去哪里呢？她的情郎又在哪里呢？李香君就这样漫无目的地在南京城里寻找侯方域，到处流浪。

其实，那天夜里侯方域也从监狱里逃了出来，也恰好在南京城里。只可惜命运弄人，两个人没有相遇。此后，侯方域也在南京寻找李香君，没有结果后失望地回老家商丘去了。

李香君思念情深，奔波劳累，积劳成疾，身体变得非常差。就在侯方域再次见到她时，李香君已经咽下了最后一口气，留下侯方域一个人孤零零地站在病榻前，而李香君手中那把桃花扇上的桃花则显得愈加鲜艳。

李香君带着爱情的失落，理想的破灭，走了，永远地走了，她带走的还有对侯方域那无尽的思念与哀愁。侯方域与李香君爱情的毁灭是那个时代的悲剧，青春的恋情是最美的东西，然而最美的东西却因为时代的动荡而毁灭，真可谓"血溅桃花灼成扇，扇去楼空几时还"。

五、风云变幻，江山易主

1. 失意北归，主盟雪苑

雪苑社是明末清初有着重要影响的文人集团，它是由侯方域在商丘地区组织的文社。商丘的文人结社活动有着非常悠久的历史渊源，最早可以追溯到西汉时期梁园文人集团的活动。

西汉景帝三年，梁孝王修筑梁园，规模宏大，景色华丽，梁孝王又喜欢风雅，重金招揽天下人才，一时间豪俊之士天下云集，梁园成为汉代文人雅士竞相聚集的地方。所以那时的"雪苑"又叫梁苑或菟园。南朝宋著名文学家谢惠连来此地游玩，正值寒冬大雪纷飞，于是作《雪赋》一首，因此才有"雪苑"之称。

李白和杜甫曾在"雪苑"这个地方待过一段时间，他们二人经常在这里诗歌唱赋，杜甫更是把他与李白同游梁苑看成一生最值得骄傲的事情。

侯方域非常喜欢梁苑的风雅，又钦佩谢惠连的才气。1640年，侯方域和吴伯裔、吴伯胤、贾开宗、徐作霖、刘伯愚等几个好朋友商量组织雪苑社，他们六人高谈阔论，谈古论今，评点诗文，读书交游，因而有"雪苑六子"（前六子）之称。

侯方域主盟"雪苑社"，使中原成为大江南北文人骚客赋诗论文的一个圣地，与东南的复社、几社等遥相呼应。"雪苑社"和江南几社、复社关系密切，侯方域得以结交更多文人名士。在雪苑，不管贫富、贵贱，只要有被大家认可的才华就能得到应有的尊重。在专制的封建王朝里，文人在雪苑社找到了文人的尊严。

1642年，李自成的农民军攻入商丘。雪苑社中坚吴伯裔、吴伯胤、徐作霖、张渭、刘伯愚都在战乱中死去，贾开宗和侯方域也流落四方，雪苑社就这样在明朝结束了。

清朝建立之后，侯方域为了传承"雪苑社"的精神，又与贾开宗、宋荦、徐作肃、徐邻唐、徐世琛等人重新建立"雪苑社"，"雪苑社"再度成立，新的"雪苑六子"继续聚集在雪苑，诗酒唱和，指点江山。

侯方域是雪苑社和外界交流的桥梁，是雪苑社公认的领袖人物。他和其他文人的交往活动既丰富了自己的思想，也扩大了雪苑社的影响。同时其他文人折服于他的才气和豪情，大都愿意结交侯方域这位志同道合的朋友。

"雪苑六子"有着一致的文学主张，散文方面他们主张向韩愈和柳宗元学习。至于诗词，"雪苑六子"主张效仿杜甫，抒发忧国忧民的哀愁。在创作风格方面，他们六人的创作风格非常相近，都崇尚淡泊明志，宁静致远。

雪苑社前期，天下大乱，河南更是各方诸侯的主战场，先是李自成的农民军，后是清廷的八旗兵，因此，他们所作的诗文尽显忧国忧民的哀愁，有着强烈的报国杀敌思想。到了雪苑社后期，雪苑社的活动与社会现实逐渐疏远，致力于诗歌古文的探讨和创作，其文学创作更加注重表现丰富的情感体验与内心感受。

侯方域认为自己的文章只有在雪苑社和其他人切磋交流后，才能有所进步。在交往中，侯方域不仅扩大了自己的影响力，而且他在文学方面的创作日趋成熟。

侯方域在文化方面的创新和对进步文化的追求，充分体现在他的文学创作方面。他在散文创作方面，不仅体现明亡清兴的时代主题，而且倡导当下文人应效仿韩愈、柳宗元，从事古文改革，并提出复兴古文且不能一味地模仿，而应该有所创新。侯方域在清初文坛文学创作上起了扭转风气的作用。

在艺术上，侯方域总结和继承了唐宋以来小说、戏剧中有关细节描写和戏剧化的表现手法，他又把这些艺术手法用于散文创作，可以说这些创作使侯方域成为我国古典散文向现代散文发展的第一人。

从侯方域留下的相关诗文可以看到，他每当谈到明末官府的腐败、社会的黑暗和百姓大众的疾苦，往往痛心疾首，甚至声泪俱下。在文章中，侯方域大胆地揭露封建官府的弊病以及封建专制的黑暗，为了百姓他奔走呼喊，就连顾炎武、黄宗羲等人也自叹不如。

侯方域的很多诗歌都是对大明王朝内忧外患的真实刻画。

《宿州》

宿州前路上，衰草尚纵横。

大野龙蛇迹，荒原雉兔行。

马饥鸣后队，寇乱泊孤城。

将略告生在，凭谁欲请缨。

《暮春杂诗五首》其二

离离禾黍望新苗，雪雪经年更未调。

残火残烟烧貉鼠，枯枝枯树泣鹡鸰。

三农岁事怀春粒，八口生涯累圣朝。

惟有桑林一痛哭，不然何计彻灵霄。

　　侯方域所在的商丘侯氏家族受大明皇恩，世代为官，再加上侯方域从小受到儒家忠君报国思想影响，明亡后侯方域作为明朝遗民，在诗里寄托了对故国的眷念之情。

《长至》

寄情聊作少年游，长至寻春古陌头。

东望烽烟终影国，中悬日月自神州。

阳回差许霭新泽，圭测犹能识故丘。

造物无心置野老，高歌一曲当忘忧。

《村西草堂歌》

少年曾居三重堂，咸阳一炬归平谷。

旄头照地二十秋，万家旧址生苜蓿。

玉华妖鼠窜古瓦，珠帘画栋胡为者。

行人夜过钟山下，但见双门立石马。

《过江秋咏八首》其一

北固涛声涌帝京，南徐秋色满江城。

潮连雨霁芙蓉湿，日落晴帆燕雀轻。

岂是新亭终有恨，从来故国总关情。

邻舟更奏清商曲，不管霜华旅鬓生。

　　侯方域后期诗歌的代表作是他的悼亡诗。侯方域由于在南京受到阮大铖迫害，被迫逃到扬州依附史可法，亲自参加了抗清斗争。后来史可法等爱国志士离世之后，侯方域把自己对故友的怀念写进了他的悼亡诗里。其中以《哀辞九章》最为跌宕传神。

诗前的序写道：

　　哀辞者，感群公之既没而作也。倪、周二公，师也；练公，父执也；史公，世旧且明存亡所系也；张公以下，友也。哲人既萎，情见乎词。李公以雄才终于卑官，抑更伤其志，有难言者，用附于末，盖亦少陵之哀郑台州云尔。

　　《悼念倪元璐》

　　主辱已当死，况逢卜历竭。

　　志在殉社稷，君臣同一辙。

　　靖献皇祖前，万古须臾决。

　　永谢江左贤，中兴无泄泄。

　　至今天地闭，谁吊荒祠碣！

　　《悼念史可法》

　　万里飘黑云，压摧金陵郭。

　　钟山熊黑号，长淮蛟龙涸。

惨澹老臣心，望断紫微落。

千载史相公，赍恨凌烟阁。

相公金台彦，早年起孤弱。

爰出司徒门，深契管鲍托。

文终转汉漕，殷富感神雀。

高望著经纶，宸眷良不薄。

南顾凤阳宫，卜历实旧洛。

帝曰汝法贤，往哉壮锁钥。

二陵堂构基，更为涂丹艧。

镐京重枢密，论功酬开扩。

福邸承大统，伦次适允若。

应机争须臾，乃就马相度。

坐失纶扉权，出建淮扬幕。

进止频内请，秉钺威以削。

当时领四藩，皆封公侯爵。

饱飏恣跋扈，郊甸互纷攫。

从来枭雄姿，驾驭贵大略。

鞠躬本忠诚，报主惟澹泊。

譬彼虎狼群，焉肯食藜藿。

二刘与靖南，久受马阮约。

惟有兴平伯，末路秉斟酌。

志骄丧其元，乃缓猛兽缚。

遂起广漠尘，负嵎氛转恶。

相公控维扬，破竹伤大掠。

三鼓士不进，崩角何踊跃！

自知事已去，下拜意宽绰。

起与书生言：我受国恩廓，

死此分所安，惜不见卫霍。

子去觐司徒，幸为寄然诺。

白首谢知己，寸心庶无怍。

再来广陵城，月明吊沟壑。

呜呼相公贤，汗青照凿凿。

用兵武侯短，信国如可作。

《中书舍人华亭李公雯》

人生感遭逢，何止参与商。

故人悲素丝，黑白不相妨。

食鱼必鲂鲤，娶妻必姬姜。

请听《篱里曲》，荐哀君子堂。

李公起云间，文赋久擅场。

摘藻风云变，探源昆仑长。

天才纷艳发，弱冠即老苍。

海内传一字，珍重若珪璋。

卷书千秋业，旭在百行臧。

雅志托皎日，变态矢秋霜。

自矜陇西姓，门阀无敢望。

一叹少卿辱，再笑太白狂。

天路九万里，长驾有骕骦。

朝发宛城野，暮宿金台厢。

壮士重远到，伏枥未尝忘。

岂知蹉跎久，白首终为郎。

秋月照粉署，殊非旧明光。

仰视天汉星，泪下不成行：

我今朱颜丑，何以归故乡？

郁陶发病死，谁当谅舒章！

这一时期，侯方域创作的诗歌反映了民生疾苦，记录了明清之际的沧桑巨变，内在里继承了《诗经》的风雅精神，特别是受到了杜甫现实主义风格的影响，以天下家国为己任，忠于君父，关注社会，同情民生疾苦。在他短暂的一生中用诗歌抒发了内心的亡国之痛，表现出浓重的家国情怀。

可惜天妒英才，三十多岁的侯方域带着悔恨与哀愁离开了。侯方域去世后，雪苑社失去了领袖就自行解散了。

2. 河南乡试，悔失名节

明朝灭亡后，虽然回到家乡，闭门不出，但侯方域和他的父亲侯恂在当时还是有着非常大的影响力，尤其是侯方域作为昔日复社名流而享誉东南的"四公子"之一，声名仍盛。大清刚刚建立且根基不稳，急需一大批汉族文人。因此，迫使侯方域参加河南乡试，对当时正在积极争取汉族文人的清廷来说，确实是十分重要的。所以就派河南巡抚吴景道到商丘请他们出仕，但他们父子誓死不从。正在吴景道一筹莫展、无计可施之际，有人告发侯方域图谋不轨。所以，吴景道便想借故将侯方域父子治罪。清朝国史院大学士宋权（"雪苑六子"之一的宋荦的父亲）知道了此事，为了挽救侯氏父子的性命，他对吴景道说："你知道唐朝的李白、宋朝的苏东坡吗？侯方域就是当今的李、苏啊！"由于宋权的出面，吴景道没敢加害侯方域。为了向上交差，吴景道和宋权便商量了一条计谋，以要治侯恂的死罪相威胁，逼侯方域参加清朝的乡试。侯方域为了救父亲侯恂，不得已参加了乡试，但他并没有把卷子答完。尽管如此，清政府为了在明朝遗民中制造影响，还是让侯方域中了副榜第一名。

侯方域回来后，想想自己的坎坷遭遇，几经杀身，认为自己"悔者多矣"。人三十为壮，这时侯方域已经三十五岁了，于是便"别构一室"，名曰"壮悔堂"，以示壮年悔恨之意。从此，他在"壮悔堂"专心研读，著书立说，他的《壮悔堂文集》和《四忆堂诗集》两部书都是在这里完成的。

侯方域在他的诗文中很少解释他为何要参加河南乡试，不像许多同时代的其他文人，如黄宗羲、王夫之等，反复解释自己不能以身殉国的原因是家里还有八十岁的老母无人奉养等。

为了父兄，自身却不能够保全名节，大概是侯方域最痛苦的事情吧。一方面他想当个忠臣孝子，来维护旧朝廷和家族的声誉；另一方面却因为奸臣当道、贪官横行，再加上战乱给人民带来的深深苦难，使他既憎恶乱臣贼子，同时也极端仇视那些农民起义军。他的思想是复杂的，他的心一直在冰与火之中煎熬。

大明臣子已不可做，红颜知己又撒手西去，这让侯方域人生最后的时光充满了绝望和悲凉。顺治十一年（1654）十二月十三日，侯方域这位风流才子、文坛巨擘不幸早逝，郁闷而死，年仅三十七岁。可惜这位风流才子生不逢时，怀才不遇，又遭人非议，只留下了两部著作和一段传奇，便到九泉之下追随他的挚爱李香君去了。

纵观侯方域的一生，生于明末清初的乱世，长在世代公侯之家，少年得意且有神童之称，如果不出意外，之后的道路肯定是选择参加科举考试，登进士第，出将入相。然而，天下形势大变，也不是一介书生能够改变的。

科考时，有着公子的性格、愤青的脾气且又直言不讳的侯方域落榜了，竟然又和复社其他公子大骂昔日当朝九千岁的鹰爪阮大铖，这就为他以后的仕途设置了障碍。不过，侯方域虽然落榜了，凭借家世、才名以及性情仍然名扬天下。

生于乱世的侯方域，命运难免带有悲剧色彩，经历天崩地裂的明亡清兴，身为明朝遗民，为了故国奔走于大江两岸，终究身单力薄无可奈何而回到自己的家乡。

回到家乡后，看着自己的家乡在清廷的统治之下已经十室九空、野草丛生，以及自己的亲朋好友大都在战乱中去世，此时的侯方域悲痛不已。他思念自己的故国，但又无能为力，他既不能像方以智那样南下抗清，又不甘心像冒辟疆那样穷困潦倒，他只想做一个与世无争的隐士归隐山林。

然而事不遂愿，当朝者威逼再加上不甘心就这样埋没自己的才华，于顺治八年参加了当地的乡试。令侯方域没有想到的是，这一举动遭到后人无数的诟病和唾弃，成了他余生难以愈合的疮疤。

之后的侯方域只好回到自己的书堂著述写作，并把自己的书斋改名为"壮悔堂"，为自己当初的不智举动忏悔。在侯方域的忏悔录中，他并没有为自己参加清廷的科举考试辩解，只是默默地接受世人的诟骂。在接下来的几年中，侯方域在落魄潦倒的悔与忆中度过。而他的诗文、他的雪苑社也经历了从盛到衰而最终走向毁灭的过程，实在是可悲可叹。

可以说，侯方域就是那个时代矛盾的综合体。好在可以媲美西方莎士比亚的东方戏剧家孔尚任的一部《桃花扇》，让世人永远铭记住侯方域这一大才子的名字，这也算是对侯方域的一点安慰吧。

后记

　　2022 年春天，我完成了这部拙作。在此，首先要感谢我的父母和哥哥，给予我很多支持，让我免去了诸多生活琐事的烦扰，可以心无杂念地穿越到那个动荡而生动的明代，去探索陈贞慧、冒辟疆、方以智、侯方域这四位公子的历史故事。

　　感谢著名文人画家冯杰老师为该书题写书名，每次见面交谈中都在关心我的生活和精神面貌，在写作和为人处世方面帮助很多。感谢好友邵培松、任进书对该书的校对与指正，才得以能完美呈现出"明末四公子"的风采。

　　明朝是中国历史上最后一个由汉族建立的大一统封建王朝，可能正因为如此，大家对它非常关注，对生活在那个朝代，尤其是对以四公子为代表的文人们更加好奇。我在很久之前就对这段历史很感兴趣，通过四公子的爱恨情仇，我似乎可以看到那个波诡云谲的时代。因为四公子其实就是明末文人的一个缩影，他们身上浓缩了那个特定时代所有文人的家仇国恨、悲欢离别的人生况味。感谢这次机缘，能让我有机会重新梳理了这四位公子的人生，也梳理了那段历史。

　　为了增强可读性，我努力在大历史背景中融入个人的感情、生活和成长经历，力图让读者读这本书时，能多些趣味，少些枯燥。此外，这四位公子出则忠义、入则孝悌，爱宾客、广交游，风流倜傥、冠绝一时，而且个个文采非凡，文为心声，所以凡是涉及这四位公子诗文创作的内容，我都略加提及，目的就是想让大家通过诗或文，能够看到乱世中那一颗颗或忧愤或激昂，或无奈或热忱的文心。

最后，我还要特别感谢出版社的各位同志，为这本书的出版和校对付出了很多，也给我提出了很多宝贵的建议。